沈从文读库　凌宇 主编

山鬼

沈从文 著

小说卷 三

湖南文艺出版社

VOL.3

图书在版编目（CIP）数据

山鬼 / 沈从文著. -- 长沙：湖南文艺出版社，2024.1

（沈从文读库）

ISBN 978-7-5726-1457-6

Ⅰ. ①山… Ⅱ. ①沈… Ⅲ. ①中篇小说-小说集-中国-现代②短篇小说-小说集-中国-现代 Ⅳ. ①I246.7

中国国家版本馆CIP数据核字（2023）第186752号

沈从文读库

山鬼

SHANGUI

作　　者：沈从文
总 策 划：彭　玻
主　　编：凌　宇
执行主编：吴正锋　张　森
出 版 人：陈新文
监　　制：谭菁菁
统　　筹：徐小芳
责任编辑：徐小芳　李雪菲
书籍设计：萧睿子
插　　画：蔡　皋
排　　版：刘晓霞
校对统筹：黄　晓
印制总监：李　阔

出版发行：湖南文艺出版社
（长沙市雨花区东二环一段508号　邮编：410014）
印　　刷：湖南天闻新华印务有限公司
开　　本：880 mm × 1230 mm　1/32
印　　张：11
字　　数：192千字
版　　次：2024年1月第1版
印　　次：2024年1月第1次印刷
书　　号：ISBN 978-7-5726-1457-6
定　　价：56.00元
（如有印装质量问题，请直接与本社出版科联系调换）

沈从文读库·序

凌 宇

作为一代文学大师，沈从文在中国现代文学史上，具有举足轻重且无可替代的地位。早在20世纪30年代，沈从文即被鲁迅称为自“五四”新文学以来“最优秀的作家”之一，且被同时代作家视为“北京文坛的重镇”。尽管在1949至1979年间因“历史的误会”，他的文学作品遭遇了被冷漠、贬损，且几乎湮灭的运命，但自20世纪80年代以降，对沈从文及其文学成就的认识，就一直“行情上涨”，并迭经学术界关于沈从文是大家还是名家、是否文学大师之争，其文学史地位节节攀升。如今，随着研究的不断深入与拓展，沈从文已毫无疑问地成为现代文学史上不可绕过的重要存在。湖南文艺出版社拟出的这套《沈从文读库》，共12卷，涵盖沈从文的小说、散文、游记、自传、杂文、文论、诗歌以及书信等，全面展示了沈从文文学创作的丰富面貌。

沈从文的文学成就，首先在于他构筑了堪与福克纳笔下的“约克纳帕塔法”世系相媲美的湘西世界，并以此为原点，对神性——生命的最高层次进行诗性观照与哲性探索。20世纪20年代末至30年代中期，在《神巫之爱》《月下小景》这类浪漫传奇小说和《三三》《萧萧》等诸多乡村小说中，沈从文成功地构建起一个“神之存在，依然如故”的湘西世界。与之对照的，则是以《八骏图》为代表的都市题材作品中所展现的城里人的生存情状。以人性合理与否为基准，沈从文对城里人的生命状态进行批判，并因此将现代社会称作“神之解体”时代。然而，沈从文对人性的思考，并没有停留在“城里人—乡下人”的二元对立框架，在理性层面完成他的都市批判的同时，也完成着他对乡下人的现代生存方式的沉重反思。沈从文以湘西为题材创作的一个重要组成部分如《柏子》《会明》《虎雏》《丈夫》等，都是将乡下人安置在现代社会环境中叙述其命运的必然流程。在《边城》《萧萧》《湘行散记》等作品中，沈从文既保留了对乡下人近乎自然的生命形态的肯定，又立足于启蒙理性角度，书写了这一“不悖乎人性”的生命在现代社会的悲剧命运，一种浓重的乡土悲悯浸润在作品的字里行间。

不过，面对令人痛苦的现实，沈从文既没有如同废名式地从对人生的绝望走向厌世，也没有如同鲁迅式地走向决绝的反传统，他所寻觅的是存在于前现代文明中的具有人类共有价值的文化因子，并希望他笔下人物的正直与热情“保留些本质在年青人的血里或梦里”，以实现民族品德的重造。这一思考，在20世纪40年代达到顶点。面对大多数人重生活轻生命，重现实实利而从不“向远景凝眸”，在一切都被“市侩的人生观”推行之时，沈从文希冀来一次全面的“清洁运动”，用文字作工具，实现民族文化的经典重造。他不仅在抽象层面对生命与自然、美与爱、生与死等进行一系列哲性探寻——这导致他在这一时期创作了《烛虚》《水云》《七色魇》等大量哲思类散文；同时也在具象层面积极介入社会现实，对青年、家庭、战争、文学、政治等具体问题进行探讨——此期杂文和文论数量明显增多。他对生命的思考，也就由最初的湘西自然神性转入对普泛意义上的人类生命神性的探索。他以“美”与“爱”为核心，力图恢复被现代文明压抑的自然生命，在“神之解体”时代重构生命的理想之境，这在某种程度上也使得他的文学思想得以超越当时具体的历史境遇，而指向对民族未来乃至人类生存方式的终极关怀。

1949年后，沈从文将主要精力转入文物研究，但他的文学思考并未止步。他在清华园休养期间的“呓语狂言”，如《一个人的自白》《关于西南漆器及其他》等，是他对自我精神和思想的深入解剖，其风格近似20世纪40年代的抽象类散文。他与张兆和的不少信件，如其中对《史记》的言说，对四川乡村风物的叙述，对文学艺术的看法等，都可视作书信形式的散文。这些文字勾勒出沈从文试图改造自我以适应新社会，与坚守自我、守望生命本来之间矛盾复杂的思想轨迹，这一矛盾既表现在他的文学观上，也体现在他的人生观上。

时至21世纪，科技日新月异，人工智能时代已经到来，然而人类并没因此解决好自身的问题，相反，经历了新冠疫情并进入后疫情时代的人们陷入更大的生存困境。在科技发展到顶峰之时，人类又将何去何从？今天的人们同样面临着沈从文当年所面对的种种问题。而他的诸多思考，如对进入现代工业文明以来人类不断背离自我、背离自然的反思，对现代人“所得于物虽不少，所得于己实不多”的状态的审视，以及强调哲学对科学的补救、对历史作“有情”观照等，都具有一种独特的眼光和前瞻意识，对当下与未来的中国乃至世界依然具有重要的启示。

沈从文曾说，“在一切有生陆续失去意义，本身亦因死亡毫无意义时”，唯有文字能“使生命之光，熠熠照人，如烛如金”。他希冀借助文字的力量，“重新燃起年青人热情和信心”，让高尚的理想在“更年青的生命中发芽生根，郁郁青青”。经典从不过时，相信今天的人们仍能从他的作品中获得启发，有所会心，这也正是出版这套文库的目的所在。

目 录

龙朱

写在“龙朱”一文之前

这一点文章，作在我生日，送与那供给我生命，父亲的妈，与祖父的妈，以及其同族中仅存的人一点薄礼。

血管里流着你们民族健康的血液的我，二十七年的生命，有一半为都市生活所吞噬，中着在道德下所变成虚伪庸懦的大毒，所有值得称为高贵的性格，如像那热情、与勇敢、与诚实，早已完全消失殆尽，再也不配说是出自你们一族了。

你们给我的诚实，勇敢，热情，血质的遗传，到如今，向前证实的特性机能已荡然无余，生的光荣早随你们已死去了。皮面的生活常使我感到悲恸，内在的生活又使我感到消沉。我不能信仰一切，也缺少自信的勇气。

我只有一天忧郁一天下来。忧郁占了我过去生活的全部，未来也仍然如骨附肉。你死去了百年另一时代的白耳族王子，你的光荣时代，你的混合血泪的生涯，所能唤起这被现代社会蹂躏过的男子的心，真是怎样微弱的反应！想起了你们，描写到你们，情感近于被阉割的无用人，所有的仍然还是那忧郁！

第一　说这个人

白耳族苗人中出美男子，仿佛是那地方的父母全曾参预过雕塑阿波罗神的工作，因此把美的模型留给儿子了。族长儿子龙朱年十七岁，为美男子中之美男子。这个人，美丽强壮像狮子，温和谦驯如小羊。是人中模型。是权威。是力。是光。种种比譬全是为了他的美。其他的德行则与美一样，得天比平常人都多。

提到龙朱相貌时，就使人生一种卑视自己的心情。平时在各样事业得失上全引不出妒嫉的神巫，因为有次望到龙朱的鼻子，也立时变成小气，甚至于想用钢刀去刺破龙朱的鼻子。这样与天作难的倔强野心却生之于神巫，到后又却因为这美，仍然把这神巫克服了。

白耳族，以及乌婆、猓猓、花帕、长脚各族，人人都说龙朱相貌长得好看，如日头光明，如花新鲜。正因为说这样话的人太多，无量的阿谀，反而烦恼了龙朱了。好的风仪用处不是得阿谀（龙朱的地位，已就应当得到各样人的尊敬歆羡了）。既不能在女人中煽动勇敢的悲欢，好的风仪全成为无意思之事。龙朱走到水边去，照过了自己，相信自己的好处，又时时用铜镜观察自己，觉得并不为人过誉。然而结果如何呢？因为龙朱不像是应当在每个女子理想中的丈夫那么平常，因此反而与妇女们离远了。

女人不敢把龙朱当成目标，做那荒唐艳丽的梦，并不是女人的错。在任何民族中，女子们，不能把神做对象，来热烈恋爱，来流泪流血，不是自然的事么？任何种族的妇人，原永远是一种胆小知分的兽类，要情人，也知道要什么样情人为合乎身分。纵其中并不乏勇敢不知事故的女子，也自然能从她的不合理希望上得到一种好教训。相貌堂堂是女子倾心的原由，但一个过分美观的身材，却只作成了与女子相远的方便。谁不承认狮子是孤独？狮子永远是孤独，就只为了狮子全身的纹彩与众不同。

龙朱因为美，有那与美同来的骄傲不？凡是到过青石冈的苗人，全都能赌咒作证，否认这个事。人人总说总爷的儿子，从不用地位虐待过人畜，也从不闻对长年老辈妇人女子失过敬礼。在称赞龙朱的人口中，总还不忘同时提到龙朱的相貌。全寨中，年青汉子们，有与老年人争吵事情时，老人词穷，就必定说，我老了，你青年人，干吗不学龙朱谦恭待长辈？这青年汉子，若还有羞耻心存在，必立时遁去，不说话，或立即认错，作揖赔礼。一个妇人与人谈到自己儿子，总常说，儿子若能像龙朱，那就卖自己与江西布客，让儿子得钱花用，也愿意。所有未出嫁的女人，都想自己将来有个丈夫能与龙朱一样。所有同丈夫吵嘴的妇人，说到丈夫时，总说你不是龙朱，真不配管我磨我；你若是龙朱，我做牛做马也甘心情愿。

还有，一个女人同她的情人，在山峒里约会，男子不失约，女人第一句赞美的话总是“你真像龙朱”。其实这女人并不曾同龙朱有过交情，也未尝听到谁个女人同龙朱约会过。

一个长得太标致的人，是这样常常容易为别人把名字放到口上咀嚼！

龙朱在本地方远远近近，得到的尊敬爱重，是如此。然而他是寂寞的。这人是兽中之狮，永远当独行无伴！

在龙朱面前，人人觉得是卑小，把男女之爱全抹杀，因此这族长的儿子，却永无从爱女人了。女人中，属于乌婆族，以出产多情多才貌女子著名地方的女人，也从无一个敢来在龙朱面前，闭上一只眼，荡着她上身，同龙朱挑情。也从无一个女人，敢把她绣成的荷包，掷到龙朱身边来。也从无一个女人敢把自己姓名与龙朱姓名编成一首歌，来到跳年时节唱。然而所有龙朱的亲随，所有龙朱的奴仆，又正因为美，正因为与龙朱接近，如何的在一种沉醉狂欢中享受这些年青女人小嘴长臂的温柔！

“寂寞的王子，向神请求帮忙吧。”

使龙朱生长得如此壮美，是神的权力，也就是神所能帮助龙朱的唯一事。至于要女人倾心，是人为的事啊！

要自己，或他人，设法使女人来在面前唱歌，狂中裸身于草席上面献上贞洁的身，只要是可能，龙朱不拘牺牲自己所有何物，都愿意。然而不行。任怎样设法，也不行。七梁桥的洞口终于有合拢的一日，有人能说在这高大山洞合拢以前，龙朱能够得到女人的爱，是不可信的事。

不是怕受天责罚，也不是另有所畏，也不是预言者曾有明示，也不是族中法律限止，自自然然，所有女人都将她的爱情，给了一个男子，轮到龙朱却无分了。民族中积习，折磨了天才与英雄，不是在事业上粉骨碎身，便是在爱情中退位落伍，这不是仅仅白耳族王子的寂寞，他一种族中人，总不缺少同样故事！

在寂寞中龙朱用骑马猎狐以及其他消遣把日子混过了。

日子过了四年，他二十一岁。

四年后的龙朱，没有与以前日子龙朱两样处，若说无论如何可以指出一点不同来，那就是说如今的龙朱，更像一个好情人了。年龄在这个神工打就的身体上，加上了些更表示"力"的东西，应长毛的地方生长了茂盛的毛，应长肉的地方增加了结实的肉。一颗心，则同样因年龄所补充的，是更其能顽固的预备要爱了。

他越觉得寂寞。

虽说七梁洞并未有合拢，二十一岁的人年纪算青，来日正长，前途大好，然而什么时候是那补偿填还时候呢？有人能作证，说天所给别的男子的，幸福与苦恼，也将同样给龙朱么？有人敢包，说到另一时，总有女子来爱龙朱么？

白耳族男女结合，在唱歌。大年时，端午时，八月中秋时，以及跳年刺牛大祭时，男女成群唱，成群舞，女人们，各穿了峒锦衣裙，各戴花擦粉，供男子享受。平常时，在好天气下，或早或晚，在山中深洞，在水滨，唱着歌，把男女吸到一块来，即在太阳下或月亮下，成了熟人，做着只有顶熟的人可做的事。在此习惯下，一个男子不能唱歌他是种羞辱，一个女子不能唱歌她不会得到好的丈夫。抓出自己的心，放在爱人的面前，方法不是钱，不是貌，不是门阀也不是假装的一切，只有真实热情的歌。所唱的，不拘是健壮乐观，是忧郁，是怒，是恼，是眼泪，总之还是歌。一个多情的鸟绝不是哑鸟。一个人在爱情上无力勇敢自白，那在一切事业上也全是无希望可言，这样人决不是好人！

那么龙朱必定是缺少这一项，所以不行了。

事实又并不如此。龙朱的歌全为人引作模范的歌，用歌发誓的男子妇人，全采用龙朱誓歌那一个韵。一个情人被对方的歌窘倒时，总说及胜利人拜过龙朱作歌师傅的话。凡是龙朱的声音，别人都知道。凡是龙朱唱的歌，无一个女人敢接声。各样的超凡人圣，把龙朱摒除于爱情之外，歌的太完全太好，也仿佛成为一种吃亏理由了。

有人拜龙朱作歌师傅的话，也是当真的。手下的用人，或其他青年汉子，在求爱时腹中歌词为女人逼尽，或者爱情扼着了他的喉咙，歌不出心中的事时，来请教龙朱，龙朱总不辞。经过龙朱的指点，结果是多数把女子引到家，成了管家妇。或者到山峒中，互相把心愿了销。熟读龙朱的歌的男子，博得美貌善歌的女人倾心，也有过许多人。但是歌师傅永远是歌师傅，直接要龙朱教歌的，总全是男子，并无一个青年女人。

龙朱是狮子，只有说这个人是狮子，可以作我们对于他的寂寞得到一种解释！

年青女人到什么地方去了呢？懂到唱歌要男人的，都给一些歌战胜，全引诱尽了。凡是女人都明白情欲上的固持是一种痴处，所以女人宁愿意减价卖出，无一个敢屯货在家。如今是只能让日子过去一个办法，因了日子的推迁，希望那新生的犊中也有那不怕狮子的犊在。

龙朱是常常这样自慰着度着每个新的日子的。我们也不要把话说尽，在七梁桥洞口合拢以前，也许龙朱仍然可以遇着与这个高贵的人身分相称的一种机运！

第二　说一件事

中秋大节的月下整夜歌舞，已成了过去的事了。大节的来临，反而更寂寞，也成了过去的事了。如今是九月。打完谷子了。打完桐子了。红薯早挖完全下地窖了。冬鸡已上孵，快要生小鸡了。连日晴明出太阳。天气冷暖宜人。年青妇人全都负了柴耙同笼上坡耙草。各处坡上都有歌声。各处山峒里，都有情人在用干草铺就并撒有野花的临时床上并排坐或并头睡。这九月是比春天还好的九月。

龙朱在这样时候更多无聊。出去玩，打鸠本来非常相宜，然而一出门，就听到各处歌声，到许多地方又免不了要碰到那成双的人，于是大门也不敢出了。

无所事事的龙朱，每天只在家中磨刀。这预备在冬天来剥豹皮的刀，是宝物，是龙朱的朋友。无聊无赖的龙朱，是正用着那“一日数摸挲剧于十五女”的心情来爱这宝刀的。刀用油在一方小石上磨了多日，光亮到暗中照得见人，锋利到把头发放到刀口，吹一口气发就成两截，然而还是每天把这刀来磨的。

某天，一个比平常日子似乎更像是有意帮助青年男女“野餐”的一天，黄黄的日头照满全村，龙朱仍然磨刀。

在这人脸上有种孤高鄙夷的表情，嘴角的笑纹也变成了一条对生存感到烦厌的线。他时时凝神听察堡外远处女人的尖细歌声，又时时望天空。黄的日头照到他一身，使他身上作春天温暖。天是蓝天，在蓝天作底的景致中，常常有雁鹅排成八字或一字写在那虚空。龙朱望到这些也不笑。

什么事把龙朱变成这样阴郁的人呢？白耳族，乌婆族，猓猓，花帕，长脚，……每一族的年青女人都应负责，每一对年青情人都应致歉。妇女们，在爱情选择中遗弃了这样完全人物，是委娜丝神不许可的一件事，是爱的耻辱，是民族灭亡的先兆。女人们对于恋爱不能发狂，不能超越一切利害去追求，不能选她顶欢喜的一个人，不论是白耳族还是乌婆族，总之这民族无用，近于中国汉人，也很明显了。

龙朱正磨刀，一个矮矮的奴隶走到他身边来，伏在龙朱的脚边，用手攀他主人的脚。

龙朱瞥了一眼，仍然不做声，因为远处又有歌声飞过来了。

奴隶抚着龙朱的脚也不做声。

过了一阵，龙朱发声了，声音像唱歌，在揉和了庄严和爱的调子中挟着一点愤懑，说："矮子你又不听我话，做这个样子！"

"主，我是你的奴仆。"

"难道你不想做朋友吗？"

"我的主，我的神，在你面前我永远卑小。谁人敢在你面前平排？谁人敢说他的尊严在美丽的龙朱面前还有存在必须？谁人不愿意永远为龙朱作奴作婢？谁……"

龙朱用顿足制止了矮奴的奉承，然而矮奴仍然把最后一句"谁个女子敢想爱上龙朱？"恭维得不得体的话说毕，才站起。

矮奴站起了，也仍然和平常人跪下一般高。矮人似乎真适宜于作奴隶的。

龙朱说："什么事使你这样可怜?"

"在主面前看出我的可怜，这一天我真值得生存了。"

"你太聪明了。"

"经过主的称赞呆子也成了天才。"

"我问你，到底有什么事?"

"是主人的事，因为主在此事上又可见出神的恩惠。"

"你这个只会唱歌不会说话的人，真要我打你了。"

矮奴到这时，才把话说到身上。这个时候他哭着脸，表示自己的苦恼失望，且学着龙朱生气时顿足的样子。这行为，若在别人猜来，也许以为矮子服了毒，或者肚脐被山蜂所螫，所以作这样子，表明自己痛苦，至于龙朱，则早已明白，猜得出这样的矮子，不出赌输钱或失欢女人两事了。

龙朱不作声，高贵的笑，于是矮子说：

"我的主，我的神，我的事瞒不了你的，在你面前的仆人，是又被一个女子欺侮了。"

"你是一只会唱谄媚曲子的鸟，被欺侮是不会有的事!"

"但是，主，爱情把仆人变蠢了。"

"只有人在爱情中变聪明的事。"

“是的，聪明了，仿佛比其他时节聪明了点，但在一个比自己更聪明的人面前，我看出我自己蠢得像猪。”

“你这土鹦哥平日的本事在什么地方去了?”

“平时那里有什么本事呢，这只土鹦哥，嘴巴大，身体大，唱的歌全是学来的歌，不中用。”

“把你所学的全唱过，也就很可以打胜仗了。”

“唱过了，还是失败。”

龙朱就皱了一皱眉毛，心想这事怪。

然而一低头，望到矮奴这样矮；便了然于矮奴的失败是在身体，不是在咽喉了，龙朱失笑的说：

“矮东西，莫非是为你相貌把你事情弄坏了?”

“但是她并不曾看清楚我是谁。若说她知道我是在美丽无比的龙朱王子面前的矮奴，那她定为我引到老虎洞做新娘子了。”

“我不信你。一定是土气太重。”

“主，我赌咒。这个女人不是从声音上量得出我身体长短的人。但她在我歌声上，却把我心的长短量出了。”

龙朱还是摇头，因为自己是即或见到矮人在前，至于度量这矮奴心的长短，还不能够的。

“主，请你信我的话，这是一个美人，许多人唱枯了喉咙，还为她所唱败！”

“既然是好女人，你也就应把喉咙唱枯，为她吐血，才是爱。”

“我喉咙是枯了，才到主面前来求救。”

“不行不行，我刚才还听过你恭维了我一阵，一个真真为爱情绊倒了脚的人，他决不会又能爬起来说别的话！”

“主啊，”矮奴摇着他的大的头颅，悲声的说道，“一个死人在主面前，也总有话赞扬主的完全的美，何况奴仆呢。奴仆是已为爱情绊倒了脚，但一同主人接近，仿佛又勇气勃勃了。主给人的勇气比何首乌补药还强十倍。我仍然要去了。让人家战败了我也不说是主的奴仆，不然别人会笑主用着这样的蠢人，丢了白耳族的光荣！”

矮奴就走了。但最后说的几句话，激起了龙朱的愤怒，把矮子叫着，问，到底女人是怎样的女人。

矮奴把女人的脸，身，以及歌声，形容了一次。矮奴的言语，正如他自己所称，是用一支秃笔与残余颜色，涂在一块破布上的。在女人的歌声上，他就把所有白耳族青石冈地方有名的出产比喻净尽。说到像甜酒，说到像枇杷，说到像三羊溪的鲫鱼，说到像狗肉，仿佛全是可吃的东西。矮奴用口作画的本领并不蹩脚。

在龙朱眼中，是看得出矮奴饿了，在龙朱心中，则所引起的，似乎也同甜酒狗肉引起的欲望相近。他因了好奇，不相信，就为矮奴设法，说同到矮奴一起去看。

正想设法使龙朱快乐的矮奴，见到主人要出去，当然欢喜极了，就着忙催主人快出寨门到山中去。

不到一会这白耳族的王子就到山中了。

藏在一积草后面的龙朱，要矮奴大声唱出去，照他所教的唱。先不闻回声。矮奴又高声唱，在对山，在毛竹林里，却答出歌来了。音调是花帕族中女子的音调。

龙朱把每一个声音都放到心上去，歌只唱三句，就止了。有一句留着待唱歌人解释。龙朱就告给矮奴答复这一句歌。又教矮奴也唱三句出去，等那边解释，歌的意思是：凡是好酒就归那善于唱歌的人喝，凡是好肉也应归善于唱歌的人吃，只是你好的美的女人应当归谁?

女人就答一句，意思是“好的女人只有好男子才配”。她且即刻又唱出三句歌来，就说出什么样男子是好男子的称呼。说好男子时，提到龙朱的名，又提到别的个人的名，那另外两个名字却是历史上的美男子名字，只有龙朱是活人，女人的意思是：你不是龙朱，又不是××××，你与我对歌的人究竟算什么人?

“主，她提到你的名！她骂我！我就唱出你是我的主人，说她只配同主人的奴隶相交。”

龙朱说：“不行，不要唱了。”

“她胡说，应当要让她知道是只够得上为主人搽脚的女子！”

然而矮奴见到龙朱不作声，也不敢回唱出去了。龙朱的心是深深沉到刚才几句歌中去了，他料不到有女人敢这样大胆。虽然许多女子骂男人时，都总说，“你不是龙朱”。这事却又当别论了。因为这时谈到的正是谁才配爱她的问题，女人能提出龙朱名字来，女人骄傲也就可知了。龙朱想既然是这样，就让她先知道矮奴是自己的用人，再看情形是如何。

于是矮奴照到龙朱所教的，又唱了四句。歌的意思是：吃酒糟的人何必说自己量大，没有根柢的人也休想同王子要好，若认为掺了水的酒总比酒糟还行，那与龙朱的用人恋爱也就可以写意了。

谁知女子答得更妙，她用歌表明她的身分，说，只有乌婆族的女人才同龙朱用人相好，花帕族女人只有外族的王子可以论交，至于花帕苗中的自己，是预备在白耳族与男子唱歌三年，再来同龙朱对歌的。

矮子说：“我的主，她尊视了你，却小看了你的仆人，我要解释我这无用的人并不是你的仆人，免得她耻笑！”

龙朱对矮奴微笑，说：“为什么你不说应当说‘你对山的女子，胆量大就从今天起来同我龙朱主人对歌’呢？你不是先才说到要她知道我在此，好羞辱她吗？”

矮奴听到龙朱说的话，还不很相信得过，以为这只是主人的笑话。他哪里会想到主人因此就会爱上这个狂妄大胆的女人。他以为女人不知对山有龙朱在，唐突了主人，主人纵不生气，自己也应当生气。告女人龙朱在此，则女人虽觉得羞辱了，可是自己的事情也完了。

龙朱见矮奴迟疑，不敢接声，就打一声吆喝，让对山人明白，表示还有接歌的气概，尽女人起头。龙朱的行为使矮奴发急，矮奴说：“主，你在这儿我是没有歌了。”

“你照到意思唱，问她胆子既然这样大，就拢来，看看这个如虹如日的龙朱。”

“我当真要她来？”

“当真！要来我看是什么女人，敢轻视我们白耳族说不配同花帕族女子相好！”

矮奴又望了望龙朱，见主人情形并不是在取笑他的用人，就全答应下来了。他们于是等待着女子的歌声。稍稍过了些时间，女子果然又唱起来了。歌的意思是：对山的雀你不必叫了，对山的人你也不必唱了，还是想法子到你龙朱王子的奴仆前学三年歌，再来开口。

矮奴说："主，这话怎么回答？她要我跟龙朱的用人学三年歌，再开口，她还是不相信我是你最亲信的奴仆，还是在骂我白耳族的全体！"

龙朱告矮奴一首非常有力的歌，唱过去，那边好久好久不回。矮奴又提高喉咙唱。回声来了，大骂矮子，说矮奴偷龙朱的歌，不知羞，至于龙朱这个人，却是值得在走过的路上撒花的。矮子烂了脸，不知所答。年青的龙朱，再也不能忍下去了。小小心心，压着了喉咙，平平的唱了四句，声音的低平仅仅使对山一处可以明白，龙朱是正怕自己的歌使其他男女听到，因此哑喉半天的。龙朱的歌意思就是说："唱歌的高贵女人，你常常提到白耳族一个平凡的名字使我惭愧，因为我在我族中是最无用的人，所以我族中男子在任何地方都有情人，独名字在你口中出入的龙朱却仍然是独身。"

不久，那一边像思索了一阵，也幽幽的唱和起来了，歌的是：你自称为白耳族王子的人我知道你不是，因为这王子有银钟的声音，本来拿所有花帕苗年青的女子供龙朱作垫还不配，但爱情是超过一切的事情，所以你也不要笑我。所歌的意思，极其委婉谦和，音节又极其整齐，是龙朱从不闻过的好歌。因为对山的女人不相信与她对歌的是龙朱，所以龙朱不由得不放声唱了。

这歌是用白耳族顶精粹的言语，自白耳族顶纯洁的一颗心中摇着，从白耳族一个顶甜蜜的口中喊出，成为白耳族顶热情的音调，这样一来所有一切声音仿佛全哑了。一切鸟声与一切远处歌声，全成了这王子歌时和拍的一种碎声，对山的女人，从此沉默了。

龙朱的歌一出口，矮奴就断定了对山再不会有回答。这时等了一阵，还无回声，矮奴说："主，一个在奴仆当来是劲敌的女人，不在王的第二句歌已压倒了。这女人不久还说到大话，要与白耳族王子对歌，她学三十年还不配！"

矮奴问龙朱意见，许可不许可，就又用他不高明的中音唱道：

你花帕族中说大话的女子，
大话是以后不用再说了，
若你欢喜作白耳族王子仆人的新妇，
他愿意你过来见他的主同你的夫。

仍然不闻有回声。矮奴说，这个女人莫非害羞上吊了。

矮奴说的只是笑话，然而龙朱却说出过对山看看的话了。龙朱说后就走，向谷里下去。跟到后面追着，两手拿了一大把野黄菊同山红果的，是想做新郎的矮奴。

矮奴常说，在龙朱王子面前，跛脚的人也能跃过阔涧。这话是真的。如今的矮奴，若不是跟了主人，这身长不过四尺的人，就决不会像腾云驾雾一般的飞！

第三　唱歌过后一天

“狮子我说过你，永远是孤独的！”白耳族为一个无名勇士立碑，曾有过这样句子。

龙朱昨天并没有寻到那唱歌人。到女人所在处的毛竹林中时，不见人。人走去不久，只遗了无数野花。跟到各处追。还是不遇。各处找遍了，见到不少好女子，女人见到龙朱来，识与不识都立起来怯怯的如为龙朱的美所征服。见到的女子，问矮奴是不是那一个人，矮奴总摇头。

到后龙朱又重复回到女人唱歌地方。望到这个野花的龙朱，如同嗅到血腥气的小豹，虽按捺到自己咆哮，仍不免要憎恼矮奴走得太慢。其实则走在前面的是龙朱，矮奴则两只脚像贴了神行符，全不自主，只仿佛像飞。不过女人比鸟儿，这称呼得实在太久了，不怕白耳族王子主仆走得怎样飞快，鸟儿毕竟是先已飞到远处去了！

天气渐渐夜下来，各处有鸡叫，各处有炊烟，龙朱废然归家了。那想作新郎的矮奴，跟在主人的后面，把所有的花丢了，两只长手垂到膝下，还只说见到了她非抱她不可，万料不到自己是拿这女人在主人面前开了多少该死的玩笑。天气当时原是夜下来了。矮奴是跟在龙朱王子的后面，望不到主人的颜色。一个聪明的仆人，即或怎样聪明，总也不会闭了眼睛知道主人的心中事！

龙朱过的烦恼日子以昨夜为最坏。半夜睡不着，起来怀了宝刀，披上一件豹皮褂，走到堡墙上去外望。无所闻，无所见，入目的只是远山上的野烧明灭。各处村庄全睡尽了。大地也睡了。寒月凉露，助人悲思，于是白耳族的王子，仰天叹息，悲叹自己。且远处山下，听到有孩子哭，好像半夜醒来吃奶时情形，龙朱更难自遣。

龙朱想，这时节，各地各处，那洁白如羔羊温和如鸽子的女人，岂不是全都正在新棉絮中做那好梦？那白耳族的青年，在日里唱歌疲倦了的心，作工疲倦了的身体，岂不是在这时也全得到休息了么？只是那扰乱了白耳族王子的心的女人，这时究竟在什么地方呢？她不应当如同其他女人，在新棉絮中做梦。她不应当有睡眠。她应当这时来思索她所歆慕的白耳族王子的歌声。她应当野心扩张，希望我凭空而下。她应当为思我而流泪，如悲悼她情人的死去。……但是，这究竟是什么人的女儿？

烦恼中的龙朱，拔出刀来，向天作誓，说："你大神，你老祖宗，神明在左在右：我龙朱不能得到这女人作妻，我永远不与女人同睡，承宗接祖的事我不负责！若是爱要用血来换时，我愿在神面前立约，砍下一只手也不悔！"

立过誓的龙朱，回到自己的屋中，和衣睡了。睡了不久，就梦到女人缓缓唱歌而来，穿白衣白裙，头发披在身后，模样如救苦救难观世音。女人的神奇，使白耳族王子屈膝，倾身膜拜。但是女人却不理，越去越远了。白耳族王子就赶过去，拉着女人的衣裙，女人回过头就笑。女人一笑龙朱就勇敢了，这王子猛如豹子擒羊，把女人连衣抱起飞向一个最近的山洞中去。龙朱做了男子。龙朱把最武勇的力，最纯洁的血，最神圣的爱，全献给这梦中女子了。

白耳族的大神是能护佑于青年情人的，龙朱所要的，业已由神帮助得到了。

今日里的龙朱，已明白昨天一个好梦所交换的是些什么了，精神反而更充足了一点，坐到那大凳上晒太阳，在太阳下深思人世苦乐的分界。

矮奴走进院中来，仍复来到龙朱脚边伏下，龙朱轻轻用脚一踢，矮奴就乘势一个斤斗，翻然立起。

“我的主，我的神，若不是因为你有时高兴，用你尊贵的脚踢我，奴仆的斤斗决不至于如此纯熟!”

“你该打十个嘴巴。”

“那大约是因为口牙太钝，本来是得在白耳族王子跟前的人，无论如何也应比奴仆聪明十倍!”

“唉，矮陀螺，你是又在做戏了。我告了你不知道有多少回，不许这样，难道全都忘记了么？你大约似乎把我当做情人，来练习一精粹的谄媚技能吧。”

“主，惶恐！奴仆是当真有一种野心，在主面前来练习一种技能，便将来把主的神奇编成历史的。”

“你是近来赌博又输了，总是又缺少钱扳本。一个天才在穷时越显得是天才，所以这时的你到我面前时话就特别多。”

“主啊，是的，是输了。损失不少。但这个不是金钱，是爱情!”

“你肚子这样大，爱情总是不会用尽!”

“用肚子大小比爱情贫富，主的想象是历史上大诗人的想象。不过，……”

矮奴从龙朱脸上看出龙朱今天情形不同往日，所以不说了。这据说爱情上赌输了的矮奴，看得出主人有出去的样子，就改口说：

“主，今天这样好的天气，是日神特意为主出游而预备的天气，不出去像不大对得起神的一番好意！”

龙朱说：“日神为我预备的天气我倒好意思接受，你为我预备的恭维我可不要了。”

“本来主并不是人中的皇帝，要倚靠恭维而生存。主是天上的虹，同日头与雨一块儿长在世界上的，赞美形容自然是多余。”

“那你为什么还是这样唠唠叨叨？”

“在美的月光下野兔也会跳舞，在主的光明照耀下我当然比野兔聪明一点儿。”

“够了！随我到昨天唱歌女人那地方去，或者今天可以见到那个人。”

“主呵，我就是来报告这件事。我已经探听明白了。女人是黄牛寨寨主的姑娘。据说这寨主除会酿好酒以外就是会养女儿。据说姑娘有三个，这是第三个，还有大姑娘二姑娘不常出来。不常出来的据说生长得更美。这全是有福气的人享受的！我的主，当我听到女人是这家人的姑娘时，我才知道我是癞蛤蟆。这样人家的姑娘，为白耳族王子擦背擦脚，勉勉强强。主若是要，我们就差人抢来。”

龙朱稍稍生了气，说：“滚了吧，白耳族的王子是抢别人家的女儿的么？说这个话不知羞么？”

矮奴当真就把身卷成一个球，滚到院的一角去。是这样，算是知羞了。然而听过矮奴的话以后的龙朱，怎么样呢？三个女人就在离此不到三里路的寨上，自己却一无所知，白耳族的王子真是怎样愚蠢！到第三的小鸟也能到外面来唱歌，那大姐二姐是已成了熟透的桃子多日了。让好的女人守在家中，等候那命运中远方大风吹来的美男子作配，这是神的意思。但是神这意见又是多么自私！白耳族的王子，如今既明白了，也不要风，也不要雨，自己马上就应当走去！

龙朱不再理会矮奴就跑出去了。矮奴这时正在用手代足走路，作戏法娱龙朱，见龙朱一走，知道主人脾气，也忙站起身追出去。

“我的主，慢一点，让奴仆随在一旁！在笼中蓄养的雀儿是始终飞不远的，主你忙有什么用？”

龙朱虽听到后面矮奴的声音，却仍不理会，如飞跑向黄牛寨去。

快要到寨边，白耳族的王子是已全身略觉发热了，这王子，一面想起许多事，还是要矮奴才行，于是就蹲到一株大榆树下的青石墩上歇憩。这个地方再有两箭远近就是那黄牛寨用石砌成的寨门了。树边大路下，是一口大井。溢出井外的水成一小溪活活流着，溪水清明如玻璃。井边有人低头洗菜，龙朱望到这人的背影是一个女子，心就一动。望到一个极美的背影还望到一个大大的髻，髻上簪了一朵小黄花，龙朱就目不转睛的注意这背影转移，以为总可有机会见到她的脸。在那边，大路上，矮奴却像一只海豹匍匐气喘走来了。矮奴不知道路下井边有人，只望到龙朱深恐怕龙朱冒冒失失走进寨去却一无所得，就大声嚷：

“我的主，我的神，你不能冒昧进去，里面的狗像豹子！虽说白耳族的王子原是山中的狮子，无怕狗道理，但是为什么让笑话留给这花帕族。”

龙朱也来不及喝止矮奴，矮奴的话却全为洗菜女人听到了。听到这话的女人，就嗤的笑。且知道有人在背后了，才抬起头回转身来，望了望路边人是什么样子。

这一望情形全了然了。不必道名通姓，也不必再看第二眼，女人就知道路上的男子便是白耳族的王子，是昨天唱过了歌今天追跟到此的王子，白耳族王子也同样明白了这洗菜的女人是谁。平时气概轩昂的龙朱看日头不眣眼睛，看老虎也不动心，只略把目光与女人清冷的目光相遇，却忽然觉得全身缩小到可笑的情形中了。女人的头发能系大象，女人的声音能制怒狮，白耳族王子屈服到这寨主女儿面前，也是平平常常的一件事啊！

矮奴走到了龙朱身边，见到龙朱失神失态的情形，又望到井边女人的背影，情形明白了五分。他知道这个女人就是那昨天唱歌被主人收服的女人，且知道这时候无论如何女人也明白蹲在路旁石墩上的男子是龙朱，他不知所措对龙朱作呆样子，又用一手掩自己的口，一手指女人。

龙朱轻轻附到他耳边说："聪明的扁嘴公鸭，这时节，是你做戏的时节！"

矮奴于是咳了一声嗽。女人明知道了头却不回。矮奴于是把音调弄得极其柔和，像唱歌一样，说道：

"白耳族王子的仆人昨天做了错事，今天特意来当到他主人在姑娘面前赔礼。不可恕的过失是永远不可恕，因为我如今把姑娘想对歌的人引导前来了。"

女人头不回却轻轻说道：

"跟到凤凰飞的乌鸦也比锦鸡还好。"

"这乌鸦若无凤凰在身边，就有人要拔它的毛……"

说出这样话的矮奴，毛虽不被拔，耳朵却被龙朱拉长了。小子知道了自己猪八戒性质未脱，忙赔礼作揖。听到这话的女人，笑着回过头来，见到矮奴情形，更好笑了。

矮奴望到女人回了头，就又说道：

“我的世界上唯一良善的主人，你做错事了。”

“为什么?”龙朱很奇怪矮奴有这种话，所以问。

“你的富有与慷慨，是各苗族全知道的，所以用不着在一个尊贵的女人面前赏我的金银，那不要紧的。你的良善喧传远近，所以你故意这样教训你的奴仆，别人也相信你不是会发怒的人。但是你为什么不差遣你的奴仆，为那花帕族的尊贵姑娘把菜篮提回，表示你应当同她说说话呢?”

白耳族的王子与黄牛寨主的女儿，听到这话全笑了。

矮奴话还说不完，才责了主人又来自责。他说：

“不过白耳族王子的仆人，照理他应当不必主人使唤就把事情做好，是这样也才配说是好仆人——”

于是，不听龙朱发言，也不待那女人把菜洗好，走到井边去，把菜篮拿来挂到屈着的肘上，向龙朱睒了一下眼睛，却回头走了。

矮奴与菜篮，全像懂得事，避开了，剩下的是白耳族王子同寨主女儿。

龙朱迟了许久才走到井边去。

媚金·豹子·与那羊

不知道麻梨场麻梨的甜味的人，告他白脸的女人唱的歌是如何好听也是空话。听到摇舻的声音觉得很美是有人。听到雨声风声觉得美的也有人。听到小孩子半夜哭喊，以及芦苇在小风中说梦话那样细细的响，以为美，也总不缺少那呆子。这些是诗。但更其是诗，更其容易把情绪引到醉里梦里的，就是白脸族苗女人的歌。听到这歌的男子，把流血成为自然的事，这是历史上相传下来的魔力了。一个熟习苗中掌故的人，他可以告你五十个有名美男子被丑女人的好歌声缠倒的故事，他又可以另外告你五十个美男子被白脸苗女人的歌声唱失魂的故事。若是说了这些故事的人，还有故事不说，那必定是他还忘了把媚金的事情相告。

媚金的事是这样。她是一个白脸苗中顶美的女人，同到凤凰族相貌极美又顶有一切美德的一个男子，因唱歌成了一对。两方面在唱歌中把热情交流了。于是女人就约他夜间往一个洞中相会。男子答应了。这男子名叫豹子。豹子答应了女人夜里到洞中去，因为是初次，他预备牵一匹小山羊去送女人，用白羊换媚金贞女的红血，所作的纵是罪恶，似乎神也许可了。谁知到夜豹子把事情忘了，等了一夜的媚金，因无男子的温暖，就冷死在洞中。豹子在家中睡到天明才记起，赶即去，则女人已死了，豹子就用自己身边的刀自杀在女人身旁。尚有一说则豹子的死，为此后仍然常听到媚金的歌，因寻不到唱歌人，所以自杀。

但是传闻全为人所撰拟，事情并不那样。看看那遗传下来据说是豹子临死前用树枝画在洞里地面沙上最后的一首诗，那意思，却是媚金有怨豹子爽约的语气。媚金是等候豹子不来，以为自己被欺，终于自杀了。豹子是因了那一只羊的原故，爽了约，到时则媚金已死，所以豹子就从媚金胸上拔出那把刀来，陷到自己胸里去，也倒在洞中。至于羊此后的消息，以及为什么平时极有信用的豹子，却在这约会上成了无信的男子，是应当问那一只羊了。都因为那一只羊，一件喜事变成了一件悲剧，无怪乎白脸族苗人如今有不吃羊肉的理由。

但是问羊又到什么地方去问？每一个情人送他情妇的全

是一只小小白山羊，而且为了表示自己的忠诚，与这恋爱的坚固，男人总说这一只羊是当年豹子送媚金姑娘那一只羊的血族。其实说到当年那一只羊，究竟是公山羊或母山羊，谁也还不能够分明。

让我把我所知道的写来吧。我的故事的来源是得自大盗吴柔。吴柔是当年承受豹子与媚金遗下那只羊的后人，他的祖先又是豹子的拳棍师傅，所传下来的事实，可靠的自然较多。后面是那故事。

媚金站在山南，豹子站在山北，从早唱到晚。山就是现在还名为唱歌山的山。当年名字是野菊，因为菊花多，到秋来满山一片黄。如今还是一样黄花满山，名字是因为媚金的事而改了。唱到后来的媚金，承认是输了，是应当把自己交把与豹子，尽豹子如何处置了，就唱道：

> 红叶过冈是任那九秋八月的风，
> 把我成为妇人的只有你。

豹子听到这歌，欢喜得踊跃。他明白他胜利了。他明白这个白脸族中最美丽风流的女人，心归了自己所有，就答道：

白脸族一切全属第一的女人，
请你到黄村的宝石洞里去。
天上大星子能互相望到时，
那时我看见你你也能看见我。

媚金又唱：

我的风，我就照到你的意见行事。
我但愿你的心如太阳光明不欺，
我但愿你的热如太阳把我融化。
莫让人笑凤凰族美男子无信，
你要我做的事自己也莫忘记。

豹子又唱：

放心，我心中的最大的神。
豹子的美丽你眼睛曾为证明。
豹子的信实有一切人作证。
纵天空中到时落的雨是刀，

我也将不避一切来到你身边与你亲嘴。

天是渐渐夜了。野猪山包围在紫雾中如今日黄昏景致一样。天上剩一些起花的红云，送太阳回地下，太阳告别了。到这时打柴人都应归家，看牛羊人应当送牛羊归栏，一天已完了。过着平静日子的人，在生命上翻过一页，也不必问第二页上面所载的是些什么，他们这时应当从山上，或从水边，或从田坝，回到家中吃饭时候了。

豹子打了一声呼哨，与媚金告别，匆匆赶回家，预备吃过饭时找一只新生的小羊到宝石洞里去与媚金相会。媚金也回了家。

回到家中的媚金，吃过了晚饭，换过了内衣，身上擦了香油，脸上擦了宫粉，对了青铜镜把头发挽成了个大髻，缠上一匹长一丈六尺的绉绸首帕，一切已停当，就带了一个装满了酒的长颈葫芦，以及一个装满了钱的绣花荷包，一把锋利的小刀，走到宝石洞去了。

宝石洞当年，并不与今天两样。洞中是干燥，铺满了白色细沙，有用石头做成的床同板凳，有烧火地方，有天生凿空的窟窿，可以望星子，所不同，不过是当年的洞供媚金豹子两人做新房，如今变成圣地罢了。时代是过去了。好的风俗是如好的女人一样，都要渐渐老去的。一个不怕伤风，不怕中暑，完完全全天生为少年情人预备的好地方，如今却供奉了菩萨，虽说菩萨就是当年殉爱的两人，但媚金豹子若有灵，都会以为把这地方盘据为不应当吧。这样好地方，既然是两个情人死去的地方，为了纪念这一对情人，除了把这地方来加以人工，好好布置，专为那些唱歌互相爱悦的少男少女聚会方便外，真没有再适当的用处了。不过我说过，地方的好习惯是消灭了，民族的热情是下降了，女人也慢慢的像中国女人，把爱情移到牛羊金银虚名虚事上来了，爱情的地位显然是已经堕落，美的歌声与美的身体同样被其他物质战胜成为无用的东西了，就是有这样好地方供年青人许多方便，恐怕媚金同豹子，也见不惯这些假装的热情与虚伪的恋爱，倒不如还是当成圣地，省得来为现代的爱情脏污好！

如今且说媚金到宝石洞的情形。

她是早先来，等候豹子的。她到了洞中，就坐到那大青石做成的床边。这是她行将做新妇的床。石的床，铺满了干麦秆草，又有大草把做成的枕头，干爽的穹形洞顶仿佛是帐子，似乎比起许多床来还合用。她把酒葫芦挂到洞壁钉上，把绣花荷包放到枕边，（这两样东西是她为豹子而预备的）就在黑暗中等候那年青壮美的情人。洞口微微的光照到外面，她就坐着望到洞口有光处，期待那黑的巨影显现。

她轻轻的唱着一切歌，娱悦到自己。她用歌去称赞山中豹子的武勇与人中豹子的美丽，又用歌形容到自己此时的心情与豹子的心情。她用手揣自己身上各处，又用鼻子闻嗅自己各处，揣到的地方全是丰腴滑腻如油如脂，嗅到的气味全是一种甜香气味。她又把头上的首巾除去，把髻拆松，比黑夜还黑的头发一散就拖地。媚金原是白脸族极美的女人，男子中也只有豹子，才配在这样女人身上作一切撒野的事。

这女人，全身发育到成圆形，各处的线全是弧线，整个的身材却又极其苗条相称。有小小的嘴与圆圆的脸，有一个长长的鼻子。有一个尖尖的下巴。还有一对长长的眉毛。样子似乎是这人的母亲，照到荷仙姑捏塑成就的，人间决不应当有这样完全的精致模型。请想想，再过一点钟，两点钟，就应当把所有衣衫脱去，做一个男子的新妇，这样的女人，在这种地方，略为害着羞，容纳了一个莽撞男子的热与力，是怎样动人的事！

生长于二十世纪，一九二八年，在中国上海地方，善于在朋友中刺探消息，各处造谣，天生一张好嘴，得人怜爱的文学家，聪明伶俐为世所惊服，但请他来想想媚金是如何美丽的一个女人，仍然是很难的一件事。

白脸族苗女人的秀气清气，是随到媚金减了多日了。这事是谁也能相信的。如今所见的女人，只不过是下品中的下品，还足使无数男子倾心，使有身分的汉人低头，媚金的美貌也就可以仿佛得知了。

爱情的字眼，是已经早被无数肮脏的虚伪的情欲所玷污，再不能还到另一时代的纯洁了。为了说明当时媚金的心情，我们是不愿再引用时行的话语来装饰，除了说媚金心跳着在等候那男子来压她以外，她并不如一般天才所想象的叹气或独白！

她只望豹子快来，明知是豹子要咬人她也愿意被吃被咬。

那一只人中豹子呢？

豹子家中无羊，到一个老地保家买羊去了。他拿了四吊青钱，预备买一只白毛的小母山羊，进了地保的门就说要羊。

地保见到豹子来问羊，就明白是有好事了，问豹子说：

"年青的标致的人，今夜是预备作什么人家的新郎？"

豹子说：

"在伯伯眼中，看得出豹子的新妇所在。"

"是山茶花的女神，才配为豹子屋里人。是大鬼洞的女妖，才配与豹子相爱。人中究竟是谁，我还不明白。”

“伯伯，人人都说凤凰族的豹子相貌堂堂，但是比起新妇来，简直不配为她做垫脚蒲团！”

“年青人，不要太自谦卑。一个人投降在女人面前时，是看起自己来本就一钱不值的。”

“伯伯说的话正是！我是不能在我那个人面前说到自己的。得罪伯伯，我今夜里就要去作丈夫了。对于我那人，我的心，要怎样来诉说呢？我来此是为伯伯匀一只小羊，拿去献给那给我血的神。”

地保是老年人，是预言家，是相面家，听豹子在喜事上说到血，就一惊。这老年人似乎就有一种预兆在心上明白了，他说：

“年青人，你神气不对。”

“伯伯呵！今夜你的儿子是自然应当与往日两样的。”

“你把脸到灯下来我看。”

豹子就如这老年人的命令，把脸对那大青油灯。地保看过后，把头点点，不做声。

豹子说：

“明于见事的伯伯，可不可以告我这事的吉凶？”

“年青人，知识只是老年人的一种消遣，于你们是无用的东西！你要羊，到栏里去拣选，中意的就拿去吧。不要给我钱。不要致谢。我愿意在明天见到你同你新妇的……”

地保不说了，就引导豹子到屋后羊栏里去。豹子在羊群中找取所要的羔羊，地保为掌灯相照。羊栏中，羊数近五十，小羊占一半，但看去看来却无一只小羊中豹子的意。毛色纯白又嫌稍大，较小的又多脏污。大的羊不适用那是自然的事，毛色不纯的羊又似乎不配送给媚金。

“随随便便吧，年青人，你自己选。”

“选过了。”

“羊是完全不合用么?”

“伯伯，我不愿意用一只驳杂毛色的羊与我那新妇洁白贞操相比。”

“不过我愿意你随随便便选一只，赶即去看你那新妇。”

“我不能空手，也不能用伯伯这里的羊，还是要到别处去找!”

“我是愿意你随便点。”

“道谢伯伯，今天是豹子第一次与女人取信的事，我不好把一只平常的羊充数了。”

“但是我劝你不要羊也成。使新妇久候不是好事。新妇所要的并不是羊。”

“我不能照伯伯的忠告行事，因为我答应了我的新妇。”

豹子谢了地保，到别一人家去看羊。送出大门的地保，望到这转瞬即消失在黑暗中的豹子，叹了一口气，大数所在这预言者也无可奈何，只有关门在家等消息了。他走了五家，全无合意的羊，不是太大就是毛色不纯。好的羊在这地方原是如好的女人一样，使豹子中意全是偶然的事！

当豹子出了第五家养羊人家的大门时，星子已满天，是夜静时候了。他想，第一次答应了女人做的事，就做不到，此后尚能取信于女人么？空手的走去，去与女人说羊是找遍了全个村子还无中意的羊，所以空手来，这谎话不是显然了么？他于是下了决心，非找遍全村不可。

凡是他所知道的地方他都去拍门，把门拍开时就低声柔气说出要羊的话。豹子是用着他的壮丽在平时就使全村人皆认识了的，听到说要羊，送女人。所以人人无有不答应。像地保那样热心耐烦的引他到羊栏去看羊，是村中人的事。羊全看过了，很可怪的事是无一只合式的小羊。

在洞中等候的媚金着急情形，不是豹子所忘记的事。见了星子就要来的临行嘱托，也还在豹子耳边停顿。但是，答应了女人为抱一只小羔羊来，如今是羊还不曾得到，所以豹子这时着急的，倒只是这羊的寻找，把时间忘了。

想在本村里找寻一只净白小羊是办不到的事，若是一定要，那就只有到离此三里远近的另一个村里询问了。他看看天空，以为时间尚早。豹子为了守信，就决心一气跑到另一村里去买羊。

到别一村去道路在豹子走来是极其熟习的，离了自己的村庄，不到半里，大路上，他听到路旁草里有羊叫的声音。声音极低极弱，这汉子一听就明白这是小羊的声音。他停了。又详细的侧耳探听，那羊又低低的叫了一声。他明白是有一只羊掉在路旁深坑里了，羊是独自留在坑中有了一天，失了娘，念着家，故在黑暗中叫着哭着。

豹子借到星光拨开了野草，见到了一个地口。羊听到草动，就又叫，那柔弱的声音从地口出来。豹子欢喜极了。豹子知道近来天气晴明，坑中无水，就溜下去。坑只齐豹子的腰，坑底的土已干硬了，豹子下到坑中以后稍过一阵，就见到那羊了。羊知道来了人便叫得更可怜，也不走拢到豹子身边来，原来羊是初生不到十天的小羔，看羊人不小心，把羊群赶走，尽它掉下了坑，把前面一只脚跌断了。

豹子见羊已受了伤，就把羊抱起，爬出坑来，以为这羊无论如何是用得着了，就走向媚金约会的宝石洞路上去。在路上，羊却仍然低低的喊叫。豹子悟出羊的痛苦来了，心想只有抱它到地保家去，请地保为敷上一点药，再带去。他就又反向地保家走去。

到了地保家，拍门时，正因为豹子事无从安睡的老人，还以为是豹子的凶信来了。老人隔门问是谁。

“伯伯，是你的侄儿。羊是得到了，因为可怜的小东西受了伤，跌坏了脚，所以到伯伯处求治。”

“年青人，你还不去你新妇那里吗？这时已半夜了，快把羊放到这里，不要再耽搁一分一秒吧。”

“伯伯，这一只羊我断定是我那新妇所欢喜的。我还不能看清楚它的毛色，但我抱了这东西时，就猜得这是一只纯白的羊！它的温柔与我的新妇一样，它的……”

那地保真急了，见到这汉子对于无意中拾来一只受伤的羊，像对这羊在做诗，就把门闩抽去砰的把门打开。一线灯光照到豹子怀中的小羊身上，豹子看出了小羊的毛色。

羊的一身白得像大理的积雪。豹子忙把羊抱起来亲嘴。

“年青人，你这是作什么？你忘记了你是应当在今夜做新郎了。”

“伯伯，我并不忘记！我的羊是天赐的。我请你赶紧为设法把脚搽一点药水，我就应当抱它去见我的新人了。”

地保只摇头，把羊接过手来在灯下检视，这小羊见了灯光再也不喊了，只闭了眼睛，鼻孔里咻咻的出气。

过了不久豹子已在向宝石洞的一条路上走着了。小羊在它怀中得了安眠。豹子满心希望到宝石洞时见到了媚金，同到媚金说到天赐这羊的事。他把脚步放宽，一点不停，一直上了山，过了无数高崖，过了无数水涧，走到宝石洞。

到得洞外时东方的天已经快明了。这时天上满是星，星光照到洞门，内中冷冷清清不见人。他轻轻的喊：

“媚金，媚金，媚金！”

他再走进一点，则一股气味从洞中奔出，全无回声，多经验的豹子一嗅便知道这是血腥气。豹子愕然了。稍稍发痴，即刻把那小羊向地下一掼，奔进洞中去。

到了洞中以后，向床边走去，为时稍久，豹子就从天空星子的微光返照下望到媚金倒在床上的情形了。血腥气也就从那边而来。豹子扑拢去，摸到媚金的额，摸到脸，摸到口；口鼻只剩了微热。

“媚金！媚金！”

喊了两声以后，媚金微微的嘤的应了一声。

“你做什么了呢？”

先是听嘘嘘的放气，这气似乎并不是从口鼻出，又似乎只是在肚中响，到后媚金转动了，想爬起不能，就幽幽的继续的说道：

“喊我的是日里唱歌的人不？”

“是的，我的人！他日里常常是忧郁的唱歌，夜里则常是孤独的睡觉；他今天这时却是预备来做新郎的……为什么你是这个样子了呢？”

“为什么？”

“是！是谁害了你？”

“是那不守信实的凤凰族年青男子，他说了谎。一个美丽的完人，总应当有一些缺点，所以菩萨就给他一点说谎的本能。我不愿在说谎人前面受欺，如今我是完了。”

“并不是！你错了！全因为凤凰族男子不愿意第一次对一个女人就失信，所以他找了一整夜才无意中把那所答应的羊找到，如今是得了羊倒把人失了。天啊，告我应当在什么事情上面守着那信用！”

临死的媚金听到这语，知道豹子迟来的理由是为了那羊，并不是故意失约了，对于自己在失望中把刀陷进胸膛里的事是觉得做错了。她就要豹子扶她起来，把头靠到豹子的胸前，让豹子的嘴放到她额上。

女人说：

“我是要死了。……我因为等你不来，看看天已快亮，心想自己是被欺了，……所以把刀放进胸膛里了。……你要我的血我如今是给你血了。我不恨你。……你为我把刀拔去，让我死。……你也乘天未大明就逃到别处去，因为你并无罪。”

豹子听着女人断断续续的说到死因，流着泪，不做声。他想了一阵，轻轻的去摸媚金的胸，摸着了全染了血的媚金的奶，奶与奶之间则一把刀柄浴着血。豹子心中发冷，打了一个战。

女人说：

“豹子，为什么不照到我的话行事呢？你说是一切为我所有，那么就听我的命令，把刀拔去了，省得我受苦。”

豹子还是不做声。

女人过了一阵，又说：

“豹子，我明白你了，你不要难过。你把你得来的羊拿来我看。”

豹子就好好把媚金放下，到洞外去捉那只羊。可怜的羊是无意中被豹子掼得半死，也卧在地下喘气了。

豹子望一望天，天是完全发白了。远远的有鸡在叫了。他听到远处的水车响声，像平常做梦日子。

他把羊抱进洞去给媚金，放到媚金的胸前。

“豹子，扶我起来，让我同你拿来的羊亲嘴。”

豹子把她抱起，又把她的手代为抬起，放到羊身上。“可怜这只羊也受伤了，你带它去了吧。……为我把刀拔了，我的人。不要哭。……我知道你是爱我，我并不怨恨。你带羊逃到别处去好了。……呆子，你预备做什么？”

豹子是把自己的胸也坦出来了，他去拔刀。陷进去很深的刀是用了大的力才拔出的。刀一拔出血就涌出来了，豹子全身浴着血。豹子把全是血的刀扎进自己的胸脯，媚金还能见到就含着笑死了。

天亮了，天亮了以后，地保带了人寻到宝石洞，见到的是两具死尸，与那曾经自己手为敷过药此时业已半死的羊，以及似乎是豹子临死以前用树枝在沙上写着的一首歌。地保于是乎把歌读熟，把羊抱回。

白脸苗的女人，如今是再无这种热情的种子了。她们也仍然是能原谅男子，也仍然常常为男子牺牲，也仍然能用口唱出动人灵魂的歌，但都不能作媚金的行为了！

神巫之爱

第一天的事

云石镇寨门外边大路上，有一群花帕青裙的美貌女子，守候一个侍候神的神巫来临。人数约五十，全是极年青，不到二十三岁以上，各打扮得像一朵鲜花。人人猜疑到神巫必然带来神的恩惠给全村，却带了自己的爱情给女人中某一个。因此凡是寨中年青貌美的女人，都愿意这幸福能落在她头上。她们等候那神巫来到，希望幸运留在自己身边，失望分给众人，结果就把神巫同神巫的马引到自己的家中；马安顿在马房，用麦秆草喂马，神巫安顿在她自己的房里，床间有新麻布帐子山棉作絮的房里。

在云石镇的女人心中，把神巫款待到家，献上自己的身，给这神之子受用，是以为比作土司的夫人还觉得荣幸的。

云石镇的住民，属于花帕族。花帕族的女人，正仿佛是为全世界上好男子的倾心而生长得出名美丽，下品的下品至少还有一双大眼睛与长眉毛，使男子一到面前就甘心情愿作奴当差。今天的事，却是许多稍次的女人也不敢出面竞争了。每一个女人，能多将神巫的风仪想想，又来自视，无有不气馁失神，嗒然归去的。

在一切女人心中，这男子应属于天上的人。纵代表了神，往各处降神的福佑，与自己的爱情，却从不闻这男子恋上了谁个女人。各处女人用颜色或歌声尽一切的诱惑，神巫直到如今还是独身。神巫大约在那里有所等候的天知道他等候谁。

神巫是在等待谁？生在人世间的人，不是都得渐渐老去么？美丽年青不是很短的事么？眼波樱唇，转瞬即已消逝，神巫所挥霍抛弃的女人的热情，实在已太多了。便是今天的事，五十人中倘若有一个为神巫加了青眼，也就有其余四十九人对这青春觉到可恼。美丽的身体若无炽热的爱情来消磨，则这美丽也等于累赘。花帕族，及其他各族，女人之所以精致如玉，聪明若冰雪，温柔如棉絮，也就可以说是全为了神的儿子神巫来注意的。

好的女人不必用眼睛看，也可以从其他感觉上认识出来的。神巫原是一个有眼睛的人，就更应当清楚各部落里美中完全的女人是怎样多。为完成自己一种神所派遣到人间来的意义，他一面为各族诚心祈福，一面也应当让自己的身心给一个女人所占有！

是的，这男子明白这个。他对于这事情比平常人看得更分明。他并无奢望，只愿意得到一种公平的待遇。在任何部落中总不缺少那配得他上的女人，眯着眼，抿着口，做成那欢迎他来摆布的样子。他并不忘记这事情！许多女人都能扰乱他的心，许多女人都可以差遣他流血出力。可是因为另外一种理由，终于把他变成骄傲如皇帝了。他因为做了神之子，就仿佛无做人间好女子丈夫的分了。他知道自己的风仪是使所有的女人倾倒，所以本来不必伟大的他，居然伟大下来了。他不理任何一个女人，就是不愿意放下了那其余许多美丽女子去给世上坏男子脏污。他不愿意把自己身心给某一女人，意思就是想使所有世间好女人都有对他长远倾心的机会。他认清楚神巫的职分，应当属于众人，所以他把他自己爱情的门紧闭，独身下来，尽众女人爱他。

每到一处遇有女人拦路欢迎，这男子便把双眼闭下，拒绝诱惑，女人却多以为因自己貌陋，无从使神巫倾心，引惭退去。落了脚，找到一个宿处后，所有野心极大的女人，便来在窗外吹笛唱歌，本来窗子是开的，神巫也必得即刻关上，仿佛这歌声烦恼了他，不得安静。有时主人自作聪明，见到这种情形，必定还到门外去用恶声把逗留在附近的女人赶走，神巫也只对这头脑单纯的主人微笑，从不说主人已做错了事。

花帕族的女人，在恋爱上的野心等于猓猓族男子打仗的勇敢，所以每次闻神巫来此作傩，总有不少女人在寨外来迎接这美丽骄傲如狮子的神巫。人人全不相信神巫是不懂爱情的男子，所以上一次即或失败，这次仍然都不缺少把神巫引到家中的心思。女子相貌既极美丽，又非常胆大，明白这地方女人的神巫，骑马前来，在路上就不得不很慢很慢的走了。

时间是烧夜火以前。神巫骑在马上，看看再翻一个山，就可以望到云石镇的寨前大梧桐树了，他勒马不前，细细的听远处唱歌声音。原来那些等候神巫的年青女人，各人分据在路旁树荫下，盼望得太久，大家无聊唱起歌来了。各人唱着自己的心事，用那像春天的莺的喉咙，唱得所有听到的男子都沉醉到这歌声里，神巫听了又听，不敢走动。他有点害怕，前面的关隘似乎不容易闯过，女子的勇敢热情推这一镇最出名。

追随在他身后的一个仆人，肩上扛的是一切法宝，正感到沉重，压得肩背沉甸甸的，想到进了寨后找到休息的快活，见主人不即行动，明白主人的意思了。仆人说道：

“我的师傅，请放心，女人不是酒，酒这东西是吃过才能醉人的。”他意思是说女人想起才醉人，当面倒无妨。原来这仆人是从龙朱的矮奴领过教的，说话的聪明机智处许多人不能及。

可是神巫装作不懂这仆人的聪明言语，很正气的望了仆人一眼。仆人在这机会上就向主人微笑，表示他什么事全清清楚楚，瞒不了他。

神巫到后无话说，近于承认了仆人的意见，打马上前了。

马先是走得很快，然而即刻又慢下来了。仆人追上了神巫，主仆两人说着话，上了一个个小小山坡。

“五羊，”神巫喊着仆人的名字，说，“今年我们那边村里收成真好！”

“做仆人的只盼望师傅有好收成，别的可不想管他。”

“年成好，还愿时，我们不是可以多得到些钱米吗？”

“师傅，我需要铜钱和白米养家，可是你要这个有什么用？”

“没有钱我们不挨饿吗？”

“一个年青男人他应当有别一种饥饿，不是用钱可以买来的。”

“我看你近来一天脾气坏一天，说的话怪得很，必定是吃过太多的酒把人变胡涂了。”

“我自己那知道？在师傅面前我不敢撒谎了。”

“你应当节制，你的伯父是酒醉死的，那时你我都很小，我是听黄牛寨教师说的。”

“我那个伯父倒不错！酒也能醉死人吗？”他意思是女人也不能把主人醉死，酒算什么东西。

神巫却不在他的话中追究那另外意义，只提酒。他说：

“你总不应当再这样做。在神跟前做事的人，荒唐不得。”

“那大约只是吃酒，师傅！另外事情——像是天许可的那种事，不去做也有罪。”

“你真在亵渎神了，你这大蒜！”

照例是，主人有点生气时，就会拿用人比蒜比葱，以示与神无从接近，仆人就不开口了。这时节坡已上了一半，还有一半上完就可以望到云石镇，在那里等候神巫来到的年青女人，是在那里唱着歌，或吹着芦管消遣这无聊时光的。快要上到山顶，一切也更分明了。这仆人为了救济自己的过失，所以不久又开了口。

“师傅，我觉得这些女人好笑，全是一些蠢到无以复加的东西!”

随又自言自语说道:“学竹雀唱歌谁希罕?”

神巫不答理，骑在马上腰身略弯伸手摘了路旁土坎上一朵野菊花，把这花插在自己的发边。神巫的头上原包有一条大红锦绸首巾，配上一朵黄菊，显得更其动人的妩媚。

五羊见到神巫打扮得如此华贵，也随手摘了一朵野花安插在包头上。他头上缠裹的是深黄布首巾，花是红色。有了这花仆人更像蒋平了。他在主人面前，总愿意一切与主人对称，以便把自己的丑陋衬托出主人的美好。其实这人也不是在爱情上落选的人物，世界上就正有不少龙朱矮奴所说的“吃搀了水的酒也觉得比酒糟还好的女人”，来与这神巫的仆人啮臂论交!

翻过坡，坡下寨边女人的歌声更分明了。神巫意思在此间等候太阳落坡，天空有星子出现，这些女人多数因回家煮饭去了，他就可以赶到族总家落脚。

他不让他的马下山，跳下马来，把它系在一株冬青树下，命令仆人也把肩上的重负放下休息。仆人可不愿意。

“我的主，一个英雄他应当在日头下出现!”

“五羊，我问你，老虎是不是夜间才出到溪涧中喝水？”

仆人笑，只好把一切法宝放下了。因为平素这仆人是称赞师傅为老虎的，这时不好意思说虎不是英雄。他望到他主人坐到那大青石上沉思，远处是柔和的歌声，以及忧郁的芦笛，就把一个镶银漆朱的葫芦拿给主人，请主人喝酒。

神巫是正在领略另外一种味道的，他摇头，表示不需要酒。

五羊就把葫芦的嘴亲着自己的嘴，仰头咽嘟咽嘟喝了许多酒，用手抹了一抹葫芦的嘴又抹自己的嘴，也坐在那石头上听山下唱歌。

清亮的歌，呜咽的笛，在和暖空气中使人迷醉。

日头正黄黄的晒满山坡，要等候到天黑还有大半天的时光！五羊有种脾气，不走路时就得吃喝，不吃喝时就得打点小牌，不打牌时就得睡！如今天气正温暖宜人，什么事都不宜作，五羊真愿意睡了。五羊又听到远处鸡叫狗叫，更容易引起睡眠的欲望，因此当到他主人面前张着嘴一连打了三个哈欠。

“五羊，你要睡就睡，我们等太阳落坡再动身。”

“师傅，你说的极有道理。可是你的命令我反对一半承认一半。我实在愿意在此睡一点钟或者五点钟，可是我觉得应当把我的懒惰逐去，因为有人在等候你!”

“我怕她们！我不知道这些女人为什么独对我这样多情，我奇怪得很。”

“我也奇怪！我奇怪她们对我就不如对师傅那么多情了。如果世界上没有师傅，我五羊或者会幸福一点，许多人也幸福一点。”

“你的话是流入诡辩的，鬼在你身上把你变成更聪明了。”

“师傅，你过奖我了。我若聪明，早应当把一个女人占有了师傅，好让其余女子把希望的火踹熄，各自找寻她的情夫！可是如今却怎么样？因了师傅，一切人的爱情全是悬在空中。一切……”

“五羊，够了。我不是龙朱，你也莫学他的奴仆，我要的用人只是能够听命令的人。你好好为我睡了吧。”

仆人于是听命不再作声，又喝了一口酒，把酒葫芦搁在一旁，侧身躺在大石上，用肘作枕，准备安睡。但他仍然有话说，他的口除了用酒或别的木楦头塞着时总得讲话的。他含含糊糊的说道：

“师傅，你是老虎!”

这话是神巫听厌了的，并不理他。

仆人便半像唱歌那样低低哼道：

一个人中的虎，因为怕女人的缠绕，不愿在太阳下见人，……

不敢在太阳下见人，要星子嵌在蓝天上时才敢下山，……

没有星子，我的老虎，我的主，你怎么样？

神巫知道这仆人有点醉意了，不作理会。还以为天气实在太早，尽这个人哼一阵又睡一阵也无妨于事，所以只坐到原处不动，看马吃路旁草。

仆人一面打哈欠一面又哼道：

黄花岗的老虎，人见了怕；猓猓族的老虎，它只怕人。

过了一会仆人又哼道：

我是个光荣的男子，花帕族小嘴长臂白脸庞女人，你们全来爱我！

把你们那张小小的嘴唇，把你们两条长长的手臂，全送给我，我能享受得下！

我的光荣随了我主人而来……

他又不唱了。他每天唱了一会就歇歇，像神巫在山神前念诵祷词一样。他为了解释他有理由消受女人的一切温柔，旋即把他的资格唱出。他说：

我是千羊族长的后裔，黔中神巫的仆人，女人都应归我。

我师傅怕花帕族的女人，却还敢到云石镇上行法事，我的光荣……

我师傅勇敢的光荣，也就应当归仆人有一分。

这个仆人哼哼唧唧时是闭上眼睛不望神巫颜色的。因了葫芦中一点酒，使他完全忘了形，对主人的无用处开起玩笑来了。

远处花帕族女人唱的歌，顺风来时字句听得十分清楚，在半醉半睡情形中的仆人耳中，还可以得其仿佛，他于是又唱道：

你有黄莺喉咙的花帕族妇人，为什么这样发痴？

春天如今早过去了，你不必为他歌唱。

我师傅虽是美丽的男子，但并不如你们所想象的勇敢与骄傲；

因为你们的歌同你们那唱歌的嘴唇，他想逃遁，他逃遁了。

一会儿，仆人的鼾声代替了他的歌声，安睡了。这个仆人在朦胧中唱的歌使神巫生了一点小小的气，为了他在仆人面前的自尊起见，他本想上了马一口气冲下山去。更其使他心中烦恼的，却是那山下的花帕族年青女人歌声，那样缠绵的把热情织在歌声里，听歌人却守在一个醉酒死睡的仆人面前发痴，这究竟算是谁的过错呢？

这时节，若果神巫有胆量，跳上了马，两脚一夹把马跑下山，马项下铜串铃远远的递了知会与花帕族所有年青女人，那在大路旁等候那瑰奇秀美的神巫人马来到面前的女人，是各自怎么样心跳血涌！五十颗年青的，母性的，灼热的心，在腔子里跳着，然而那使这些心跳动的男子，这时节却默然坐在那大路旁，低头默想种种逃遁的方法，人间可笑的事情，真没有比这个更可笑了。

他望到仆人五羊甜睡的脸，自己又深恐有人来不敢睡去。他想起那寨边等候他来的一切女人情形，微凉的新秋的风在脸上刮，柔软的殢人的歌声飘荡到各处，一种暧昧的新生的欲望摇撼到这个人的灵魂，他只有默默的背诵着天王护身经请神保佑。

神保佑了他的仆人，如神巫优待他的仆人一样，所以花帕族女人不应当得到的爱情，仍然没有谁人得到。神巫是在众人回家以后的薄暮，清吉平安来到云石镇的。

到了住身的地方时，东家的院后大刺桐树上，正叫着猫头鹰。五羊放下了肩上的法宝，摇着头说：

“猫头鹰，猫头鹰，白天你虽然无法睁开眼睛，不敢飞动，你仍然不失其为英雄啊！”

那树上的一匹猫头鹰，像不欢喜这神巫的仆人的赞美，扬起翅膀飞去了。神巫望到这个从龙朱矮奴学来乖巧的仆人微笑，坐下去，接受老族总双手递来的一杯蜜蜂茶。

到了夜晚，云石镇的箭坪前便成立了一座极堂皇的道场。

晚上的事

松明，火把，大牛油烛，依秩序一一燃点起来，照得全坪通明如白昼。那个野猪皮鼓，在五羊手中一个皮捶重击下，蓬蓬作响声闻远近时，神巫戎装披挂上了场。

他头缠红巾，双眉向上直竖。脸颊眉心擦了一点鸡血，红缎绣花衣服上加有朱绘龙虎黄纸符箓。手执铜刀和镂银牛角。一上场便在场坪中央有节拍的跳舞着，还用呜咽的调子念着娱神歌曲。

他双脚不鞋不袜，预备回头赤足踹上烧得通红的钢犁。那健全的脚，那结实的腿，那活泼的又显露完美的腰身旋折的姿式，使一切男人羡慕一切女子倾倒。那在鼓声蓬蓬下拍动的铜叉上圈儿的声音，与牛角呜呜喇喇的声音，使人相信神巫的周围与本身，全是精灵所在。

围看跳傩的将近一千人，小孩子占了五分之一，女子们占了五分之二，成年男子占了五分之二，一起在神坛边成圈站定。小孩子善于唱歌的，便依腔随韵，为神巫凑歌。女子们则只惊眩于神巫的精灵附身半疯情形，把眼睛睁大，随神巫身体转动。

五羊这时节虽已酒醒了。但他又沉醉到一种事务中，全部精神集中在主人的踊跃行为上，匀匀的击打着身边那一面鼓。他把鼓槌按拍在鼓边上轻轻的敲，又随即用力在鼓心上打。他有时用鼓槌揉着鼓面，发出一种殢人的声音，有时又沉重一击戛然停止。他脸为身边的焚柴火堆熏得通红，头像个饭箩摇摆又摇摆。平时一见女人即发笑的脸上，这时却全无笑容，严重得像武庙那尊泥塑的关夫子了。

神巫把身一踊，把把一脚，再把牛角向空中画一大圈，五羊把鼓声压低下去，另外那个打锣的人也打锣稍停，忽然像从一只大冰柜中倾出一堆玻璃，神巫用他那银钟的喉咙唱出歌来了。

神巫的歌说：

你大仙，你大神，睁眼看看我们这里人！

他们既诚实，又年青，又身无疾病，

他们大人能喝酒，能作事，能睡觉，

他们孩子能长大，能耐饥，能耐冷，

他们牯牛肯耕田，山羊肯生仔，鸡鸭肯孵卵，

他们女人会养儿子，会唱歌，会找她心中欢喜的情人！

你大神，你大仙，排驾前来站两边！
关夫子身跨赤兔马，
尉迟恭手拿大铁鞭！

你大仙，你大神，云端下降慢慢行！
张果老驴上得坐稳，
铁拐李脚下要小心！

福禄绵绵是神恩，
和风和雨神好心，
美酒白饭当前陈，
肥猪肥羊火上烹！

洪秀全，李鸿章，
你们在生是霸王，
杀人放火尽节全忠各有道，
今来坐席又何妨！

慢慢吃，慢慢喝，

月白风清好过河！
醉时携手同归去，
我当为你再唱歌！

神巫歌完锣鼓声音又起，人人拍手迎神，人人还呐喊表示欢迎那个唱歌的神的仆人。神巫如何使神驾云乘雾前来降福，是人不能明白知道的事，但神巫的歌声，与他那种优美迷人的舞蹈，却已先在云石镇上人人心中得到幸福与欢喜了。

神巫迎神歌唱完，帮手的宰好的猪羊心献上，神巫在神面前作揖，磕头，风车般翻了三十六个筋斗，鼓声转沉，神巫把猪羊心丢到铁锅里去，用手咬诀，喷一口唾沫，第一趟法事就完结了。

神巫退下坛来时，坐到一张板凳上休息，把头上的红巾除去，首事人献上蜜茶，神巫一手接茶一手抹除额上的汗渍。这时节，一些顽皮小孩子，已把五羊包围着了，争着抢五羊手上的鼓槌，想打鼓玩。五羊站到一张凳上不敢下来，大声咤叱那顶顽皮的正在扯他裤头的孩子。神巫这一面，则有族总，地保，甲长，与几个上年纪的地方老人陪着。

场坪上，各处全是火炬，树上也悬挂得有红灯，所以凡是在场的人皆能互相望到。神巫所在处，靠近神像边，有大如人臂的天烛，有火燎，有七星灯；所以更见得光明如昼。在火光下的神巫，虽作着神的仆人的事业，但在一切女人心中，神不可知的则数目也不可知，有凭有据的神却只应有一个，就是这神巫。他才是神。因为他有完美的身体与高尚的灵魂。神巫为众人祈福，人人皆应感谢神巫，不过神巫歌中所说的一切神，从玉皇大帝到李鸿章，若果真有灵，能给云石镇以幸福，就应人把神巫分给花帕族所有的好女子，至少是这时节应当让他来在花帕族女人面前，听那些女人用敷有蜜的情歌摇动他的心，不合为一些年老男子包围保护！

这样的良夜，风又不冷，满天是星，正适宜于年青人在洞中幽期蜜约，正适宜于在情妇身边放肆作一切顽皮的行为，正适宜于倦极做梦，把来到云石镇唱歌娱神的神巫，解下了法衣，放下了法宝，科头赤足来陪一个年青花帕族女人往无人处去，并排坐到一个大稻草积上看天上的流星，指点那流星落去的方向，或者用药面喂着那爱吠的黄狗，悄悄从竹园爬过一重篱到一个女人窗下去轻轻拍窗边的门，女人把窗推开援引了这人进屋，神见到这天气，见到这情形，神也不至于生气！

为了神巫外貌的尊严，以及老年人保护的周密，一切女人真是徒然有了这美貌，徒然糟蹋了这一年无多几日的天气。各人的野心虽大，却无一个女人能勇敢的将神巫从火光下抢走。虽说“爱情如死之坚强”，然而任何女人，对这神巫建设的堡垒，也无从下手攻打。

休息了一会，第二次神巫上场，换长袍为短背心，鼓声蓬蓬打了一阵，继着是大铜锣铛铛的响起来，神巫吹角，角声上达天庭，一切情形复转热闹，正做着无涯好梦的人全惊醒了。

第一次法事为献牲，第二次法事为祈福。

祈福这一堂法事，情形与前一次完全两样了，照规矩，神巫得把所有在场的人叫到身边来，瞪着眼，装着神的气派，询问这人想神给他什么东西，这人实实在在说过愿心后，神巫即向鬼王瞪目，再问天神磕头，用铜剑在这人头上一画完事。在场的人若太多时，则照例只推举十来个人出场，受神巫的处治，其余也同样得到好处了。因为在大傩中的人，请求神的帮助，不出几件事：要发财，要添丁，要家中人口清吉，要牛羊孳乳，要情人不忘恩负义；纵有些人也有希望凭了神的保佑将仇人消灭的，这类不合理要求，当然无从代表，然而互相向神纳贿，则互相了销，神的威灵仿佛独于这一件无应验，所以受神巫处治的纵多，也不能出二十个人以上。

锣鼓惊天动地的打，神巫跷起一足旋风般在场中转，只要再过一阵，把表一上，就应推举代表向前请愿了，这时在场年青女人，都有一种野心，想在对神巫诉愿时，说着请求神把神巫给她的话。在神巫面前请求神许可她爱神巫，也得神巫爱她，是这样，神就算尽了保佑弱小的职分了。在场一百左右年青女人，心愿莫不是要神帮忙，使神巫的身心归自己一件事，所以到了应当举出年青女人向神请愿时，因为一种隐衷，人人皆说事是私事，只有各自向神巫陈说最好。

众女人为这事争持着，尽长辈排解也无法解决，显然明白今夜的事情糟。男子流血女人流泪全是今夜的事。他只默然不语，站在场坪中火堆前，火光照曜到这英雄如一个天神。他四顾一切争着要祈福的女人，全有着年青美健的身体与洁白如玉的脸额，全都明明白白的把野心放在衣外，企图与这年青神之子接近。各人的竞争，即表明各人的爱心的坚固，得失之间各人皆具有牺牲的决心。

族中当事人，也有女侄在内，情形也大体明白了，劝阻无效，只有将权利付之神巫自己。

那族中最年高的一个，见到自己两个孙女也包了花格子布巾在场，照例族中的尊严，是长辈也无从干预年青人恋爱，他见到这事情争持下去也不会有结果，于是站到凳上去，宣告自己的意见。

他先拍掌把一切的纷扰镇平，演说道：

“花帕族的姊妹们，请安静，听一个痴长九十一岁的人说几句话。

对于祈福你们不愿意将代表举出，这是很为难的。你们的意见，是你们至上的权利，花帕族女人纯洁的心愿，我不能用高年来加以干预。我并不是不明白你们的意思。只是很为难，今天这大傩是为全镇全族作的，并不是我个人私有；也不是几个姊妹们私有。这是全镇全族的利益。这傩事，应当属于在场的公众，所以凡近于足以妨碍傩事的个人利益要求，我们是有商量考虑的必要。

如今的夜晚天气并不很长，这还是新秋，这事也请诸位注意。若果照诸位希望，每一个人，（有女人就说，并不是每一人，是我们女人！）是的，单是女子，让我来数数吧，一五，一十，十五，二十……这里像你们这样年青的姑娘，共七十五个。或者还不止。试问七十五个女人，来到神巫身前，把心愿诉尽，又得我们这可敬爱的神巫一一了愿，是作得到的事么？你们这样办，你们的心愿神巫是知道了，（他觉得说错了话又改口说）你们的心愿神已知道了，只是你们不觉得使神巫过于疲倦是不合理的事吗？这样一来到天亮还不能作第三堂法事，你们不觉得这是妨碍了其他人的利益与事务吗？

我花帕族的女人，全知道自由这两个字的意义的。她知道自己的权利也知道别人的权利，你们可以拿你们自己所要求的去想想。”

有女人就说：“我们想过了，这事情我们愿意决定于神巫，他必能给我们公平的办法。”演说的老人就说道：

“这是顶好的，既然这样，我们就把这事情请我们所敬爱的神巫来解决。来，第二的龙朱，告我们事情应当怎么办。（他向神巫）你来说一句话，事情由你作主。（女人听到这个话后全体拍手喊好。）

不过，姊妹们，不要因为太欢喜忘了我们族中的女子美德了！诸位应记着花帕族女人的美德是热情的节制，男子汉才需要大胆无畏的勇敢！我请你们注意，就因为不要为我们尊敬的神巫见笑。

诸位，安静一点，听我们的师傅吩咐吧。”

女人中，虽有天真如春风的，听族长谈到花帕族女人的美德，也安静下来了。全场除了火燎爆裂声外，就只有谈话过多的老年族总喉中发喘的声音。

神巫还是身向火燎低头无语，用手扣着那把降魔短剑。

打鼓的仆人五羊，低声说道：

“我的主，你不要迟疑了，我们的神对于年青女人请求从不曾拒绝，你是神之子，应照神意见行事。”

“神的意见是常常能使他的仆人受窘的！”

“就是这样也并无恶意！应当记着龙朱的言语：年青的人对别人的爱情不要太疏忽，对自己的爱情不要太悭吝。”

神巫想了一会，就抬起头来，朗朗说道：

“诸位伯叔兄弟，诸位姑嫂姊妹，要我说话我的话是很简单的。神是公正的，凡是分内的请求他无拒绝的道理。神的仆人自然应为姊妹们服务，只请求姊妹们把希望容纳在最简单的言语里，使时间不至于耽搁过多。”

说到此，众人复拍手，五羊把鼓打着，神巫舞着剑，第一个女人上场到神巫身边跪下了。

神巫照规矩瞪眼厉声问女人，仿佛口属于神，眼睛也应属于神，自己全不能审察女人口鼻眼的美恶。女人轻轻的战栗把她的愿心说出，她说：

“师傅我并无别的野心，我只请求神让我作你的妻，就是一夜也好。”

神巫听到这吓人的愿心，把剑一扬，喝一声“走”，女人就退了。

第二，个来时，说的话却是愿神许他作她的夫，也只要一天就死而无怨。

第三个意思也不外乎此，不过把话说得更委婉一点。

第四第五……照秩序下去全是一个样子，全给神巫瞪目一喝就走了。人人先仿佛觉到自己无希望说给这人听过后，心却释然。以为别的女子也许野心太大请神帮忙的是想占有神巫全身，所以神或者不能效劳，至于自己则所望不赊，神若果是慈悲的，就无有不将怜悯扔给自己的道理。人人仿佛向神预约了一种幸福，所有的可以作为凭据的券就是临与神巫离开时那一瞪。事情的举行出人意料的快，不到一会在场想与神巫接近一致心事的年青女人就全受福了。女人事情一毕，神巫稍稍停顿了跳跃，等候那另外一种人的祈福，在这时，忽然跑过了一个不到十六岁的小女孩，赤了双脚，披了长长的头发，像才从床上爬起，穿一身白到神巫面前跪下，仰面望着神巫。

神巫也瞪目望女人，望到女人一对眼，黑睛白仁像用宝石镶成，才从水中取出安置到眶中，那眼眶，又是庄子一书上的巧匠手工做成的。她就只把那双眼睛瞅定神巫，她的请求简单到一个字也不必说，而又像是已经说得太多了。

他这光景下有点眩目，眼睛虽睁大，不是属于神，应属于自己了。他望到这女人眼睛不旁瞬，女人也不做声，眼中却像是那么说着：“跟了我去吧，你神的仆，我就是神！”

这神的仆人，可仍然把心锁住了，循例的大声的喝道：

“什么事，说！”

女人不答应还是望到这神巫，美目流盼，要说的依然像是先前那种意思。

这神巫有点迷乱，有点摇动了，但他不忘却还有一百左右的花帕族美貌年青女子在周围，故旋即吼问了一声是为什么事。

女人不作答，从那秀媚通灵的眼角边浸出两滴泪来了。仆人五羊的鼓声催得急促，天空西南角上正坠下一大流星光芒如月，神巫望到这眼边的泪，忘了自己是神的仆人了，他把声音变成夏夜一样温柔，轻轻的问道：

“洞府中的仙姊妹，你有什么事你尽管说。”

女人不答理，他又更柔和的说道：

“你仆人是世间一个蠢人，有命令，吩咐出来我照办。”

女人到此把宽大的衣袖，擦干眼泪，把手轻轻抚摩神巫的脚背，不待神巫扬起铜剑先自退下了。

神巫正想去追赶她，却为一半疯老妇人拦着请愿，说是要神帮她把战死的儿子找回，神巫只好仍然作着未完的道场，跳跳舞舞把其余一切的请愿人打发完事。

第二堂休息时，神巫蹙着双眉坐在仆人五羊身边。五羊看师傅神色不大对劲，蹲到主人脚边低声问主人为什么这样忧郁。这仆人说：

“我的主，我的神，什么事使你烦到这样子呢？”

神巫说：“五羊我这时比往日颜色更坏吗？”

“在一般女人看来，你比往日更显得骄傲。”

“我的骄傲若使这些女人误认而难堪，那我仍得骄傲下去。”

“但是，难堪的或者是另外一个人！一个人能勇敢爱人，在爱情上勇敢即失败也不会难堪的。难堪只是那些无用的人所有的埋怨。不过，师傅，我说你有的却只是骄傲。”

“我不想这样骄傲了，无味的贪婪我看出我的错来了。我愿意做人的仆，不愿意再做神的仆了。”

五羊见到主人的情形，心中明白必定是刚才请愿祈福一堂道场中，主人听出许多不应当听的话了，这乖巧仆人望望主人的脸，又望望主人插到米斗里那把降魔剑，心想剑原来虽然挥来挥去，效力还是等于面杖一般。大致一切女人的祈福，归总只是一句话，就是请神给这个美丽如鹿骄傲如鹤的神前仆人，即刻为女人烦恼而已。神显然是答应了所有女人的请愿，所以这时神巫当真烦恼了。

祈了福，时已夜半，在场的人，明天有工做的男子，都回家了，玩倦了的小孩子，也回家了，应当照料小孩饮食的有年纪女人，也回家了。场中人少了一半，只剩下了不少青年女人，预备在第四堂法事末尾天将明亮满天是流星时与神巫合唱送神歌，就便希望放在心上向神预约下来的幸福，询问神巫是不是可以实现应当如何努力方能实现。

看出神巫的骄傲，是一般女子必然的事，但神巫相信那最后一个女人，却只会看出他的忧郁。在平时，把自己属于一人或属于世界，良心的天秤轻重分明，择重弃轻他就尽装骄傲活下来。如今天秤已不同了。一百个或一千个好女人，虚无的倾心，精灵的恋爱，似乎敌不过一个女子实际的物质的爱较受用了。他再也不能把在世界上有无数青年女子对他倾心的事引为快乐，却甘心情愿自己对一个女人倾心来接受烦恼了。

他把第三堂的法事草草完场，于是到了第四堂。在第四趟末了唱送神歌时，大家应围成一圈，把神巫圈在中间，把稻草扎成的蓝脸大鬼抛掷到火中烧去，于是打鼓打锣齐声合唱。神巫在此情形中，去注意到那穿白绒布衣的女人，却终无所见。他不能向谁个女子探听那小女孩属姓，又不能把这个意思向族总说明，只在人中去找寻。他在许多眼睛中去发现那熟习的眼睛，在一些鼻子中发现鼻子，在一些小口中发现那小口，结果全归失败。

把神送还天上，天已微明了。道场散了，所有花帕族的青年女子除了少数性质坚毅野心特大的还不愿离开神巫，其余女人均负气回家睡觉去了。

随后神巫便随了族总家扛法宝桌椅用具的工人返族总家，神巫后面跟得是一小群年青女人，天气微寒，各人皆披了毯子，这毯子本来是供在野外情人作坐卧用的东西，如今却当衣服了。女人在神巫身后，低低的唱着每一个字全像有蜜作馅的情歌，直把神巫送到族总的门外。神巫却颓唐丧气，进门时头也不曾掉回。

第二天的事

神巫思量在云石镇逗留三天，这意见直到晚上做过第二堂道场才决定。这神的仆人，当真愿意弃了他的事业，来作人的仆人了。

他耳朵中听过上一千年青女人的歌声，还能矜持到貌若无动于心。他眼见过一千年青女人向他眉目传语，他只闭目若不理会。就是昨晚上，在第二堂道场中，将近一百个女人，来跪到这骄傲人面前诉说心中的愿望，他为了他的自尊与自私，也俨然目无所睹耳无所闻，只大声咤叱行使他神仆的职务。但是一个不用言语诉说的心愿，呆在他面前不到两分钟，却为他猜中非寻找这女人不可了。

见到主人心不自在的仆人五羊，问他主人说：

“师傅，你试差遣你蠢仆去做你要做的那件事吧，天上人参果，地下八宝精，你要我便找得着！”

“事情是神所许可的事，却不是我应当做的事！”

“既然神也许可，人还能违逆神吗？逆违神的意见，地狱是在眼前的。”

“你是做不到这事的，因为我又不愿意她以外另一人知道我的心事。”

“我准可以做到，只要师傅把那人的相貌说出来，我一定要她来同师傅相会。”

“你这个人只是舌头勇敢，别无能耐！”

“师傅！你说！你说！金子是在火里炼得出来的，我的能力要做去才知道了。”

“你这人，我对你的酒量并不怀疑，只是吃酒以外的事简直无从信托你。”

“试试这一次吧。师傅你若相信各样的强盗也可以进爱情的天堂，那么，一个欢喜喝一杯两杯酒的人为什么不能当一点较困难的差事呢?”

神巫不是龙朱，五羊却已把矮奴的聪明得到，所以神巫不能不首肯了。

神巫就告给他仆人，说是那白衣的女人他一见就如何钟情。因为女人是最后一个来到场中受福，五羊也早将这女人记在心上了。五羊说这多容易。请师傅放心，在此等候好消息，神巫只好点首应允，五羊笑了笑就去了。

去了半天还不回来，神巫心上有点着急。天气实在太好了，在这样日光下杀人也像不是罪过。神巫想自己出门走走，又恐怕没有那个体己仆人在身边，外面碰到花帕族女人包围时无法脱身。他悔不该把五羊打发出门，因为他知道这地方的烧酒十分出名，五羊还不知到什么时候始能醉醺醺的回家。

族总知道神巫极怕女人麻烦，所以特把他安置到一个单独院落里。

神巫因为寂寞，又不能睡觉，就从旁门走过族总住的正院去找人谈话，到了那边，人全出门了，只见一个小孩坐在堂屋青石板地下不起，用手蒙脸哭唤。这英雄把孩子举起逗孩子发笑，孩子见了生人抱他，便不哭了，只睁了眼睛看望神巫。神巫忽然觉得这眼睛是极熟习的谁一个人的眼睛了。他想了一会，记起了昨夜间那个人。他又望望孩子身上所穿的衣服，也就正是昨夜那女人所穿一个样子白色。他正在对小孩子发痴，以为这凑巧很可注意，那一边门旁一个人赫然出现，他手忙脚乱不知所措，把小孩放下怔怔望着那人无言无语。原来这就正是昨夜那个请愿求神的少年女子。在日光下所见到的女人颜色，如玉如雪，更其分明。女人精神则如日如霞。这晤面显然也出于她的意外，微惊中带着惶恐，用手扶定门框，对神巫出神。

“我的主人，昨夜里在星光下你美丽如仙，今天在日光下你却美丽如神！”

女人好像腼腆害羞，不作回答，还是站立在那里不动。

神巫于是又说道：

“神啊！你美丽庄严的口辅，应当为命令愚人而开的，我在此等候你的使唤。我如今已从你眼中望见了天堂，就即刻入地狱也死而无怨。”

小孩子，这时见到了女人，踊跃着要女人抱他，女人低头无声走到孩子身边来，把孩子抱起，放在怀中，用口吮着小孩的小小手掌，温柔如观音菩萨。

神巫又说道：

“我生命中的主宰，一个误登天堂用口渎了神圣的尊严的愚人，行为如果引起了你神圣的憎怒，你就使他到地狱去吧。”

女人用温柔的眼睛，望了望这个人中模型善于辞令的美男子，却返身走了。

神巫是连用手去触这女人衣裙的气概也消失了的，见到女人走时也不敢走上去把女人拦住，也不能再说一句话，女人将身消失到芦帘背后以后，这神的仆人，惶遽情形比失去了所有法宝还可笑，一无可作，只站到堂屋正中搓手。

他不明白这是神的意思，还是因为与神意思相反，所以仍然当面错过了这个机会。

照花帕族的格言而说：“凡是幸运它同时必是孪生。”神巫想起这个格言，预料到这事只是起始，不是结局，所以并不十分气馁，回到自己住屋了。

但他的心是不安定的，他应当即刻就知道一切详细。他不能忍耐等到仆人五羊回来，报告消息，却决定要走出去找五羊向他方面打听去了。

正准备起身出门时节，五羊却忙匆匆的跑回来了，额上全是大汗，一面喘气一面用手抹额上的汗，脸上笑容荡漾像迎喜时节的春官。

“舌头勇敢的人，你得了些什么好消息了呢?”

“主的福分，我把师傅要知道的全得到了。我在三里外一个地方见到那人中的神了，我此后将一唱赞美我自己眼睛有福气的歌。”

“我只怕你见到的是你自己眼中的酒神？还是喝一辈子的酒吧。”

“我可以赌咒，请天为我作证人。我向师傅撒谎没有利益可言。我这时的眼睛有光辉照耀，可以证明我所见不虚。”

“在你眼中放光的，我疑心那只是一匹萤火虫，你的聪明是只能证实你的眼浅的。”

“冤枉！谁说天上日头不是人人明白的东西？世上瞎眼人也知道日头光明，你当差的就蠢到这样吗?”这时他想起另外证据来了。“我还有另外证据在这里，请师傅过目。这一朵花它是有来由的。”

仆人把花呈上，一朵小小的蓝野菊，与通常遍地皆生的东西一个样子，看不出它有什么特异处。

“饶舌的东西，我不明白这花有什么用处?”

“你当然不明白它的用处。让我来替这菊花向师傅诉说吧。我命运是应当在龙朱脚下揉碎的，谁知给一个姑娘带走了，我坐到姑娘发上有半天，到后跌到了一个……哈哈，这样的因缘我把这花带回来了。我只请我主，信任这不体面的仆人，天堂的路去此正自不远，流星虽美却不知道那一条路径。”

“我恐怕去天堂只有一条路径。”神巫意思是他自己已先到过天堂了。

“就是这不体面仆人所知道的一条！”

“有小孩子没有？”

“师傅，罪过！让我这样说一句撒野的话吧，那‘圣地’是还无人走过的路！那宝田还不曾被谁下种！”

神巫听到此时不由得不哈哈大笑，微带嗔怒的大声说道：

“不要在此胡言谵语了，你自己到厨房找酒喝去吧。你知道酒味比知道女人多一点。你这家伙的鼻子是除了辨别烧酒以外没有其他用处的。你去了吧！你只到厨房去，在喝酒以前，为我探听族总家有几个姑娘年在二十岁以内，还有一个孩子是这个人的儿子。听清我的话没有？”

仆人五羊把眼睛睁得多大，不明白主人的用意。他还想分辩他所见到的就是主人所要的一个女人。他还想在知识上找出一点证据。可是神巫把这个人轻轻一推，他已踉踉跄跄跌到门限外了。他喊道：“师傅，听我的话！”神巫却訇的把门关上了。这仆人站到门外多久，想起必是主人还无决心，又想起那厨房中大缸的烧酒，自己的决心倒拿定了，就撅嘴蹩脚向大厨房走去。

五羊去了以后，神巫把那一朵小小蓝菊花拿在手上，这菊花若能说话就好了！他望到这花觉到无涯的幸福，这幸福倒是自己所发现，并不必靠自谦为不体面的仆人所禀白的。他不相信他刚才所见到的是另外一个女人，他不相信仆人的话有一句可靠。一个太会说话了的人，所说的话常常不是事实，他不敢信任五羊仆人也就是这种理由。

不过，平时诚实的五羊，今日又不是大醉，所见到的人当然也必美得很。这女人可是谁家的女人？若这花真是从那女人头上掉下，则先一刻在前面院子所见到的又是谁？如果‘幸福真是孪生’，女人是孪生姊妹，神巫在选择上将为难不知应当如何办了。在两者中选取一个，将用什么为这倾心的标准？人世间不缺少孪生姊妹。可不闻有孪生的爱情。

他胡思乱想了大半天。

他又觉得这决不会错误，眼睛见到的当然比耳朵听来的更可靠，人就是昨夜那个人！但是这儿子属于谁的种根？这女子的丈夫是谁？……这朵花的主人又究竟是谁？……他应当信任自己，信任以后又有何方法处置自己？

这时节，有人在外面拍掌，神巫说：“进来！”门开了，进来一个人。这人从族总那边来，传达族总的言语，请师傅过前面谈话。神巫点点头，那人就走了。神巫一会儿就到了族总正屋，与族总相晤于院中太阳下。

“年青的人呀，如日如虹的丰神，无怪乎世上的女人都为你而倾心，我九十岁的老人了一见你也想作揖！”

神巫含笑说：

“年深月久的树尚为人所尊敬，何况高年长德的人？江河的谦虚因而成其伟大，长者对一个神前的仆人优遇，他不知应如何感谢这人中的大江！”

“我看你心中的有不安样子，是不是夜间的道场疲倦了你？”

“不，年长的祖父。为地方父老作的事，是不应当知道疲乏的。”

“是饮食太坏吗？”

“不，这里厨子不下皇家的厨子，每一种菜单单看看也可以使我不厌！”

“你洗不洗过澡了？”

“洗过了。”

“你想到你远方的家吗？”

“不，这里住下同自己家中一样了。”

“你神气实在不妥，莫非有病。告给我什么地方不舒畅？”

“并无不舒畅地方，谢谢祖父的惦念。”

“那或者是病快发了，一个年青人照例免不了常被一些离奇的病缠倒的。我猜必定是昨晚上那一群无知识的女人扰乱了你。这些年青女孩子，是常常因为人太热情的原故，忘了言语与行动的节制的。告给我，她们中谁个有在你面前说过狂话的没有？”

神巫仍含笑不语。

族总又说：

“可怜的孩子们！她们太热情了，也太不自谅了。她们都以为精致的身体应当尽神巫处治成为妇人。都以为把爱情扔给人间美男子为最合理的事。她们不想想自己野心的不当，也不想想这爱情的无望。她们直到如今还只想如何可以麻烦神巫就如何做，我这无用的老人，若应当说话，除了说妒忌你这年青好风仪以外，不知道尚可以说什么话了。”

“祖父，若知道晚辈的心如何难过，祖父当同情我到万分。”

“我为什么不知道你难过处？众女子千中选一，并无一个够得上配你，这是我知道的。花帕族女子虽出名的美丽，然而这仅是特为一般年青诚实男子预备的。神为了显他的手段，仿照梁山伯身材造就了你，却忘了造那个祝英台了！”

“祖父，我倒并不这样想！为了不辜负神使我生长得中看的好意，我应当给一个女子作丈夫的。只是这女子……”

“爱情不是为怜悯而生，所以我并不希望你委屈于一个平常女子脚下。”

“天堂的门我已无意中见到了，只是不知道应当如何进去。”

“那就非常好！体面的年青人，我愿意你的聪明用在爱情上比用在别的事还多，凡是用得到我这老人时老人无有不尽力帮忙。”

“……”神巫欲说不说，蹙了双眉。

“不要愁！爱情是顶顽皮的，应当好好去驯服。也不要把心煎熬到过分。你烦闷，何不出去走走呢？若想打猎，拿我的枪，骑我的马，同你仆人到山上去吧。这几日那里可以打到很肥的山鸡，怕人注意你顶好戴一个面具去。不过我想来这也无多大用处，一个瞎子在你身边也会觉得你是体面的。就是这样子去吧。乘此可以告给一切女人，说心已属了谁，那以后或者也不至于出门受麻烦了。天气实在太好了，不应当辜负这好天气。”

…………

神巫骑马出门了，马是自己那一匹，从族总借来的长枪则由五羊扛上。扛着长枪跟在马后的五羊，肚中已灌满麦酒与包谷酒了，出得门来听到各处山上的歌声，这汉子也不知不觉轻轻的唱起来。

他停顿了一脚，望望在前面马上的主人，却唱道：

你用口成天唱歌的花帕族女人，
你们的爱情全是失败了。
那骑白马来到镇上的年青人，
已为一个穿白衣女人用眼睛抓住了。
…………
你花帕族的男人，
要情人到别处赶快找去！
从今天起始族中的女人，
把爱情将完全变成妒嫉！

神巫回过头来说：

“好好为我把口合拢，不然我要用路上的泥土塞满你的嘴巴了！”

五羊因为有点儿醉了，慢一步，停留下来，稍与神巫距离远一点，仍然唱道：

我能在山中随意步行，
全得我体面师傅的恩惠，
我师傅已不怕花帕族女人，
我决不见女人就退。
…………
你唱歌想爱神巫的乖巧女人，
此后的歌应当改腔改调！
那神巫如今已为一个女子的情人，
你的歌当问他仆人“要爱情不要？”

神巫在马上仍然听到这歌了，又回过头来，望着这醉人情形，带嗔的说道：

“五羊，你当真想吃马屎是不是？”

五羊忙解释，说只是因为牙齿发酸，非哼哼不行，所以一哼就成歌了。

“既然这样，我明天当为你把牙齿拔去，看还痛不痛。”

“师傅，那么我以后因为拔牙时疼痛的原故，可以成年哼了。”

神巫见这仆人醉时话比醒时多一倍，不可理喻，就只有尽他装牙痛唱歌。自己打马上前走了。马一向前跑，谁知这仆人因为追马，倒仿佛牙齿即刻就不发酸歌也唱不出了。一跑跑到了个溪边，一只水鸭见有人来振翅乎乎飞去，五羊忙收拾枪交把主人，等到主人举枪瞄准时，那水鸟已早落到远处芦丛中不见了。

“完了。龙朱仆人说：凡是笼中畜养的鸟一定飞不远。这只水鸭子可不是家养的！我们慢慢的沿这小溪向前走吧，师傅。”

神巫等候了一阵，不见这水鸭子出现，只好照五羊意见走去。这时五羊在前，因为溪边路窄，他牵马。走了一会五羊好像牙齿又发生了毛病，哼起来了。

笼中畜养的鸟它飞不远，
家中生长的人却不容易寻见。
我若是有爱情交把女子的人，
纵半夜三更也得敲她的门。

神巫在五羊说出门字以前就勒着了马。他不走了，昂首望天上白云，若有所计划。

“主人，古怪，你把马一勒，我这牙齿倒好了，要唱歌也唱不来了。”

“你少作怪一点！你既然说那个人的家，离这里不远，我们就到她家中去看看吧。”

“要去也得一点礼物，我们应向山神讨一双小白兔才像样子！”

“好，照你主意吧，你安置一下。”

五羊这时可高兴了。照习惯打水边的鸟时可以随便，至于猎取山上的小兽与野鸡，便应当同山神通知一声。通知山神办法也很简便，只是用石头在土坑边或大树下砌一堆，堆下压一绺头发与青铜钱三枚，设此的人略一致术语，就成了。有了通知便容易得到所想得的东西。故此时五羊即来办理这件事。他把石头找得，扯下自己头发一小绺，摸出三个小钱，蹲下身去，如法炮制。骑在马上的神巫，等候着，望着遥天的云彩，一声不响。

不知是山神事忙，还是所有兔类早得了山神警戒不许出穴，主仆两人在各处找寻半天的结果，连一匹兔的影子也不曾见到。时间居然不为世界上情人着想，夜下来了。黄昏薄暮中的神巫，人与马停顿在一个小土阜上面，望云石镇周围各处人家升起的炊烟，化成银色薄雾，流动如水如云，人微疲倦，轻轻打着唿哨回了家。

第二天晚上的事

回家的神巫，同他的仆人把饭吃过后，坐在院中望天空。蓝天里全是星子。天比平时仿佛更高了。月还不上来，在星光下各地各处叫着纺车娘，声音繁密如落雨，在纺车娘吵嚷声中时常有妇女们清呖宛转的歌声，歌声的方向却无从得知。神巫想起日间的事，说：

“五羊，我们还是到你说的那个地方去看看吧。”

“主人，你真勇敢！一出门，不怕为那些花帕族女人围困吗？”

“我们悄悄从后面竹园里出去！”

“为什么不说堂堂正正从前门出去？”

“就从前门出去也不要紧！”

“好极了，我先去开路。”

五羊就先出去了，到了山外边，耳听岗边有女人的嘻笑，听到芦笛低低的鸣咽。微风中有栀子花香同桂花香。举目眺望远处，一堆堆白衣裙隐显于大道旁，不下数十，全是想等候神巫出门的痴心女人。这些女人不知疲倦的唱歌，只想神帮助她们，凭了好喉咙把神巫的心揪住，得神巫见爱。她们将等候半夜或一整夜，到后方各自回家。天气温暖宜人，正是使人爱悦享乐的天气。在这样天气下，神巫的骄傲，决不是神许可的一件事，因此每个女人的自信也更多了。

神巫的仆人五羊，见到这个情形，打算打算，心想还是不必要师傅勇敢较好，就走转身向神巫住处走去报告外面一切光景。

“看到了些什么了呢?”

“……”五羊只摇头。

“听到了些什么了呢?”

“……”五羊仍然摇头。

神巫就说：

“我们出去吧，若等待绊脚石自己挪移，恐怕等到天亮也无希望出去了。”

五羊微带忧愁答道：

“倘若有办法不让绊脚石挡路，师傅，我劝你还是采用那办法吧。”

“你不还讥笑我说那是与勇敢相反的一种行为么?”

“勇敢的人他不躲避牺牲，可是他应当躲避麻烦。”

“在你的聪明舌头上永远见出师傅的过错，却正如在龙朱仆人的舌头上永远见出龙朱是神。”

“就是一个神也有为人麻烦到头昏情形的时候，这应当是花帕族女人的罪过，她们不应当生长得这样美丽又这样多情!”

“骗子，少说闲话吧。一切我依你了。我们走。”

“是吧，就走。让花帕族所有年青女人因想望神巫而烦恼，不要让那被爱的花帕族一个女人因等候而心焦。”

他们于是当真悄悄的出了门，从竹园翻篱笆过田坎，他们走的是一条幽僻的小路。忠实的五羊在前，勇壮的神巫在后，各人用牛皮面具遮掩了自己的脸庞，匆匆的走过了女人所守候的寨门，走过了女人所守候的路亭。到了无人的路上时，五羊回头望了一望，把面具从脸上取下，向主人憨笑着。

神巫也想把面具卸除，五羊却摇手。

“这时若把它取下，是不会有人来称赞我主的勇敢的!”

神巫就听五羊的话，暂时不脱面具。他们又走了一程。

经过一家门前，一个稻草堆上有女人声音问道：

“走路的是不是那使花帕族女人倾倒的神巫？”

五羊代答道：

“大姊，不是，那骄傲的人这时应当已经睡觉了。”

那女人听说不是，以为问错了，就唱歌自嘲自解，歌中意思说：

一个心地洁白的花帕族女人，
因为爱情她不知道什么叫作羞耻。
她的心只有天上的星能为证明，
她爱那人中之神将到死为止。

神巫不由得不稍稍停顿了一步。五羊见到这情形，恐怕误事，就回头向神巫唱道：

年青人不是你的事你莫管，
你的路在前途离此还远。

他又向那草堆上女人点头唱道：

好姑娘你心中凄凉还是唱一首歌，

许多人想爱人因为哑可怜更多！

到后就不顾女人如何，同神巫匆匆的走去了。神巫心中觉得有点难过，然而不久又经过了一家门外，听到竹园边窗口里有女人唱歌：

你半夜过路的人，是不是神巫的同乡？

你若是神巫的同乡，足音也不要去得太忙；

我愿意用头发把你脚上的泥擦揩，

因为它是从那神巫的家乡里带来。

五羊听完伸伸舌头，深怕那女人走出来见到主人，或者就实行用头发擦脚的话，拖了神巫就走，担心走慢了点就不能脱身。神巫无法只好又离开了第二个女人。

第三个女人唱的是希望神巫为天风吹来的歌。第四个女人唱的是愿变神巫的仆人五羊。第五个女人唱的是只要在神巫跟前作一次呆事就到地狱去尽鬼推磨也无悔无忌。一共经过了七个女人，到第八个就是神巫所要到的家了。远远的望到那从小方窗里出来的一缕灯光，神巫心跳着不敢走了。

他说："五羊，不要走向前了吧，让我看一会天上的星子，把神略定再过去。"

主仆两人就在那人家三十步以外的田坎上站定了。神巫把面具取下，昂头望天上的星辰镇定自己的心。天上的星静止不动，神巫的心也渐渐平定了。他嗅到花香，原来那人家门外各处围绕的是夜来香同山茉莉，花在夜风中开放，神巫在一种陶醉中更像温柔熨贴的情人了。

过一会，他们就到了这人家的前面了，神巫以为或者女人是正在等候他，如同其余女子一样的。他以为这里的女人也应当是在轻轻的唱歌，念着所爱慕的人名字。他以为女人必不能睡觉。为了使女人知道有人过路，神巫主仆二人故意把脚步放缓放沉走过那个屋前。走过了不闻一丝声息，主仆二人于是又回头走，想引起这家女人注意。

来回三次全无影响，一片灯光又证明这一家男子全睡了觉，妇女却还在灯光下做工。事情近于不可理解。

五羊出主意，先越过山茉莉作成的低篱，到了女人有灯光的窗下，听了听里面，就回头劝神巫也到窗下来。神巫过来时，五羊就伏在地上，请主人用他的身体作为垫脚东西，攀到窗边去探望探望这家中情形。神巫不应允，五羊却不起来，所以到后就只得照办了。因为这仆人垫脚，神巫的头刚及窗口，他就用手攀了窗边慢慢的小心的把头在窗口露出。那个窗子原是敞开的，一举头房中情形即一目了然。神巫行为的谨慎，以至于全无声息，窗中人正背窗而坐，低头做鞋，竟毫无知觉。

神巫一看女人正是日间所见的女人，虽然是背影，也无从再有犹豫。心乱了。只要他有勇敢，他就可以从这里跳进去，作一个不速之客。他这样行事任何人都不会说他行为的荒唐。他这种行为或给了女人一惊，但却是所有花帕族年青女人都愿意在自己家中得到机会的一惊。

他望着，只发痴入迷，他忘了脚下是五羊的肩背。

女人正在用稻草心编制小篮，如金如银颜色的草心，在女人手上复柔软如丝绦，神巫凝神静气看到一把草成一只小篮，把五羊忘却，把自己也忘却了。在脚下的五羊，见神巫忍气屏息的情形，又不敢说话，又不敢动，头上流满了汗。这忠实仆人，料不到神巫把应做的事全然忘去，却用看戏心情对付眼前的。

到后五羊实在不能忍耐了，就用手扳主人的脚，无主意的神巫记起了垫脚的五羊，以为五羊要他下来了，就跳到地上。

五羊低声说：

“怎么样？我的主。”

“在里边！”

“是不是？”

“我眼睛若已瞎了，嗅她的气味也知道这个人是谁。”

“那就大大方方跳进去！”

神巫迟疑了。他想起大白天族总家所见到的女子了。那女子才真是夜间最后祈福的女子。那女子分明在族总家中，且有了孩子，这女人却未必就是那一个。是姊妹，或者那样吧，但谁一个应当得到神巫的爱情？天既生下了这姊妹两个，同样的韶年秀美，谁应当归神巫所有？如果对神巫用眼睛表示了献身诚心的是另一人，则这一个女人是不是有权利侵犯？

五羊见主人又近于徘徊了，就激动神巫说道：

“勇敢的师傅，我不希望见到你他一时杀虎擒豹，只愿意你此刻在这里唱一首歌。”

“你如果以为一个勇敢的人也有躲避麻烦的理由，我们还是另想他法或回去了吧。”

“打猎的人难道看过老虎一眼就应当回家吗？”

“我不能太相信我自己，因为也许另一个近处那只虎才是我们要打的虎！”

“虎若是孪生，打孪生的虎要问尊卑吗?”

“但是我只要我所想要的一个，如果有两个可倾心的人，那我不如仍然作往日的神巫，尽世人永远倾心好了。”

五羊想了想，又说道:

“主人决定虎有两只么?”

“我决定这一只不是那一只。”

“不会错吗?”

“我的眼睛对日头不晕眩，证明我不会把人看错。”

…………

五羊要神巫大胆进到女人房里去，神巫恐怕发生错误，将爱情误给了另一个人可不甘心。五羊要神巫在窗上唱一首歌，逗女人开口，神巫又怕把柄落在不是昨夜那年青女人手中，将来成一种笑话，故仍不唱歌。

这时既是夜间，这一家男子白天上山作工疲倦已全睡了。惊吵男当家人既像极不方便，主仆二人就只有站在窗下等待天赐的机会，以为女人或者会到窗边来。其实到窗边来又有什么用处?女人不止过一会儿后即如所希望到窗边来，还倚伏在窗前眺望天边的大星！藏在山茉莉花树下的主仆二人，望到女人仿佛在头上，唯恐惊了女人，不敢作声。女人数了又数天上的星，神巫却度量女人的眼眉距离，因为天无月光不能看清楚女人样子，仍然还无结论。

女人看了一会星，把窗关上，关了窗后不久，就只见一个影子像是脱衣情形在窗上晃，五羊正待要请主人再上他的肩背探望时，灯光熄了。

五羊心中发痒，忍不住了，想替主人唱一首歌，刚一发声口就被神巫用手蒙着了。

“你想作什么蠢事？”

“我将为主人唱一曲歌给这女子听！”

“你不记到着龙朱主仆说的许多聪明话吗？为什么就忘掉，蓄养在笼中的鸟飞不远那句话呢？”

“主人，口本来不是为唱歌而生的，不过你也忘了多情的鸟绝不是哑鸟的话了！”

“大蒜！”

在平时，被骂为大蒜的仆人，是照例不能再开口，要说话也得另找一个方向才行的。可是如今的五羊却撒野了。他回答他的主人，话说得妙，他说：“若尽是这样站下来等着，就让我这‘大蒜’生根抽苗也还是无办法的。”

神巫生了气，说：“那我们回去。”

“回去也行！他日有人说到某年某月某人的事，我将搀一句话说我的主张只有这一次违逆了主人的命令，我以为纵回去也得唱一首歌，使花帕族女人知道今天晚上的情形，到后是主人不允许，我只得…………”

五羊一面后退一面说，一直退到窗下，离神巫有六步后，却重重的咳了一声嗽，又像有意又像无心，头触了墙。激于义愤的五羊，见到主人今夜的妇人气概，想起来真有点不平！

神巫见五羊已到了窗下，恐怕他还要放肆，就赶过去。五羊见神巫走近时，又赶快伏身贴地，要主人作先前的事情。神巫用脚轻轻踢了一下这个热心的仆人，仆人却低声唱道：

花帕族的女人，你们来看我勇敢的主人！
小心到怕使女人在梦中吃惊，
男子中谁见到过如此勇敢多情？

神巫急了，就用脚踹五羊的头，五羊还是昂头望主人笑。

在这时，忽然窗中灯光又明了。神巫为之一诧，抓了五羊的肩，提起如捉鸡，一跃就跳过那山茉莉的围篱，到了大路上。

窗中灯光明亮后，且见到窗上人影子，神巫心跳着，如先前初到此地时情形相同。五羊目睹此时情形哑口无声，且只想蹲下去，希望女人推窗推开时可以不为女人见到。女人似乎已知道屋外有人的事情了。

过了一会，女人当真又到了窗边把窗推开了，立在窗前望天空吁气，却不曾对大路上注意。神巫为一种虚怯心情所指挥，依旧把身体低藏到路旁树下去。他只要女人口上说出自己的名字一次，就预备即刻跃出到窗下去与女人会面，使女人见到神巫时，为自天而下的神巫一惊。

女人的行为，又像是全不知道路上有望她的人，看了一会星，又把窗关上，灯光稍后又熄了。

神巫放了一口气，身心全像掉落在大海里。他仍然不能向前，即或一切看得分明也不行。

五羊忧郁的向神巫请求道：

“主人，让那其余时节口的用处是另一事，这时却来唱一句歌吧。”

神巫又想了半天，只为了不愿意太对不起今夜，点了头。

他把声音压低，仰面向星光唱道：

瞅人的星我与你并不相识，
我只记得一个女人的眼睛；
这眼睛曾为泪水所湿，
那光明将永远闪耀我心。

过了一会，他又唱道：

天堂门在一个蠢人面前开时，
徘徊在门外那蠢人心实不甘；
若歌声是启开这爱情的钥匙，
他愿意立定在星光下唱歌一年。

这种歌反复唱了二十次，三十次，窗中却无灯光重现，也再不见那女人推窗外望，意外的失败，使神巫仆主全愕然了。显然是神巫的歌声虽如一把精致钥匙，但所欲启开的却另是一把锁，纵即或如歌中所说，唱一年也不能得到如何结果了。

神巫在爱情上的失败这还是第一次，他懊恼他自己的失策。又不愿意生五羊的气，打五羊一顿，回到家中就倒到床上睡了。

第三天的事

五羊在族总家的厨房中，与一个肥人喝酒。时间是大清早上。吃早饭以后，那胖厨子已经把早上应做事做完，他们就在那灶边大凳上，各用小葫芦量酒，满葫芦酒咕咽嘟嘟嘟向肚中灌，各人都有了三分酒意。这个人，全无酒意时是另外一种人，除了神巫同谁也难多说话的。到酒在肚中涌时，五羊不是通常五羊了。不吃酒的五羊，话只说一成，聪明的人可以听出两成，五羊有了酒他把话说一成，若不能听五成就不行了。

肥人既然是厨子，原应属于半东家之列的，也有了一点酒意，就同五羊说：

“五羊大爷，我问你，你那不懂风趣的师傅，到底有不有一个女子影子在他心上?”

五羊说：

“哥你真问的怪，我那师傅岂止——”

“有三个——五个——十五个百个?”肥人把数目加上去，仿佛很容易。

五羊喝了一口酒不答。

“有几个？哥你说，不说我是不相信的。”

五羊又喝了一口酒，装模作样把手一摊说：

“哥，你相信吧，我那师傅是把所有花帕族女子连你我情人全算在内，都搁在心头上的。他爱她们，所以不将身体交把那一个女子。一个太懂爱情的人都愿意如此做男子，做得到做不到那就看人来了，可是我那师傅——”

“为什么他不把这些女人引到山上每夜去睡一个？”

“是吧，为什么我们不这样办？”

肥人对五羊的话奇怪了，含含糊糊的说：

“哈，你说我们，是吧，我们就可以这样办。天知道，我是怎么处治了爱我的女人！不瞒大哥，不多不少一共十一个。你别瞧我只会炒菜。哥，为什么你不学你的师傅！”

“他学我就好了。”

“倘若是学到了你的相貌，那可就真正糟糕。”

“丑人多福相，受麻烦的人却是相貌很好的人。”

“那我倒很愿意受一点麻烦，把相貌变标致一点。”

“为什么你疑心你自己不标致呢？许多比你更坏的人他都不疑心自己的。一个麻子的脸上感觉是自己的，并不是别人，不然为什么不当麻子的面时我们全不觉到麻子可笑呢？”

“哥你说的对，请喝！”

"哥你喝!"

两人一举手，葫芦又逗在嘴上了。仿佛与女人亲嘴那么热情，两人的葫芦都一时不能离开自己的口。与酒结缘是厨子比五羊还来得有交情的，五羊到后像一堆泥，倒到烧火凳旁冷灰中了，厨子还是一口一口的喝。

厨子望到五羊弃在一旁的葫芦已空，又为量上一葫芦，让五羊抱在胸前，五羊抱了这葫芦却还知道与葫芦口亲嘴，厨子望到这情形，只把巴掌拍着个大肚皮痴笑。

厨子结结巴巴的说：

"哥，听说人矮了可以成精，这精怪你师傅能赶走不能?"

睡在灰中的五羊，只含胡的答道："是吧，用木棒打他，就走了。"

"不能打！我说用的是道法!"

"念经吧。"

"不能念经。"

"为什么不能？唱歌可以抓得住精怪，念经为什么不能把精怪吓跑？近来一切都作兴用口喊的了。"

"你这真是放狗屁。"

"就是这样也好。你说的对。这比那些流别人血做官的方法总好一点吧。这是我五羊说的，决不翻悔。……哥，你为什么不去做官？你用刀也杀了一些了，杀鸡杀猪和杀人有什么不同。”

“你说无用处的话。”

“什么是有用？我请教。凡是用话来说的不全是无用吗？无用等于有用，论人才就是这种说法；有用等于无用，所以能干的就应当被割。”

“你这是念咒语不是？”

“跟神巫的仆人若会念咒语，那么……”

“你说怎么？”

“我说跟到神巫的仆人是不会咒语的，不然那跟到族总的厨子也应有品级了。”

厨子到这时费思索了，把葫芦摇着，听里面还有多少酒。他倚立在灶边，望到五羊卷成一个球倒在那灰堆上，鼾呼已起了，他知道五羊一定正梦到在酒池里泅水，这时他也想跳下这酒池，就又是一葫芦酒咽嘟嘟喝下。这人不久自然也就醉倒到灶边了。这个地方的灶王脾气照例非常和气，所以眼见到这两个醉鬼如此烂醉，也从不使他们肚痛，若果在别一处，恐怕那可不行，至少也非罚款不能了事的。

五羊这时当真梦到什么了呢？他梦到仍然和主人在一

处，同站在昨晚上那女人家门外窗前星光下轻轻的唱歌。天上星子如月明，星光照身上使身上也仿佛放光。主人威仪如神，温和如鹿，而超拔如鹤。身旁仍然是香花。花的香气却近于春兰，又近于玫瑰。主人唱歌厌倦了，要他代替，他不推辞，就开口唱道：

要爱的人，你就爱，你就行，你莫停。
一个人，应当有一个本分，你本分？
你的本分是不让我主人将爱分给他人，
勇敢点，跳下楼，把他抱定，放松可不行。

五羊唱完这体面的歌后，就仿佛听到女人在楼上答道：

跟到凤凰飞的鸦，你上来，你上来，
我将告给你这件事情的黑白。
别人的事你放在心上，不能忘，不能忘，
你自己的女人如今究竟在什么地方？

五羊又俨然答道：

我是神巫的仆人，追随十年，地保作证。

我师傅有了太太，他也将不让我独困。

倘若师傅高兴，送丫头把我，只要一个，

愚蠢的五羊，天气冷也会为老婆捏脚。

女主人于是就把一个丫头掷下来了。丫头白脸长身，而两乳高肿，五羊用手接定，觉得很轻，还不如一箩谷子。五羊把女人所给的丫头，放到草地上，像陈列宝贝，他望到这个女人欢喜极了。他围绕这仿佛是熟睡的女子尽只打转，跳跃欢乐如过年。他想把这人身体各部分望清楚一点，却总是望不清楚。本来望到那高肿的两乳，久望一点却又变成两个馒头了。他另外又望到一个东瓜，又望到一个小杯子，又一望到一碗白炖萝卜，又望到……

奇奇怪怪的，是这行将为他妻女的一身。本来是应当说“用”的，久而久之都变成可吃的东西了。他得在每一件东西上尝尝，或吮一次，或用舌舔舔，一切东西的味道都如平常一切果子，新鲜养人，使人贪馋忘饱。

他在略微知道餍足时候才偷眼望神巫。神巫可完全两样，只一个人孤孑的站在那山茉莉旁边，用手遮了眼睛，不看一切。走过去时神巫也不知。他大声喊也不应。五羊算定是女人不理主人了，就放大喉咙唱道：

> 若说英雄应当永远孤独，那狮子何处得来小狮子？
> 若师傅被女人弃而不理，我五羊必阉割终生！

不知如何，他又觉得真是应当在神巫面前阉割的时候了，他有点怕痛，又有点悔，就借故说须到前面看看。到了前面他见到厨子，腆着个大肚子，像庙中弥勒佛，心想这人平时吃肉太多了，肚子里至少有了三只猪，就随意在那胖子肚上踢了一脚，看看是不是有小猪跑出。胖子捧了大肚皮在草地上滚，草也滚平了。五羊望到这情形，就只笑，全忘了还应履行自己那件重要责任了。

过不久，梦境又不同了。他似乎同他的师傅向一个洞中走去，师傅伤心伤心的哭着，大约为失了女人。大路上则有无数年青女人用唱歌嘲笑这主仆二人，嘲笑到两人的脸嘴，说是太不高明。五羊就望望神巫同自己，真似乎全都苍老了，胡子硬髭髭全很不客气的从嘴边茁出芽来了，他一面偷偷的拔嘴上的胡子，一面低头走路。他经过的地方全是坟堆，且可以看到坟中平卧的人，还有烂了脸装着一副不高兴神气的。他临时记起了避魔咒的全文，这咒语，在平时可是还不能念完一半的。这时念咒语走路，然而仍听得到山茉莉花香气，只不明白这香气应从何处吹来。

…………

在酣醉中，这仆人肆无忌惮的做过了许多怪梦。若非给神巫用一瓢冷水浇到头上，还不知道他尚有几个钟头才能酒醒的。当他能够睁眼望他的主人时，时间已是下午了。面对神巫他想起梦中事情，霍然一惊，余醉全散尽了，站起身来才明白已在柴灰中打了几个滚，全身是灰。他用手摸他的头和脸，莫名其妙脸上颈上会为水淋湿，还以为落雨，因为睡到当天廊下，所以雨把脸湿了，他望到神巫，却向神巫痴笑，不知为什么事而笑。又总觉得好笑不过，所以接着就大笑起来。

神巫说："荒唐东西，你还不清醒吗？"

"师傅，我清醒了，不落雨恐怕还不能就醒！"

"什么雨落到你头上？你一到这里来就像用糟当饭，他日得醉死。"

"醉得人死的酒，为什么不值得喝！"

"来！跟我到后屋来。"

"嗻。"

神巫就先走了。五羊站起了又复坐下，头还是昏昏沉沉，腿脚也很软，走路不大方便。坐下之后，慢慢的把梦中的事归入梦里，把实际归入实际，记起了这时应为主人探听那件事了，就在地下各处寻找那厨子，那一堆肥肉体终于为他发现在碓边了，起来取瓢舀水，也如神巫一样，把水泼到厨子脸上去。厨子先还不醒，到后又给五羊加上一瓢水，水入了鼻孔，打了十来个大嚏。口中含含胡胡说了两句，“出行大吉对我生财”，用肥手抹了一下脸嘴，慢慢的又转身把脸侧向碓下睡着了。

五羊见到这情形，知道无办法使厨子清醒，纵此时马房失火大约他也不会醒了，就拍了拍自己身上灰土，赶到主人住处后屋去。

到了神巫身边，五羊恭敬垂手站立一旁，脚腿发软只想蹲。

“我不知告你多少次了，脾气总不能改。”

“是的，师傅。一个小人的恶德，并不与君子的美德两样；全是自己的事，天生的。”

“我要你做的事怎样了呢?”

“我并不是因为她是笼中的鸟原飞不远疏忽了职务，实在是为了……”

“除了为喝酒我看不出你有理由说谎。”

“一个完人总得说一点谎，我并不是完人，决不至于再来说谎!”

神巫烦恼了，不再看这个仆人。因为神巫发气，一面脚久站了当不来，一面想取媚神巫，请主人宽心，这仆人就乘势蹲到地上了。蹲到地上无话可说，他就用指头在地面上作图画，画一个人两手张开，向天求助情形，又画一个日头，日头作人形，圆圆的脸盘，对世界发笑。

“五羊，你知道我心中极其懊恼的，想法子过一个地方为我探听详细那一件事吧。”

“我刚才还梦到——”

“不要说梦了，我不问你做梦的事。你试往别处去，问清楚我所想知道那一件事。”

“我即刻就去。（他站起来）不过古怪得很，我梦到——”

“我无功夫听你说梦话，要说，留给你那同志酒鬼说吧。”

“我不说我的梦了，然而假使这件事，研究起来，我相信有人感到趣味。我梦到我——”

神巫不让五羊说完，喝住了他，五羊并不消沉，见主人实在不能忍耐，就笑着立正，点头，走出去了。

五羊今天已经把酒喝够了，他走到云石镇上卖糍粑处去，喝老妇人为尊贵体面神巫的仆人特备的蜜茶，吸四川金堂旱烟叶的旧烟斗，快乐如候补的仙人。他坐到一个蒲团上问那老妇人为什么这地方女人如此对神巫倾心，他想把理由得到。卖糍粑的老妇人就说出那道理，平常之至，因为神巫有可以给世人倾心处。

“伯娘，我有不有？”他意思是问有不有使女子倾心的理由。

“为什么不有？能接近神巫的除你以外还无别一个。”

“那我真想哭了。若是一个女人，也只像我那样与我师傅接近，我看不出她会以为幸福的。”

“这时节花帕族年青女人那怕神巫给她们苦吃，也愿意，只是无一个女人能使神巫心中的火把点燃，也无一个女人得到神巫的爱。”

“伯娘，恐怕还有吧，我猜想总有那么一个女人，心与我师傅的心接近，胜过我与我师傅的关系。”

“这不会有的事！女人成群在神巫面前唱歌，神巫全不理会，这骄傲男子，心中的人在天上，那里能对花帕族女人倾心？”

“伯娘，我试那么问一句：这地方，都不会有女人用她的歌声，或眼睛，揪着了我师傅的心么？”

“没有这种好女子，我是分明的。花帕族女子配作皇后的，也许还有人，至于作神巫的妻是床头人，无一个的。”

“我猜想，族总对我师傅的优渥，或者家中有女儿要收神巫作子婿。”

“你想的事并不是别人所敢想的事。”

“伯娘，有了恋爱的人胆子都非常大了。”

“就大胆，族总家除两个女小孩以外也只一个哑子寡媳妇，哑子胆大包天，也总不能在神巫面前如一般人说愿意要神巫收了她。”

五羊听到这个话诧异了，哑子媳妇是不是——？他问老妇人说：

“他家有一个哑媳妇么？相貌是……”

“一个人哑了，相貌说不到。”

“我问得是瞎了不瞎？”

“这人有一对大眼睛。”

“有一对眼睛，那就是可以说话的东西了！”

“虽地方上全是那么说，说她的舌头是生在眼睛上，我这蠢人可看不出来。”

“我的天——”

“怎么咧？‘天’不是你这人的，应当属于那美壮的神巫。”

“是，应当属于这个人！神的仆人是神巫，神应归他侍奉，我告他去。”

五羊说完就走了，老妇人全不知道这是什么用意。

不过走出了老妇人门的五羊，望到这家门前的胭脂花，又想起一件事来了，他回头又进了门。妇人见到这样子，还以为爱情的火是在这神巫仆人心上熊熊的燃了，就说：

“年青人，什么事使你如水车匆忙打转？”

“伯娘，因为水的事侄儿才像水车……不过我想知道另外在两里路外有峒楼附近住的人家还有些什么人，请你随便指示我一下。”

“那里是族总的亲戚，还有一个哑子，是这一个哑子的妹妹，听说前夜还到道场上请福许愿，你或者见到了。”

“……”五羊点头。

那老妇人就大笑，拍手摇头，她说：

“年青人，在一百匹马中独被你看出了两只有疾病的马，你这相马的伯乐将成为花帕族永远的笑话了。”

“伯娘，若果这真是笑话，那让这笑话留给后人听吧。”

五羊回到神巫身边，不作声。他想这事怎么说才好？还想不出方法。

神巫说：“你倒是到外面打听酒价去了。”

五羊不分辩，他依照主人意思说：“师傅，的确是探听明白的事正如酒价一样，与主人恋爱无关。”

“你不妨说说我听。”

“主人要听，我不敢隐瞒一个字。只请主人小心，不要生气，不要失望，不要怪仆人无用……！”

“说！”

“幸福是孪生的，仆人探听那女人结果也是如此。”

神巫从椅上跳起来了。五羊望到神巫这样子，更把脸烂的如一个面饼。

“师傅，你慢一点欢喜吧。据人说这两个女人的舌头全在眼睛上，事情不是假的！”

“那应当是真事！我见到她时她真只用眼睛说话的。一个人用眼睛示意，用口接吻，是顶相宜的事了！要言语做什么？”

“……”五羊待要分明说这是哑子，见到神巫高兴情形，可不敢说了。他就只告给神巫，说到神坛中许愿的一个是远处的一个，在近处的却是族总的寡媳，那人的亲姊妹。

因为花帕族的谚语是：“猎虎的人应当猎那不曾受伤的虎，才是年青人本分”，这主仆二人于是决定了今夜的行动。

第三天晚上的事

到晚来，忽然刮风了，落雨了，像天出了主意，不许年青人荒唐。天虽有意也不能阻拦了这神巫主仆二人，正因为天变了卦，凡是逗留在大路上，以及族总门前，镇旁寨门边的女人，知道天落了雨，神巫不至于出门，等候也是枉然，因此无一个人拦路了。既然这类近于绊脚石的女人，不当路，他们反而因为天雨方便许多了。

吃过了晚饭，老族总走过神巫住处来谈天，因为天气忽变，愿意神巫留在云石镇多住几天，神巫还不答应，五羊便说：

“一个对酒有嗜好的人，实在应当在总爷厨中留一年，一个对女人有嗜好的人，至少也应当留半……！”

五羊的话被主人喝住不说了，老族总明白神巫极不欢喜女人，见到神巫情形不好，就说：

“在这里委屈了年青的师傅了，真对不起。花帕族人用不中听的歌声麻烦了神巫，天也厌烦了，所以今天落了雨。”

神巫说：“祖父说那里话，一个平凡男子，到这里得到全镇父老姊妹的欢迎，他心里真过意不去！天落雨这罪过是仍然应归在神的仆人头上的，因为他不能牺牲他自己，为人过于自私。不过神可以为我证明，我并不希望今夜落雨啊！”

“自私也是好的，一个人不能爱自己他也就无从爱旁人了。花帕族女人在爱情上若不自私，灭亡的时期就快到了。”

神巫不敢答话，就在旁中打圈走路，用一个勇士的步法，轻捷若猴，沉重若狮子，使老族总见了心中喝彩。

老族总见五羊站在一旁，想起这人的酒量来了，就问道：

“有光荣的朋友，你到底能有多大酒量？”

五羊说：“我是吃糟也能沉醉的人，不过有时也可以连喝十大碗。”

“我听说你跟到过龙朱矮仆人学唱歌的，成绩总不很坏吧。”

“可惜人过于蠢笨，凡是那矮人为龙朱尽过力的事我全不曾为主人作到。”

“你自己在吃酒以外，还有什么好故事没有？”

“故事真多啦。大概一个体面人才有体面的事，所以轮到五羊的故事，也都是笑话了。我梦到女主人赏我一个妇人哩，是白天的梦。我如今只好极力把女主人找到，再来请赏。”

老族总听到这话好笑，觉得天真烂漫的五羊，嗜酒也无害其心上天真，就戏说：

“你为你主人做的事也有一点儿‘眉目’没有?”

“有‘目’不有‘眉’。……哈哈，是这样吧，这话应当这样说吧。……天不同意我的心，下了雨!”

“不下雨，你大约可以打火把满村子里去找人，是不是?”老族总说完打哈哈笑了。

“不必这样费神——”五羊极认真的这样说，下面还有话，神巫恐怕这人口上不检，误了事，就喊他拿外廊的马鞍进来，恐怕雨大漂湿了鞍缰。五羊走出去了，老族总向神巫说：

“你这个用人真真不坏。许多人因为爱情把心浸柔软了，他的心却是泡在酒里变天真的。”

神巫不作答，用微笑表示老人话有道理。他仍然在房中来回走着，一面听到外面的风雨撼树的声音，想起另一个地方的山茉莉与胭脂花或者已为风雨毁完了，又想起那把窗推开向天吁气女人的情形，又想起在神坛前流泪女人的情形，忽然心躁起来了，眉毛聚在一处，忘了族总在身边，顿足喊五羊。五羊本是候在门外廊下，听喊声就进来了，问要什么。神巫又无可说了，就顺口问雨有多大，一时会不会止。

五羊看了看老族总，聪明的回答神巫道：

“还是尽这雨落吧，河中水消了，绊脚石就会出现！”

神巫不理会，仍然走动。老族总就说：

“天落雨，是为我留客，明天可不必走了，等候天气晴朗时再说。”

“……”神巫想说一句什么话，老族总已注意到，神巫到后又不说了。

老族总又坐了一会，告辞了，老族总去后不久，神巫便问五羊蓑衣预备好了没有？五羊说天气太早，还不到二更，不合宜。于是主仆二人等候时间，在雨声中消磨了大半天。

出得门时已半夜了。风时来时去。雨还是在头上落。道路已成了小溪，各处岔道全是活活流水。在这样天气下头，善于唱歌夜莺一样的花帕族女人，全敛声息气在家中睡觉了。用蓑衣掩了身体的主仆二人，出了云石镇大寨门，经过无数人家，经过无数田坝，到了他们所要到的地方。

立在雨中望面前房子，神巫望到那灯光，仍然在昨晚上那一处。他知道这一家男子睡了觉，仍然是女子未曾上床。他心子跳动越过那山茉莉的低篱，走到窗下去。五羊仍然蹲在地下，要主人踹踏他的肩，神巫轻轻的就上了五羊的肩头。

今夜窗已关上了，但这窗是薄棉纸所糊，神巫仿照剑客行为，把窗纸用唾液湿透，通了一个小窟窿，就把眼睛向窟窿里张望。

房中无一人，只一盏灯摇摇欲熄。再向床前看去，床边一张大木椅上是一堆白色衣裙，床上蚊帐已放下，人睡了。神巫想轻轻的喊一声，又恐怕惊动了这一家其余的人。他攀了窗边等候了许久，还无变动。女人是已经熟睡，或者已做梦梦到在神巫身边了。神巫眼看到灯已快熄，再过一阵若仍无办法就更不方便了。他缩身下地，把情形告给五羊。五羊以为就是这样翻了窗进去，其余无更好办法。他说请聪明的龙朱来做此事也只有如此，若这一点勇气也缺少，那将永远为花帕族女人笑话了。

神巫应允了，就又踹到五羊的肩爬到了窗边。然而望到那帐子，又不敢用手开窗了。他不久又跳下了地。

上去下来，上去下来，……一连七八次，还无结果。到后一次下了决心，他仍然上到五羊的肩头。他将手从那窗格中伸了进去，摸到了窗上的铁扣，把它轻轻移去，窗开了。窗开后，五羊先是蹲着，这时慢慢的用力站起，于是这忠实的仆人把他的主人送进窗里去了。五羊做毕这事以后，肩头上的泥水也忘记拍去，只站在这窗下淋雨。他望到那窗里的灯光，目不转睛。他耳朵仿佛已扯长到了窗上。他不能想象这时的师傅是什么情形，忽然灯熄了，这仆人几乎喊出声来，忙咬着蓑衣的边沿，走远一点。

为了忘记把窗关上，一阵风来，无油的灯便吹熄了。灯熄了时神巫刚好身到床边，正想用手揎那细白麻布帐子。灯一熄，一切黑暗，神巫茫然了。过了一阵他记起身边有取灯了。他从身上摸出来刮燃，又把灯点上，五羊在外面见了灯光，又几乎喊出声来。灯燃了时他又去揎那帐子，这年青无经验的人在虎身边时还不如此害怕，如今可是全身发抖在那行为上。

还有更使他吃惊的事，在把帐门打开以后，原来这里的姊妹两个，并在一头，神巫疑心今夜的事完全是梦。

…………

…………

月下小景

初八的月亮圆了一半，很早就悬到天空中。傍了××省边境由南而来的横断山脉长岭脚下，有一些为人类所疏忽历史所遗忘的残余种族聚集的山寨。他们用另一种言语，用另一种习惯，用另一种梦，生活到这个世界一隅，已经有了许多年。当这松杉挺茂嘉树四合的山寨，以及寨前大地平原，整个为黄昏占领了以后，从山头那个青石碉堡向下望去，月光淡淡的洒满了各处，如一首富于光色和谐雅丽的诗歌。山寨中，树林角上，平田的一隅，各处有新收的稻草积，以及白木作成的谷仓。各处有火光，飘扬着快乐的火焰，且隐隐的听得着人语声，望得着火光附近有人影走动。官道上有马项铃清亮细碎的声音，有牛项下铜铎沉静庄严的声音。从田中回去的种田人，从乡场上回家的小商人，家中莫不有一温和的脸儿，等候在大门外，厨房中莫不预备有热腾腾的饭菜，与用瓦罐炖热的家酿烧酒。

薄暮的空气极其温柔，微风摇荡，大气中有稻草香味，有烂熟了山果香味，有甲虫类气味，有泥土气味。一切在成熟，在开始结束一个夏天阳光雨露所及长养生成的一切。一切光景具有一种节日的欢乐情调。

柔软的白白月光，给位置在山岨上石头碉堡，画出一个明明朗朗的轮廓，碉堡影子横卧在斜坡间，如同一个巨人的影子。碉堡缺口处，迎月光的一面，倚着本乡寨主独生儿子傩佑；傩神所保佑的儿子，身体靠定石墙，眺望那半规新月，微笑着思索人生苦乐。

“……人实在值得活下去，因为一切那么有意思，人与人的战争，心与心的战争，到结果皆那么有意思，无怪乎本族人有英雄追赶日月的故事。因为日月若可以请求，要它停顿在那儿时，它便停顿，那就更有意思了。”

这故事是这样的：第一个××人，用了他武力同智慧得到人世一切幸福时，他还觉得不足，贪婪的心同天赋的力，使他勇往直前去追赶日头，找寻月亮，想征服主管这些东西的神，勒迫它们在有爱情和幸福的人方面，把日子去得慢一点，在失去了爱心子为忧愁失望所啮蚀的人方面，把日子又去得快一点。结果这贪婪的人虽追上了日头，却被日头的热所烤炙，在西方大泽中就渴死了。至于日月呢，虽知道了这是人类的欲望，却只是万物中之一的欲望，故不理会。因为神是正直的，不阿其所私的，人在世界上并不是唯一的主人，日月不单为人类而有。日头为了给一切生物的热和力，月亮为了给一切虫类唱歌，用这种歌声与银白光色安息劳碌的大地。日月虽仍然若无其事的照耀着整个世界，看着人类的忧乐，看着美丽的变成丑恶，又看着丑恶的称为美丽，但人类太进步了一点，比一切生物智慧较高，也比一切生物更不道德。既不能用严寒酷热来困苦人类，又不能不将日月照及人类，故同另一主宰人类心之创造的神，想出了一个办法，就是使此后快乐的人越觉得日子太短，使此后忧愁的人越觉得日子过长，人类既然凭感觉来生活，就在感觉上加给人类一种处罚。

这故事有作为月神与恶魔商量结果的传说，就因为恶魔是在夜间出世的。人皆相信这是月亮作成的事，与日头毫无关系。凡一切人讨论光阴去得太快，或太慢时，却常常那么诅咒："日子，滚你的去吧。"痛恨日头而不憎恶月亮，土人的解释，则为人类性格中，慢慢的已经神性渐少，恶性渐多。另外就是月光较温柔，和平，给人以智慧的冷静的光，却不给人以坦白直率的热，因此普遍生物皆欢喜月光，人类中却常常诅咒日头。约会恋人的，走夜路的，作夜工的，皆觉得月光比日光较好。在人类中讨厌月光的只是盗贼，本地方土人中却无盗贼，也缺少这个名词。

这时节，这一个年纪还刚只满二十一岁的寨主独生子，由于本身的健康，以及从另一方面所获得的幸福，对头上的月光正满意的会心微笑，似乎月光也正对了他微笑。傍近他身边，有一堆白色东西。这是一个女孩子，把她那长发散乱的美丽头颅，靠在这年青人的大腿上，把它当作枕头安静无声的睡着。女孩子一张小小的尖尖的白脸，似乎被月光漂过的大理石，又似乎月光本身。一头黑发，如同用冬天的黑夜作为材料，由盘据在山洞中的女妖亲手纺成的细纱。眼睛，鼻子，耳朵，同那一张产生幸福的泉源的小口，以及颊边微妙圆形的小涡，如本地人所说的接吻之巢窝，无一处不见得是神所着意成就的工作。一微笑，一睐眼，一转侧，都有一种神性存乎其间。神同魔鬼合作创造了这样一个女人，也得用侍候神同对付魔鬼的两种方法来侍候她，才不委屈这个生物。

女人正安安静静的躺在他的身边，一堆白色衣裙遮盖到那个修长丰满柔软溢香的身体，这身体在年轻人记忆中，只仿佛是用白玉，奶酥，果子同香花，调和削筑成就的东西。

两人白日里来此，女孩子在日光下唱歌，在黄昏里与落日一同休息，现在又快要同新月一样苏醒了。

一派清光洒在两人身上，温柔的抚摩着睡眠者全身。山坡下是一部草虫清音繁复的合奏。天上那半规新月，似乎在空中停顿着，长久还不移动。

幸福使这个孩子轻轻的叹息了。

他把头低下去，轻轻的吻了一下那用黑夜搓成的头发，接近那魔鬼手段所成就的东西。

远处有吹芦管的声音。有唱歌声音。身近旁有班背萤，带了小小火把，沿了碉堡巡行，如同引导得有小仙人来参观这古堡的神气。

当地年青人中唱歌圣手的傩佑，唯恐惊了女人，惊了萤火，轻轻的轻轻的唱：

龙应当藏在云里，

你应当藏在心里。

…………

女孩子在迷胡梦里，把头略略转动了一下，在梦里回答着：

我灵魂如一面旗帜，
你好听歌声如温柔的风。

他以为女孩子已醒了，但听下去，女人把头偏向月光又睡去了。于是又接着轻轻的唱道：

人人说我歌声有毒，
一首歌也不过如一升酒使人沉醉一天，
你那傅了蜂蜜的言语，
一个字也可以在我心上甜香一年。

女孩子仍然闭了眼睛在梦中答着：

不要冬天的风，不要海上的风，
这旗帜受不住狂暴大风。
请轻轻的吹，轻轻的吹；
（吹春天的风，温柔的风，）
把花吹开，不要把花吹落。

小寨主明白了自己的歌声可作为女孩子灵魂安宁的摇篮，故又接着轻轻的唱道：

有翅膀鸟虽然可以飞上天空，
没有翅膀的我却可以飞入你的心里。
我不必问什么地方是天堂，
我业已坐在天堂门边。

女孩又唱：

身体要用极强健的臂膀搂抱，
灵魂要用极温柔的歌声搂抱。

寨主的独生子傩佑，想了一想，在脑中搜索话语，如同宝石商人在口袋中搜索宝石。口袋中充满了放光炫目的珠玉奇宝，却因为数量太多了一点，反而选不出那自以为极好的一粒，因此似乎受了一点儿窘。他觉得神祇创造美和爱，却由人来创造赞誉这神工的言语。向美说一句话，为爱下一个注解，要适当合宜，不走失感觉所及的式样，不是一个平常人的能力所能企及。

“这女孩子值得用龙朱的爱情装饰她的身体，用龙朱的诗歌装饰她的人格。”他想到这里时，觉得有点惭愧了，口吃了，不敢再唱下去了。

歌声作了女孩子睡眠的摇篮，所以这女孩子才在半醒后重复入梦。歌声停止后，她也就惊醒了。

他见到女孩子醒来时，就装作自己还在睡眠，闭了眼睛。女孩从日头落下时睡到现在，精神已完全恢复过来，看男子还依靠石墙睡着，担心石头太冷，把白披肩搭到男子身上去后，傍了男子靠着。记起睡时满天的红霞，望到头上的新月，便轻轻的唱着，如母亲唱给小宝宝听催眠歌。

睡时用明霞作被，
醒来用月儿点灯。

寨主独生子哧的笑了。

“……”

“……”

四只放光的眼睛互相瞅定，各安置一个微笑在嘴角上，微笑里却写着白日中两个人的一切行为，两人似乎皆略略为先前一时那点回忆所羞了，就各自向身旁那一个紧紧的挤了一下，重新交换了一个微笑，两人发现了对方脸上的月光那么苍白，于是齐向天上所悬的半规新月望去。

远远的有一派角声与锣鼓声，为田户巫师禳土酬神所在处，两人追寻这快乐声音的方向，于是向山下远处望去。远处有一条河。

“没有船舶不能过那条河，没有爱情如何过这一生？”

“我不会在那条小河里沉溺，我只会在你这小口上沉溺。”

两人意思仍然写在一种微笑里，用得是那么暧昧神秘的符号，却使对面一个从这微笑里明明白白，毫不含胡。远处那条长河，在月光下蜿蜒如一条带子，白白的水光，薄薄的雾，增加了两人心上的温暖。

女孩子说到她梦里所听的歌声，以及自己所唱的歌，还以为他们两人皆在梦里。经小寨主把刚才的情形说明白时，两人笑了许久。

女孩子天真如春风，快乐如小猫，长长的睡眠把白日的疲倦完全恢复过来，因此在月光下，显得如一尾鱼在急流清溪里。

只想说话，全是说那些远无边际的，与梦无异的，年青情人在狂热中所能说的糊涂话蠢话皆完全说到了。

小寨主说：

“不要说话，让我好在所有的言语里，找寻赞美你眉毛头发美丽处的言语！”

“说话呢，是不是就妨碍了你的谄谀？一个有天分的人，就是谄谀也显得不缺少天分！”

“神是不说话的。你不说话时像……”

“还是做人好！你的歌中也提到做人的好处！我们来活活泼泼的做人，这才有意思！”

“我以为你不说话就像何仙姑的亲姊妹了。我希望你比你那两个姐姐还稍呆笨一点。因为得呆笨一点，我的言语字汇里，才有可以形容你高贵处的文字了。”

“可是，你曾同我说过，你也希望你那只猎狗敏捷一点。”

“我希望它灵活敏捷一点，为的是在山上找寻你比较方便，为我带信给你时也比较妥当一点。”

“希望我笨一点，是不是也如同你希望羚羊稍笨一样，好让你嗾使那只猎狗咬我时，不至于使我逃脱？”

“好的音乐常常是复音，你不妨再说一句。”

“我记得到你也希望羚羊稍笨过。”

“羚羊稍笨一点，我的猎狗才可以赶上它，把它捉回来送你。你稍笨一点，我才有相当的话颂扬你！”

“你口中体面话够多了，你说说你那些感觉给我听听，说谎若比真实更美丽，我愿意听你那些美丽的谎话。”

“你占领我心上的空间，如同黑夜占领地面一样。”

“月亮起来时，黑暗不是就只占领地面空间很小很小一部分了吗？”

“月亮照不到人心上的。”

“那我给你的应当也是黑暗了。”

“你给我的是光明，但是一种眩目的光明，如日头似的逼人熠耀。你使我糊涂。你使我卑陋。”

“其实你是透明的，从你选择谄谀时，证明你的心现在还是透明的。”

“清水里不能养鱼，透明的心也一定不能积存辞藻。”

“江中的水永远流不完，心中的话永远说不完：不要说了。一张口不完全是说话用的！”

两人为嘴唇找寻了另外一种用处，沉默了一会。两颗心同一的跳跃，望着做梦一般月下的长岭，大河，寨堡，田坪。芦管声音似乎为月光所湿，音调更低郁沉重了一点。着中的角楼，第二次擂了转更鼓，女孩子听到时，忽然记起了一件事。把小岩主那颗年青聪慧的头颅捧到手上，眼眉口鼻吻了好些次数，向小寨主摇摇头，无可奈何低低的叹了一声气，把两只手举起，跪在小寨主面前来梳理头上散乱了的发辫，意思想站起来，预备要走了。

小寨主明白那意思了，就抱了女孩子，不许她站起身来。

“多少萤火虫还知道打了小小火炬游玩，你忙些什么？走到什么地方去！”

“一颗流星自有它来去的方向，我有我的去处。”

“宝贝应当收藏在宝库里，你应当收藏在爱你的那个人家里。”

“美的都用不着家：流星，落花，萤火，最会鸣叫的蓝头红嘴绿翅膀的王母鸟，也都没有家的。谁见过人蓄养凤凰呢？谁能束缚着月光呢？”

“狮子应当有它的配偶，把你安顿到我家中去，神也十分同意！”

“神同意的人常常不同意。”

“我爸爸会答应我这件事，因为他爱我。”

“因为我爸爸也爱我，若知道了这件事，会把我照××人规矩来处置。若我被绳子缚了沉到地眼里去时，那地方接连四十八根箩筐绳子还不能到底，死了做鬼也找不出路来看你，活着做梦也不能辨别方向。”

女孩子是不会说谎的，××族人的习气，女人同第一个男子恋爱，却只许同第二个男子结婚。若违反了这种规矩，常常把女子用石磨捆到背上，或者沉入潭里，或者抛到地窟窿里。习俗的来源极古，过去一个时节，应当同别的种族一样，有认处女为一种有邪气的东西，地方酋长既较开明，巫师又因为多在节欲生活中生活，故执行初夜权的义务，就转为第一个男子的恋爱。第一个男子因此可以得到女人的贞洁，就不能够永远得到她的爱情。若第一个男子娶了这女人，似乎对于男子也十分不幸。迷信在历史中渐次失去了本来的意义，习俗保持了古代规矩下来，由于××守法的天性，故年青男女在第一个恋人身上，也从不作那长远的梦。“好花不能长在，明月不能长圆，星子也不能永远放光”，××人歌唱恋爱，因此也多忧郁感伤气分。常常有人在分手时感到“芝兰不易再开，欢乐不易再来”，两人悄悄逃走的。也有两人携了手沉默无语的一同跳到那些在地面张着大嘴，死去了万年的火山孔穴里去的。再不然，冒险的结了婚，到后被查出来时，就应当把女的向地狱里抛去那个办法了。

当地女孩子因为这方面的习俗无法除去，故一到成年家庭即不大加以拘束，外乡人来到本地若喜悦了什么女子，使女子献身总十分容易。女孩子明理懂事一点的，一到了成年时，总把自己最初的贞操，稍加选择就付给了一个人，到后来再同第二个钟情的男子结婚。男子中明理懂事的，业已爱上某个女子，若知道她还是处女，也将尽这女子先去找寻一个尽义务的爱人，再来同女子结婚。

但这些魔鬼习俗不是神所同意的。年青男女所作的事，常常与自然的神意合一，容易违反风俗习惯。女孩子总愿意把自己整个交付给一个所倾心的男孩子，男子到爱了某个女孩时，也总愿意把整个的自己换回整个的女子。风俗习惯下虽附加了一种严酷的法律，在这法律下牺牲的仍常常有人。

女孩子遇到了这乡长独生子，自从春天山坡上黄色棣棠花开放时，即被这男子温柔缠绵的歌声与超人壮丽华美的四肢所征服，一直延长到秋天，还极其纯洁的在一种节制的友谊中恋爱着。为了狂热的爱，且在这种有节制的爱情中，两人皆似乎不需要结婚，两人中谁也不想到照习惯先把贞操给一个人蹂躏后再来结婚。

但到了秋天，一切皆在成熟，悬在树上的果子落了地，谷米上了仓，秋鸡伏了卵，大自然为点缀了这大地一年来的忙碌，还在天空中涂抹华丽的色泽，使溪涧澄清，空气温暖而香甜，且装饰了遍地的黄花，以及在草木枝叶间傅上与云霞同样的眩目颜色。一切皆布置妥当以后，便应轮到人的事情了。

秋成熟了一切，也成熟了两个年青人的爱情。

两人同往常任何一天相似，在约定的中午以后，在这古碉堡上见面了。两人共同采了无数野花铺到所坐的大青石板上，并肩的坐在那里，山坡上开遍了各样草花，各处是小小蝴蝶，似乎对每一朵花皆悄悄嘱咐了一句话。向山坡下望去，入目远近皆异常恬静美丽。长岭上有割草人的歌声，村寨中有为新生小犊作栅栏的斧斤声，平田中有拾穗打禾人快乐的吵骂声。天空中白云缓缓的移，从从容容的动，透蓝的天底，一阵候鸟在高空排成一线飞过去了，接着又是一阵。

两个年青人用山果山泉充了口腹的饥渴，用言语微笑喂着灵魂的饥渴。对日光所及的一切唱了上千首的歌，说了上万句的话。

日头向西掷去，两人对于生命感觉到一点点说不分明的缺处。黄昏将近以前，山坡下小牛的鸣声，使两人的心皆发了抖。

神的意思不能同习惯相合，在这时节已不许可人再为任何魔鬼作成的习俗加以行为的限制。理知即或是聪明的，理知也毫无用处。两人皆在忘我行为中，失去了一切节制约束行为的能力，各在新的形式下，得到了对方的力，得到了对方的爱，得到了把另一个灵魂互相交换移入自己心中深处的满足。到后来，于是两个人皆在战栗中昏迷了，喑哑了，沉默了，幸福把两个年青人在同一行为上皆弄得十分疲倦，终于两人皆睡去了。

男子醒来稍早一点，在回忆幸福里浮沉，却忘了打算未来。女孩子则因为自身是女子，本能的不会忘却当地人对于女子违反这习俗的赏罚，故醒来时，也并未打算到这寨主的独生子会要她同回家去，两人的年龄还皆只适宜于生活在夏娃亚当所住的乐园里，不应当到这“必需思索明天”的世界中安顿。

但两人业已到了向所生长的一个地方一个种族的习俗负责时节了。

“爱难道是同世界离开的事吗?”新的思索使小寨主在月下沉默如石头。

女孩子见男子不说话了，知道这件事正在苦恼到他，就装成快乐的声音，轻轻的喊他，恳切的求他，在应当快乐时放快乐一点。

　　××人唱歌的圣手，

请你用歌声把天上那一片白云拨开。

月亮到应落时就让它落去，

现在还得悬在我们头上。

天上的确有一片薄云把月亮拦住了，一切皆朦胧了。两人的心皆比先前黯淡了一些。寨主独生子说：

我不要日头，可不能没有你。

我不愿作帝称王，却愿为你作奴当差。

女孩子说：

“这世界只许结婚不许恋爱。”

“应当还有一个世界让我们去生存，我们远远的走，向日头出处远远的走。”

“你不要牛，不要马，不要果园，不要田土，不要狐皮褂子同虎皮坐褥吗？”

“有了你我什么也不要了。你是一切；是光，是热，是泉水，是果子，是宇宙的万有。为了同你接近，我应当同这个世界离开。”

两人就所知道的四方各处想了许久，想不出一个可以容纳两人的地方。南方有汉人的大国，汉人见了他们就当生番杀戮，他不敢向南方走。向西是通过长岭无尽的荒山，虎豹所据的地面，他不敢向西方走。向北是本族人的地面，每一个村落皆保持同一魔鬼所颁的法律，对逃亡人可以随意处置。只有东边是日月所出的地方，日头既那么公正无私，照理说来日头所在处也一定和平正直了。

但一个故事在小寨主的记忆中活起来了，日头曾炙死了第一个××人，自从有这故事以后，××人谁也不敢向东追求习惯以外的生活。××人有一首历史极久的歌，那首歌把求生的人所不可少的欲望，真的生命意义却结束在死亡里，都以为若贪婪这“生”只有“死”才能得到。战胜命运只有死亡，克服一切惟死亡可以办到。最公平的世界不在地面，却在空中与地底：天堂地位有限，地下宽阔无边。地下宽阔公平的理由，在××人看来是可靠的，就因为从不听说死人愿意重生，且从不闻死人充满了地下。××人永生的观念，在每一个人心中皆坚实的存在。孤单的死，或因为恐怖不容易找寻他的爱人，有所疑惑，同时去死皆是很平常的事情。

寨主的独生子想到另外一个世界，快乐的微笑了。

他问女孩子，是不是愿意向那个只能走去不再回来的地方旅行。

女孩子想了一下，把头仰望那个新从云里出现的月亮。

水是各处可流的，
火是各处可烧的，
月亮是各处可照的，
爱情是各处可到的。

说了，就躺到小寨主的怀里，闭了眼睛，等候男子决定了死的接吻。寨主的独生子，把身上所佩的小刀取出，在镶了宝石的空心刀把上，从那小穴里取出如梧桐子大小的毒药，含放到口里去，让药融化了，就度送了一半到女孩子嘴里去。两人快乐的咽下了那点同命的药，微笑着，睡在业已枯萎了的野花铺就的石床上，等候药力发作。

月儿隐在云里去了。

黄罗寨故事二十一年九月二十二在青岛写成

山 鬼

一

毛弟同万万放牛放到白石冈，牛到冈下头吃水，他们顾自上到山腰采莓吃。

“毛弟哎，毛弟哎！”

“毛弟哎，毛弟哎！”左边也有人在喊。

“毛弟哎，毛弟哎！”右边也有人在喊。

因为四围远处全是高的山，喊一声时有半天回声。毛弟在另一处拖长嗓子叫起万万时，所能听的就只是一串万字了。

山腰里刺莓多得不奈何。两人一旁唱歌一旁吃，肚子全为刺莓塞满了。莓是这里那里还是有。谁都不愿意放松。各人又把桐木叶子折成兜，来装吃不完的红刺莓，一时兜里又满了。到后就专拣大的熟透了的才算数，先摘来的不全熟的全给扔去了。

一起下到冈脚溪边草坪时，各人把莓向地下一放。毛弟扑到万万身上来，经万万一个蹩脚就放倒到草坪上面了。虽然跌，毛弟手可不放松，还是死紧搂到万万的颈子，万万也随到倒下，两人就在草上滚。

“放了我吧，放了我吧。我输了。”

毛弟最后告了饶，但是万万可不成，他要喂一泡口水给毛弟，警告他下次。毛弟一面偏头躲，一面讲好话：

“万万，你让我一点，当真是这样，我要发气了！”

发气那是不怕的，哭也不算事。万万口水终于唾出了。毛弟抽出一只手一挡，手背便为自己救了驾。

万万起身后，看到毛弟笑。毛弟把手上的唾向万万洒去，万万逃走了。

万万的水牯跑到别人麦田里去吃嫩苗穗，毛弟爬起替他去赶牛。

“万万，你老子又撺到杨家田里吃麦了！”

远远的，万万正在爬上一株树，“有我牛的孙子帮到赶，我不怕的。——毛弟哎，让它吃吧，莫理它！”

“你莫理它，乡约见到不去告你家妈么？”

毛弟走拢去，一条子就把万万的牛赶走了。

“昨天我到老虎峒脚边，听到你家癫子在唱歌。”万万说，说了吹哨子。

“当真么?”

“扯谎是你的野崽!”

“你喊他吗?”

“我喊他!”万万说，万万记起昨天的情形，打了一个颤。“你家癫子差点一岩把我打死了！我到老虎峒那边碾坝上去问我大叔要老糠，听到岩鹰叫，抬头看，知道那壁上又有岩鹰在孵崽了，爬上山去看。肏他娘，到处寻窠都是空！我想这杂种，或者在峒里积起窠来了，我就爬上峒边那条小路去。……”

“跌死你这野狗子!”

“我不说了，你打岔!”

万万当真不说了。但是毛弟想到他癫子哥哥的消息，立时又为万万服了礼。

万万在草坪上打了一个飞跟头，就势只一滚，滚到毛弟的身边，扯着毛弟一只腿。

“莫闹，我也不闹了，你说吧。我妈搔急咧，问了多人都说不曾见癫子。这四天五天都不见他回家来，怕是跑到别村子去了。”

“不，”万万说。“我就上到峒里去，还不到头门，只在那堆石头下，听到有人说话的声音。声音又很熟。我就听。那声音是谁？我想这人我必定认识，但说话总是两个人，为什么只是一个口音？听到说：‘你不吃么？你不吃么？吃一点是好的。刚才烧好的山薯，吃一点儿吧。我喂你，我用口哺你。’就停了一会儿。不久又做声了。是在唱，唱：‘娇妹生得白又白，情哥生得黑又黑；黑墨写在白纸上，你看合色不合色？’还打哈哈，匋妈好快活！我听到笑，我想起你癫子笑声了。”

毛弟问：“就是我哥吗？”

“不是癫子是秦良玉？哈，我断定是你家癫子，躲在峒里住，不知另外还有谁，我就大声喊，且飞快跑上峒口去。我说癫子大哥唉，癫子大哥唉，你躲在这里我可知道了！你说他是怎么样？你家癫子这时真癫了，见我一到峒门边，蓬起个头瓜，赤了个膊子，走出来，就伸手抓我的顶毛。我见他眼睛眉毛都变了样子，吓得往后退。他说狗杂种，你快走，不然老子一岩打死你。身子一蹲就——我明白是搬大块石头了，就一口气跑下来。癫子吓得我真要死。我也不敢再回头。”

显然是，毛弟家癫子大哥几日来就住在峒中。但是同谁在一块？难道另外还有一个癫子吗？若是那另外一人并不癫，他是不敢也不会同到一个癫子住在一块的。

“万万你不是扯谎吧?”

“我扯谎就是你儿子。我赌咒，你不信，我也不定要你信。明儿早上我们到那里去放牛，我们可上峒去看。”

“好的，就是明天吧。”

万万爬到牛背上去翻天睡，一路唱着山歌走去了。

毛弟顾自仍然骑了牛，到老虎峒的黑白相间颜色石壁下。这里有条溪，夹溪是两片墙样的石壁，一刀切，壁上全是一些老的黄杨树，当八月时节，就有一些专砍黄杨木的人，扛了一二十丈长的竹梯子，腰身盘着一卷绳，爬上崖去或是从崖顶垂下，到崖腰砍树，斧头声音它它它它满谷都是它，老半天，便听到喇喇喇的如同崩了一山角，那是一段黄杨连枝带叶跌到谷里溪中了。接着不久又是它它它它的声响。看牛看到这里顶招殃。但不是八月，没有伐木人，这里可凉快极了。沿这溪上溯，可以到万万所说那碾房，碾房是一座安置在谷的尽头的坎上的老土屋，前面一个石头坝，坝上有闸门，闸一开，坝上的积水就冲动屋前木水车，屋中碾石也就随着转动了。碾房放水时，溪里的水就要凶一点，每天碾子放水是三次，是以住在沿溪下边的人忘了时间就去看溪里的水。

毛弟到了老虎峒的石壁下，让牛到溪去吃水。先没有上去，峒是在壁的半腰，上去只一条小路，他在下面叫：

“大哥！大哥！”

“大哥呀！大哥呀！”

像打锣一样，声音朗朗异常高，只有一些比自己声音来得更宏壮一点的回声，别的却没有。万万适间说的那岩鹰，昨天是在空中盘，此时仍然是在盘。在喊声回声余音歇憩后，就听到一只啄木鸟在落落落落敲梆梆。

“大哥呀！癫子大哥呀！”

有什么像在答应了，然而仍是回声学着毛弟声音的答应！毛弟在最后，又单喊“癫子”，喊了十来声。或者癫子睡着了。一些小的山雀全为这声音惊起，空中的鹰也像为了毛弟喊声吓怕了，盘得更高了。若说是睡可难令人相信的。

“他是知道我在喊他故意不作声。”毛弟想。

毛弟就慢慢从那小路走。一直走到万万说的那一堆乱石头处时，不动了。他就听听是不是有什么人声音。好久好久全是安静的，的确是有岩鹰儿子在咦咦的叫，但是在对面高的石壁上。又听到一个啄木鸟的擂梆梆，这一来，更像冷静得有点怕人了。

毛弟心想或者上面出了什么事。或者癫子简直是死了。心里在划算，不知上去还是不上去。也许癫子就是在峒里为另一个癫子杀死了。也许癫子自己杀死了。……

“还是要上去看看”，他心想，还是要看看，清天白日鬼总不会出现的。

爬到峒口了，先伸头进去，这峒是透光，干爽，毛弟原先看牛时就是常到的。不过此时心就有点怯。到一眼望尽峒中一切时，胆子复原了，里面只是一些干稻草，不见人影子。

“大哥，大哥”，他轻轻的喊，没有人，自然没有应。

峒内有人住过最近才走那是无疑的。用来做床的稻草，和一个水罐，罐内大半罐的新鲜冷溪水，还有一个角落那些红薯根，以及一些撒得满地是虽萎谢尚未全枯的野月季花瓣，这些不仅证明是有人住过，毛弟从那罐子的式样认出这是自己家中的东西，且地上的花也是一个证，不消说，癫子是在这峒内做了几天客无疑了。

“为什么又走了去?”

毛弟总想不出这奥妙。或者是，因为昨天已为万万知道恐怕万万告给家里人来找，就又走了吗? 或者是，被另外那个人邀到别的山峒里去了吗？或者是，妖精吃了吗？

峒内不到四丈宽，毛弟一个人，终于越想越心怯起来，想又想不出什么理由，只好离开了峒中，提了那个水罐子赶快走下石壁骑牛转家中。

二

“娘娘，今天有人见到癫子大哥了！”毛弟在进院子以前见了他妈在坪坝里喂鸡，就在牛背上头嚷。

娘是低了头，正把脚踢那大花公鸡，“援助弱小民族”啄食糠拌饭的。

听到毛弟的声音，娘把头一抬，走过去，“谁见到癫子？”

那匹鸡，见到毛弟妈一走，就又抢拢来，余下的鸡便散开。毛弟义愤心顿起，跳下牛背让牛顾自进栏去，也不即答娘的话，跑过去，就拿手上那个水罐子一摆，鸡只略退让，还是顽皮独自低头啄吃独行食。

“来，老子一脚踢死你这扁毛畜生！”

鸡似乎知趣，就走开了。

“毛弟你说是谁见你癫子大哥？”

“是万万。”毛弟还怕娘又想到前村那个大万万，又补上一句，“是寨西那个小万万。”

为了省得叙述起见，毛弟把从峒里拿回的那水罐子，展览于娘的跟前。娘拿到手上，反复看，是家中的东西无疑了。

“这是你哥给万万的吗？”

“不。娘，你看看，这是不是家中的？”

“一点不会错。你瞧这用银藤缠好的提把，是我缠的！”

“我说这是像我们家的。是今天，万万同我放牛放到白石冈，万万同我说，他说昨天他到碾坝上叔叔处去取老糠，打从老虎峒下过，因为找岩鹰，无意上到峒口去，听到有人在峒里说笑，再听听，是癫子，一会看到癫子了，癫子不知何故发了气，不准他上去，且搬石块子，说是要把他打死，我听到，我刚才就赶去爬到峒里去，人是不见了，就是这个罐，同到一些草，一些红薯皮了。”

娘只向空中作揖感谢这消息，证明癫子是有了着落，且还平安清吉在境内。

毛弟末尾说，“我断定他是这几天全在那里住，才走不久的。”

这自然是不会错，罐子同做卧具的干草，已经给证明，何况昨天万万还是明明见到癞子呢?

毛弟的娘这时一句话不说，我们暂时莫理这老人，是好的。且说毛弟家的鸡。那只花公鸡，乘到毛弟回头同妈讲话时，又大大方方跑到那个废碌碡旁浅盆子边把其他的鸡群吓走了。它为了自夸胜利还咯咯的叫，意在诱引可以共产的女性同志近身来。这种声音是极有效的，不一会，就有几只母鸡也在盆边低头啄食了。

没有空，毛弟是在同娘说话抱不平就不能打了，但是见娘在作揖，毛弟回了头。咤喝一声“好混账东西!”奔过去，脚还不着身，花鸡就逃了。那不成，逃也是不成，还要追，鸡是飞上草积上去了，毛弟爬草积。其余的鸡也顾不得看毛弟同花鸡作战了，一齐就奔集到盆边来聚餐。

要说出毛弟的妈是怎样的欢喜，是不可能的事情。太难了，尤其是毛弟的妈这种人，就是用颜色的笔来画，也画不出的。这老娘子为了癞子的下落，如同吃了端节羊角粽，久久不消化一样；这类乎粽子的东西，横在心上是五天。如今的消息，却是一剂午时茶，一服下，心上东西就消融掉了。

一个人，一点事不知，平白无故出门那么久，身上又不带有钱，性格又是那么疯疯癫癫像代宝（代宝是著名的疯汉），万一是头脑发了迷，凭癫劲，一直走向那自己亦莫明其妙的辽远地方走去，是一件可能的事情！或者，到山上去睡，给野狗豹子拖了也说不定！或者，夜里随意走，无心掉下一个地窟窿里去，也是免不了的危险！癫子自从癫了后，悄悄出门本来是常有的事。为了看桃花，走一整天路；为了看木人头戏到别的村子住的夜：这是过去的行为。但一天，或两天，自然就又平安无事归了家，是一定。因有了先例，毛弟的妈对于癫子的行动，是并不怎样不放心，不过，四天呢？五天呢？——若是今天还不得消息，以后呢？在所能想到的意外祸事是至少有一件已落在癫子头上了。倘若是命运菩萨当真是要那么办，作弄人，毛弟的妈心上那块积痞就只有变成眼泪慢慢流尽的一个方法了。

在峒里，老虎峒，离此不过四里路而已，只像在眼前，远也只像在对门山上，毛弟的妈释然了。毛弟爬上草积去追鸡，毛弟的妈便用手摩挲那个水罐子。

毛弟擒着了鸡了，鸡懂事，知道故意咖呵咖呵拖长喉咙喊救命。

“毛毛，放了它吧。”

妈是昂头视，见到毛弟得意扬扬的，一只手抓鸡翅膊，一只手捏鸡喉咙，鸡在毛弟刑罚下，叫也叫不出声了。

“不要捏死它，可以放得了！”

听妈的话开释了那鸡，但是用力向地上一掼，这花鸡，多灵便，在落地以前，还懂得怎样可以免得回头骨头疼，就展开翅子，半跌半飞落到毛弟的妈身背后。其他的鸡见到这恶霸，已受过苦了，怕报仇，见到它来就又躲到一边瞧去了。

毛弟想跳下草积，娘见了，不准。

“慢慢下，慢慢下，你又不会飞，莫让那鸡见你跌伤脚来笑你吧。”

毛弟变方法，就势溜下来。

“你是不是见到你哥?”

“我告你不的。万万可是真见到。”

“怕莫是你哥见你来才躲藏!”

“不一定。我明天一早再去看，若是还在那里想来就可找到了。”

毛弟的妈想到什么事，不做声。毛弟见娘不说话，就又过去追那一只恶霸鸡。鸡怕毛弟到极点，若是会说话，可断定它愿意喊毛弟做祖宗。鸡这时又见毛弟追过来，尽力举翅飞，飞上大门楼屋了。毛弟无法对付了，就进身到灶房去。

毛弟的妈跟到后面来，笑笑的，走向烧火处。

这是毛弟家中一个顶有趣味的地方。一切按照习惯的铺排，都完全。这间屋，有灶，有桶，有缸子，及一切木陶器皿，为毛弟的妈将这些动用东西处理得井井有条，真有说不出的风味在。一个三眼灶位置在当中略偏左一点，一面靠着墙，墙边一个很大砖烟囱。灶旁边，放有两个大水缸，三个空木桶，一个柜，一个悬橱。墙壁上，就是那为历年烧柴烧草从灶口逸出的烟子熏得漆黑的墙上，悬挂各式各样的铁铲，以及木棒槌，木杈子。屋顶梁柱上，椽皮上，垂着十来条烟尘带子像死蛇。还有木钩子，——从那梁上用葛藤捆好垂下的粗大木钩子，都上了年纪，已不露木纹，色全黑，已经分不出是树茶是柚子木了（这些钩子是专为冬天挂腊肉同干野猪肉山羊肉一类东西的，到如今，却只用来挂辣子篮了）。还有猪食桶，是在门外边，虽然不算灶房以内的陈设，可是常常总从那桶内，发挥一些糟味儿到灶房来。还有天窗，在房屋顶上，大小同一个量谷斛一样，一到下午就有一方块太阳从那里进到灶房来，慢慢的移动，先是伏在一个木桶上，接着就过水缸上，接着就下地，一到冬天，还可以到灶口那烧火凳上停留一会儿。这地方，是毛弟的游艺室，又是各样的收藏库，一些权利，一些家产（是说毛弟个儿的家产，如像蛐蛐，钓竿，陀螺之类），全都在此。又可以说这里原是毛弟一个工作室，凡是应得背了妈做的东西，拿到这来做，就不会挨骂。并且刀凿全在此，要用烧红的火箸在玩具上烫一个眼也以此处为方便。到冬天，坐在灶边烧火烤脚另外吃烧栗子自然是便利，夏天则到那张老的大的矮脚烧火凳上睡觉又怎样凉快！还有，到灶上去捕灶马，或者看灶马散步——

总之，灶房对于毛弟是太重要了，毛弟到外面放牛，倘若说是那算受自然教育，则灶房于毛弟，便可以算是家庭教育的课室了。

我且说这时的毛弟。锅内原是蒸有一锅薯，熟透了，毛弟进了灶房就到锅边去，甩起锅盖看。毛弟的妈正于此时在灶腹内塞进一把草，用火箸一搅，草燃了，一些烟，不即打烟囱出去，便从灶口冒出来。

“娘，不用火，全好了。”

娘是不做声。她是知道锅内的薯已不用加火，便已熟了的。她想别一事。在癫子失踪几日来，这老娘子为了癫子的平安，曾在傩神面许了一匹猪，约在年底了愿心；又许土地夫妇一只鸡，如今是应当杀鸡供土地的时候了。

“娘，不要再热了，冷也成。”

毛弟还以为妈是恐怕薯冷要加火。

“毛毛你且把薯装到钵里去，让我热一锅开水。我们今天不吃饭。剩下现饭全已喂鸡了。我们就吃薯。吃了薯，水好了，我要杀一只鸡谢土地。”

“好，我先去捉鸡。”那花鸡，专横的样子，在毛弟眼前浮起来。毛弟听到娘说要杀一只鸡，想到一个处置那恶霸的方法了。

“不，你慢点。先把薯铲到钵里，等热水，水开了，再捉去，就杀那花鸡。”

妈也赞成处置那花鸡使毛弟高兴。真所谓“强梁者不得其死”。又应了“众人所指无病而死”那句话。花鸡遭殃是一定了。这时的花鸡，也许就在眼跳心惊吧。

妈吩咐，用铲将薯铲到钵里去。就是那么办，毛弟便动手。薯这时，已不很热了，一些汁，已成糖，锅子上已起了一层糖锅巴。薯装满一钵，还有剩，剩下的，就把毛弟肚子装。娘笑了，要慢装一点，免服急了不消化。

三

毛弟的妈就是我们常常夸奖那类可爱的乡下伯妈样子的，会用葛头作酸菜，会做豆腐乳，会做江米酒，会捏粑——此外还会做许多吃货，做得又干净，又好吃。天生着爱洁净的好习惯，使人见了不讨厌。身子不过高，瘦瘦的。脸是保有为干净空气同不饶人的日光所炙成的健康红色的。年四十五岁，照规矩，头上的发就有一些花的白的了。装束呢，按照湖南西部乡下小地主的主妇章法，头上不拘何时都搭一块花格子布帕。衣裳材料冬天是棉夏天是山葛同苎麻，颜色冬天用蓝青，夏天则白的，——这衣服，又全是家机织成，虽然粗，却结实。袖子是十九卷到肘以上，那一双能推磨的强健的手腕，便因了裸露在外同脸是一个颜色。是的，这老娘子生有一对能作工的手，手以外，还有一双翻山越岭的大脚，也是可贵的！人虽近中年，却无城里人的中年妇人的毛病，不病，不疼，身体纵有小小不适时，吃一点姜汤，内加上点胡椒末，加上点红糖，乘热吃下蒙头睡半天，也就全好了。腰是硬朗的，这从到井坎去担水可以知道的。说话时，声音略急促，但这无妨于一个家长的尊严。脸庞上，就是我说的那红红的瘦瘦的脸庞上，虽不像那类在梨林场上一带开饭店的内掌柜那么永远有笑涡存在，不过不拘一个大人一个小孩见了这妇人，总都很满意，凡是天上的神给了中国南部接近苗乡一带乡下妇人的美德，毛弟的妈照例也得了全份。譬如像强健，像耐劳，像俭省治家对外复大方，在这个人身上全可以发现，他如说话的天才，也并不缺少。我说的

“全份”，真是得了全份了。

自从毛弟的爹因了某年的时疫，死到田里后，这妇人，还只三十又五岁，即便承担了命运为派定一个寡妇应有的担子，好好的埋葬了丈夫，到庙中念了一些经，从眼里流了一些泪，带了三年孝，才把堂屋中丈夫的灵座用火焚化了。毛弟的爹死了后，做了一家之主的她接手过来管理着一切：照料到田地，照料到儿子，照料到栏里的牛，照料到菜猪和生卵的一群鸡。许多事，比起她丈夫在生时节勤快得多了。对于自己几亩田，这老娘子都不把他放空，督着长工好好的耕种，天旱雨打不在意。期先预备着了款，按时缴纳衙门的粮赋。每月终，又照例到保董处去缴纳地方团防捐。春夏秋冬各以其时承受一点小忧愁，同时承受一些小欢喜，又随便在各样忧喜事上流一些眼泪。一年将告结束时，就请一个苗巫师来到家里穿起绣花衣裳打锣打鼓还愿为全家祝福。——就这样，到如今，快是十年了。一切是依然一样，而自己，也并不曾老许多。

十年来，一切事情是一样，这是说，毛弟的妈所有的工作，是一个样子，一点都不变。然而一切物，一切人，已全异——纵不全，变得不同的终是太多了。毛弟便是变得顶不相同的一个人。当时毛弟做孝子那年，毛弟还只是两岁，戴纸冠，就不知道戴的为那一个人，到如今，加上是十年，已成半大孩子了。毛弟家癫子，当时亦只不过十二岁，并不痴，伶精的如同此时毛弟一模样，终日快快活活的放牛，耕田插秧时候还能帮点忙，割穗时候能给长工送午饭，会用细篾织鸡罩；鸡罩织就又可拿了去到溪里捉鲫鱼，会制簟席，会削木陀螺，会唱歌，有时还会对娘发一点脾气，给娘一些不愉快（这最后一项本领是直到毛弟长大懂得同娘作闹以后才变好，但是同时也就变痴变呆了）。其他呢，毛弟家中栏内耕牛共换了三次，猪圈内，养了八次小菜猪，鸡是简直无从计算卵的数，屋前屋后的树也都变大到一抱以外，倘若是毛弟的爹是出远门一共出十年，如今归来看看家，一样都会不认识，只除了毛弟的娘其他当真都会茫然！

至于癫子怎样忽然就癫了呢？

怎么就癫这难说。这是一桩大疑案，全大坳人不能知，伍孃也不知。伍孃就是毛弟妈在大坳村子里得来的尊称，全都这样喊，老的是，少的是，伍孃正像全村子人的姑母呀。癫子癫，据巫师说他是非常清楚的（且有法术可禳解），为了得罪了霄神，当神洒过尿，骂过神的娘，神一发气人就变癫了。但霄神在大坳地方，即以巫师平时的传说，也只谓能生人死人给人以祸福的，使人癫，又像似乎非神本领办得到。且如巫师言，禳是禳解了，还是癫（以每年毛弟家中谷米收成人畜安宁为证据，神有灵，又像早已同毛弟家议了和），这显然知道癫子之所以癫另有原因了。

在伍嬢私自揣度下，则以为这只是命运，如同毛弟的爹必定死在田里一个样，原为命运注定的。使天要发气，对一个正派人家的儿女，作弄得成了癫子，过错不是毛弟的哥哥，也不是父亲，也不是祖先，是命运。诚然的，命运这东西，有时作弄一个人，更惨酷无情的把戏也会玩得出，平空使你家中无风兴浪出一些怪事，这是可能的，常有的。一个忠厚老实人，一个纯粹乡下做田汉子，忽然碰官事，为官派人抓去强说是与山上强盗有来往，要罚钱，要杀头，这比霄神来得还威风，还无端，大坳人认这是命运。命运不太坏，去了钱，救了人，算罢了。否则更坏也只是命运，没办法。命里是癫子，神也难保佑，因此伍娘在积极方面，也不再设法，癫子要癫就任他去了。幸好癫子是文癫，他平白无故又不闹过人，乡下人不比城里人聪明，又不会想方设法来作弄癫子取乐，所以也见不出癫子是怎样不幸。

关于癫子性格我想也有来说几句的必要。普通癫子是有文武之分的，如像做官一个样，也有文有武：杀人放火高声喝骂狂歌痛哭不顾一切者，这属于武癫，很可怕；至于文癫呢？老老实实一个人寂寞活下来，与一切隔绝，似乎感情关了门，自己有自己一块天地在，少同人说话。别人不欺凌他他是很少理别人，既不使人畏，也不搅扰过鸡犬。他又仍然能够做他自己的事情，砍柴割草不会懒，看牛时节也不会故意放牛吃别人的青麦苗。他的手，并不因癫把推磨本事就忘去；他的脚，舂碓时力气也不弱于人。他比平常人，要任性一点，要天真一点，（那是癫子的坏处？）他因了癫有一些怪癖，平空多了些无端而来的哀乐，笑不以时候，哭又很随便，他凡事很大胆，不怕鬼，不怕猛兽；爱也爱得很奇怪，他爱花，爱月，爱唱歌，爱孤独向天，——大约一个人，有了上面的几项行为，就为世人目为癫子也是常有的事吧。实在说，一个人，就这样癫了，于社会是无损，于家中，也就不见多少害处的。如果世界上，全是一些这类人存在，也许地方还更清静点，是不一定的。有些癫，虽然属于文，不打人，不使人害怕，但终免不了使人要讨嫌，“十个癫子九个脏”，这话是可靠。我们见到的癫子，头发照例是终年不剃，身上褴褛得不堪，虱婆一把一把抓，真要人作呕。毛弟家癫子，可与这两样。是有例外脾气的。他是因了癫，反而一切更其讲究起来了。衣衫我们若不说它是不合，便应当说它是漂亮。他懂得爱美。布衣葛衣全是洗得一崭新。头发剃得光光同和尚一样。身边前襟上，挂了一个铜铗子（这是本乡团总保董以及做牛场经纪人的才有的装饰），铗的用处是无事时对到一面小镜拔胡须，癫子口袋中，就有那么一面圆的小的背面有彩画的玻璃镜！癫子不吃烟，又没同人赌过钱，本来这在大坳人看来，也是以为除了不是癫子以外不应有的事。

这癫子，在先前，还不为毛弟的妈注意时，呆性发了失了一天踪，第二天归来，娘问他：

“昨天到什么地方去了?”

他却说：“听人说到棉寨桃花开得好，看了来!”

棉寨去大坳，是二十五里，来去要一天，为了看桃花，去看了，还宿了一晚才转来！先是不能相信。到后另一次，又去两整天，回头说是赶过尖岩的场了，因为那场上，卖牛的人多，有许多牛很好看，故去了两天。大坳去尖岩，来去七十里。更远了。然而为了看牛就走那么远的路，呆气真够！娘不信。虽然看到癫子脚上的泥也还不肯信。到后来问到向尖岩赶场做生意的人，说是当真见到过癫子，娘才真信家中有了癫子了。从此以后因了走上二十里路去看别的乡村为土地生日唱的木人戏，竟一天两天的不归，成常事。娘明白他脾气后，禁是不能禁，只好和和气气同他说，若要出门想到什么地方去玩时，总带一点钱，有了钱，可买各样的东西，想吃什么有什么，只要不受窘，就随他意到各处去也不耽心了。

大坳村子附近小村落，一共数去是在两百烟火以上的。管理地方一切的，天王菩萨居第一，霄神居第二，保董乡约以及土地菩萨居第三，场上经纪居第四：只是这些神同人，对于癫子可还没有行使其威严。癫子当到高的胖的保董面前时，亦同当到一株有刺的桐树一样，树是那么高，或者一头牛，牛是那么大：只睁眼来欣赏，无恶意的笑，看够后就走开。癫子上庙里去玩，奇怪大家拿了纸来到此烧，又不是字纸，还有煮熟了的鸡，洒了白的盐，热热的，正好吃，人都不吃倒摆到这土偶前面让它冷，这又使癫子好笑。大坳的神大约也是因了在乡下长大，很朴实，没有城中的神那样的小气，因此才不见怪于癫子，不然为了保持它尊严，也早应当显一点灵于这癫子身上了吧。

大坳村子的小孩子呢？人人喜欢这癫子，因为从癫子处可以得到一些快乐的原故。癫子平常本不大同人说话，及与小孩在一块，马上他就有说有笑了。遇到村里唱戏时，癫子不厌其烦来为面前一些孩子解释戏中的故事。小孩子跟随癫子的，还可以学到许多俏皮的山歌，以及一些好手艺。癫子在村中，因此还有一个好名字，这名字为同村子大叔婶婶辈，当到癫子来叫喊，就算大坳人的嘲谑了，名字乃是“代狗王”。代狗王，就是小孩子的王，这有什么坏？

四

大坳村子里的小孩子，从七岁到十二岁，数起来，总不止五十。这些猴儿小子在这一个时期内，是不是也有城市人所谓知慧教育不？是有的。在场坪团防局内乡长办公地的体面下，就曾成立了一区初级小学的。学校成立后学生也并不是无来源，如那村中执政的儿子，庙祝的儿子，以及中产阶级家中父老希望本宗出个圣贤的儿子，由一个当前清在城中取过一次案首民国以来又入过师范讲习所的老童生统率，终日在团防局对面那天王庙戏楼上读新国文课本蛮热闹。但学生数目还不到儿童总数五分之一分，并且有两个还只是六岁。余下的怎样？难道就是都像毛弟一样看牛以外就只蹲到灶旁用镰刀砍削木陀螺？在大坳学校以外还有教育的，倘若是，我们可以拿学校来比譬僧侣贵族教育，则另外还有所谓平民的武士教育在。没有固定的须乡中供养的教师，也不见固定的挂名的学生，只是在每一天下午吃了晚饭后，在去场头不远一个叫作猫猫山的地方，这里有那自然的学校，是这地方儿童施以特殊教育的地点。遇到天雨便是放学时。若天晴，大坳村里小孩子，就是我所举例说是从七到十二岁的小猴儿崽子，至少有三十个到此。还有更小的。还有更大的。又还有娘女们，抱了三岁以下的小东西来到这个地方的。那些持着用大羊奶子树做的烟杆由他孙崽子领道牵来的老人，那些曾当过兵颈项上挂有银链子还配着崭新黄色麂皮抱肚的壮士，那些会唱山歌爱说笑话的孤身长年，那些懂得猜谜的精健老娘子，全都有。每一个人发言，每一个人动作，全场老少便都成了忠实的观众与热心的欣赏者；老者言语行为给小孩子以人生的经验，小孩子相打相扑给老年人以喜剧的趣味。这学校，究竟创始了许多年？没有人知道。不过很明白的是如今已得靠小孩牵引来到这坪里的老头儿，当年做小孩时却曾在此玩大的，至少是，比天王庙的小学的年龄，总老过了十倍了。

每一天当太阳从寨西大土坡上落下后，这里就有人陆续前来了。住在大坳村子里的人，为了抱在手上的小孩嚷着要到猫猫山去看热闹，特意把一顿晚饭提早吃，也是常有的事情。保董有时宣布他政见，也总选这个处所。要探听本村消息这里是个顶方便地方。找巫师还愿，尤其是除了到这里来找他那两个徒弟以外，让你打锣哰也白费神。另一个说法，这里是民众剧场，是地方参事厅，单说是学校，还不能把他的范围括尽！

到了这里有些什么样的玩意儿？多得很。感谢天，特为这村里留下一些老年人，由这些老年人口中，可以知道若干年前打长毛的故事是怎样的给了本村人以光辉啊！同辈硕果仅存是老年人的悲哀，因了这些故事的复述，眼看到这些孙曾后辈小小心中为给注入本村光荣的梦以后的惊讶，以及因此而来的人格的扩张，老年人当到此时节，也像即刻又成了壮年奋勇握刀横槊的英雄了。那些退伍的兵呢，他们能告给人以一些属于乡中人所知以外奇怪有趣的事迹，如像草烟作兴卖到一块钱一枚，且未吃以前是用玻璃纸包好。又能很大方的拿出一些银角子来作小孩子打架胜利的奖品。这小小白色圆东西，便是这本村壮士从湖北省或四川省归来带回的新闻，一个小孩子从这银角子上头就可以在脑子中描写一部英雄史，一个小孩子从这银角子上头也可以做着无涯境的梦，这小东西的休息处是那伟大的人物胸前崭新的黄色麂皮抱肚中，当到一个小孩把同等身材孩子扑倒三人以上时，就成那胜利武士的奖品了。

遇到唱山歌时节，这里只有那少壮孤身长年的分的。又要俏皮，又要逗小孩子笑，又同时能在无意中掠取当场老婆子的眼泪与青年少女的爱情的把戏，是算长年们最拿手的山歌。得小孩们山莓红薯一类供养最多的，是教山歌的师傅，把少女心中的爱情的火把燃起来，除了山歌是像除了引线灯芯一类东西。（艺术的地位，在一个原始社会里，无形中已得到较高安置了。）这些长年们，同一只阳雀样子自由唱他编成的四句齐头歌，可以说是他在那里施展表现“博取同情的艺术”，以及教小孩子以将来对女子的“爱的技术”。

猜谜呢，那大多数是为小女孩预备的游戏，这是在训练那些小小头脑，以目中所习见的一切的物件用些韵语说出来，男小子是不大相宜于这事情的。

男小孩子是来此缠腰，打斤斗，做虾蟒吃水，栽天树，做老虎伸腰，同到各对各的打平和架。选出了对子，在大坪坝内，当到公证人来比武，那是这里男小子的唯一的事业，从这训练中，养成了强悍的精神以外还给了老年人以愉快，长毛即不会再现于此时代，同长毛样的来去无常的边苗还多，武艺是村中人人所必需，也很明显了啊。

如今是初夏，这晚会，自然是比天气还冷雨又很多的春天为要热闹了许多！

这里毛弟家的癫子大哥是一个重要人物，那是不问可知的。癞子到这种场上，曾用他的一串山歌制伏许多年青人，博得大家的欢喜。他又在男孩比武上面立了许多条规则，当他为一个公证人时总能按到规则办，这尤显出他那首领的本事。他常常花费三天四天功夫用泥去摶一个张飞武松之类的英雄像，拿来给那以小敌大竟能出奇制胜的孩子。这一来，癞子在这一群人中间，“代狗王”是不做也不成了。把老人除开，看谁是这里孩子们的真真信服拥戴的领袖，只有癞子配！只要间上一天癞子不到猫猫山，大家便忽然会觉得冷淡起来了。癞子自己对于这地方，所感到的趣味当然也极深。

自从癞子失踪一连达五天以上，到最近，又明知道附近一二十里村集并无一处在唱木头傀儡戏，大家到此时，上年纪一点的人物便把这事长期来讨论，据公意，危险真是不可免的事了。倘若是，那一个人能从别一地方证实癞子是已经死亡，则此后猫猫山的晚上集会真要不知怎样的寂寞！大家为了怀想这“代狗王”的下落，便把到普通集会程序全给混乱了，唱歌的大家缺少了声音，打架的失去了劲帮，癞子这样的一去无踪真是给了大坳儿童以莫大损失。

上两天，许多儿童因了癞子无消息，就不再去猫猫山，其中那个住在寨西小万万，就有分。昨天晚上却是万万同到毛弟两人都不曾在场，癞子消息就不曾露出。如今可为万万到猫猫山把这新闻传遍了。大家高兴是自然的事。大家断定不出一两天，癫子总就又会现身出来了。

当毛弟为他娘扯着鸡脚把那花鸡杀死后，一口气就跑到猫猫山去告众人喜信。

“毛弟哎，毛弟哎，你家癫子有人见到了！”

毛弟没有到，别人见到毛弟就是那么大声高兴嚷，万万却先毛弟到了场，众人不待毛弟告，已先得到信息了。

毛弟走到坪中去，一众小孩子是就像一群蜂子围拢来。毛弟又把今天到峒中去的情形，告给大众听。大众手拉着手围到毛弟跳团团，互相纵声笑，庆祝大王的生存无恙，孩子们中有些欢喜得到坪里随意乱打滚，如同一匹才到郊野见了青草的小马。毛弟恐怕癫子会正当此时转家，就不贪玩先走了。

场里其他大小老少众人讨论了癫子一阵过后大众便开始来玩着各样旧有的游戏，这里万万便把昨天上老虎峒去听到癫子躲在峒中所唱的歌及复唱给大众听。照例是用拍掌报答这唱歌的人。一众全鼓掌，万万今天可就得到一些例外光荣了。

“万万我妹子，你是生得白又白。”

万万听到有人在谑他，忙回头，回头却不明话语的来源，又不好单提某人出面来算账，只作不曾听到这丑话，仍然唱他那新歌。

“万万，你看谁个生得黑点谁就是你哥！”

万万不再回头也就听出这是顶憨赖的傩巴声音了。故作还不注意的万万，并不停止他歌喉，一面唱，一面斜斜走过去，刚刚走到傩巴身边时，猛伸手来扳着傩巴的肩只一掼，闪不知脚还是那么一拐，傩巴就拉斜跌倒，大众哄然笑。

傩巴爬起便扑到万万身上，想打猛不知，但精伶便捷的万万，只一让，加上是一掌，傩巴便又给人放倒到土坪上了。

傩巴可不爬起了，只在地下蓄力想乘势骤抱万万的脚杆。

“起来吧，起来吧，看这个！”一个退伍副爷大叔从他皮兜子内夹取一个银角子，高高举起给傩巴助威，傩巴像一匹狮子，一起身就缠着万万的腰身。

“黑小鬼，你跟老子远去吧。”万万身一摆，傩巴登不住，弹出几步以外卧下了。

“爬起再来呀！看这里。是袁世凯呀！”袁世凯也罢，鲁智深也罢，今天的傩巴，成了被孙大圣痛殴的猪八戒，坐在地上只是哼，说是承认输。真是三百斤野猪，只是一张嘴，傩巴在万万面前除了嘴毒以外没有法宝可亮了。

大叔把那角子丢到半空去，又用手捉着："好兄弟，这应归万万——谁来同我们武士再比拼一番吧。"

"慢一点，我也有分的！"不知是谁在土堆上故意来捣乱，始终又不见人下。

"来就来，不然我可要去吃夜饭去了。"因此才知万万原是空肚子来专门告众人的癞子消息的。

"慢一点，不忙！"但是仍然不见下。

不久，一个经纪家的长年唱起橹歌[1]来，天是全黑了。在一些星子拥护业已打斜的上弦月的夜景中，大家俨然如同坐在一只大麻阳乌篷船上顺水下流的欢乐，小孩子们帮同吆喝打号子，橹歌唱到洞庭湖时钩子样的月已下沉了。

五

虽然说，癞子本身是有了下落，证明了他是还好好的活

1. 橹歌多从洪江或麻阳唱起，中夹以"吆和吓""咦来和吓"像橹摇动声音，照例是可以唱到汉阳汉口的，一面叙途中风景，一面把地名滩名指出，凡是辰河橹歌调子大体是一样，惟叙述式少有不同耳。

在这世界上面，但是不是在明天后天就便可以如所预料的归来？这无从估定。因此这癫子，依旧远远的走去，是不是可能的？在这事上毛弟的娘也是仍然全无把握的。土地得了一只鸡，也正如同供奉母鸡一只于本地乡约一个样：上年纪的神，并不与那上年纪的人能干多少，就是有力量，凡事也都不大肯负责来做的。天若欲把这癫子赶到另一个地方去，未必就能由这老头子行使权势为把这癫子赶回！

但是，癫子当真可就在这时节转到家中了。

癫子睡处是在大门楼上头，因为这里比起全家都清静，他欢喜。又不借用梯，又不借用凳，癫子上下全是倚赖门柱旁边那木钉。当他归来时，村子里没一人见，到了家以后，也不上灶房，也不到娘房里去望望，他只悄悄的，鬼灵精似的，不惊动一切，便就爬上自己门楼上头睡下了。

当到癫子爬他门柱时，毛弟同到他娘正在灶房煮那鸡。毛弟家那只横强恶霸花公鸡，如今已在锅子中央为那柴火煮出油来了。鸡是白水煮，锅上有个盖，水沸了，就只见从锅盖边，不断绝的出白气，一些香，在那热气蒸腾中，就随便发挥钻进毛弟鼻子孔。

毛弟的娘是坐在那烧火矮凳上，支颐思索一件事，打量到癫子躲藏峒中数日的原故，面部同上身，为那灶口火光映得通红的。毛弟满灶房打转，灶头一盏清油灯，便把毛弟影子变成忽短忽长移到四面墙上去。

“娘，七顺长工带了我们的狗去到新场找癫子，要几时才回?”

娘不答。

“我想那东西，莫又到他丈人老那里去喝酒，醉倒了。”娘仍不作声。

“娘，我想我们应当带一个信到新场去才对的，不然癫子回来了以后，恐怕七顺还不知道尽在新场到处托人白打听!”

娘屈指算各处赶场期，新场是初八，后天本村子里当有人过新场去卖麻，就说明天托万万家爹报七顺一个信也成。

毛弟没话可说了，就只守到锅边闻鸡的香味，毛弟对于锅中的鸡只放心不下，从落锅到此时甩开锅盖瞧看总不止五次。毛弟意思是非到鸡肉上桌他用手去攫取膊腿那时不算完成他的敌忾心!

“娘，甩开锅盖看看吧，恐怕汤会快已干了哩。”

是第七次的提议。明知道汤是刚加过不久，但毛弟愿意眼睛不眏望到那仇敌受白水的熬煮，若是鸡这时还懂得痛苦，他会更满意!

娘是说，不会的，水蛮多。但娘明白毛弟的心思，顺水划，就又在结尾说“你就甩开锅盖看看吧”。

这没毛鸡浸在锅内汤中受煎受熬的模样，毛弟看不厌。凡是恶人作恶多端以后会到地狱去，毛弟以为这鸡也正是下地狱的。

当到毛弟用两只手把那木锅盖举起时节，一股大气往上冲，锅盖边旁蒸起汽水像出汗的七顺的脸部一样，锅中鸡是好久好久才能见到的。浸了鸡身一半的白汤，还是沸腾着。鸡是平平爬伏到锅中，脚杆直杪杪的真像在泅水！

“娘，你瞧，这光棍直到身子煮烂还昂起个头！”毛弟随即借了铁铲作武器，去用力按那鸡的头。

“莫把它颈项摘断，要昂就让它昂吧。”

“我看不惯那样子。”

“看不惯，又盖上吧。”

听娘的吩咐，两手又把锅盖盖上了。但未盖以前，毛弟可先把鸡身弄成翻天睡，让火熬它的背同那骄傲的脑袋。

这边鸡煮熟时那边癫子已经打鼾了。

毛弟为娘提酒壶，打一个火把照路，娘一手拿装鸡的木盘，一手拿香纸，跟到火把走。当这娘儿两人到门外小山神土地庙去烧香纸，将出大门时，毛弟耳朵尖，听出门楼上头鼾声了。

“娘，癫子回来了!”

娘便把手中东西放去，走到门楼口去喊。

“癫子，癫子，是你不是?”

“是的。”等了一会又说，“娘，是我。”

声音略略有点哑，但这是癫子声音，一点不会错。

癫子听到娘叫唤以后，于是把一个头从楼口伸出。毛弟高高举起火把照癫子，癫子眼睛闭了又挣开，显然是初醒，给火眩曜着了。癫子见了娘还笑。

“娘，出门去有什么事。”

“有什么事？你瞧你这人，一去家就四五天，我那里不托人找寻！你急坏我了。……”

这妇人，一面絮絮叨叨用着高兴口吻抱怨着癫子，一面望到癫子笑。

癫子是全变了。头发像很乱，瘦了些，但此时的毛弟的娘可不注意到这些上面。

“你下来吃一点东西吧，我们先去为你谢土地，感谢这老伯伯为了寻你不知走了多少路！你不来，还得让我抱怨他不济事啦。”

毛弟同到娘在土地庙前烧完纸，作了三个揖，把酒奠了后，不问老年缺齿的土地公公嚼完不嚼完，拿了鸡就转家了。

娘听到楼上还有声息知道癞子尚留在上面，“癞子，下来一会儿吧，我同你说话，这里有鸡同鸡汤，饿了可以泡一碗阴米。”

那个乱发蓬蓬的头又从楼上出现了，他说他并不曾饿。到这次，娘可注意到癞子那憔悴的脸了。

“你瞧你样子全都变了。我晌晚还才听到毛说你是在老虎峒住的。他又听到西寨那万万告把他，还到峒里把你留下的水罐拿回。你要到那里去住，又不早告我一声，害得我着急，你瞧娘不也是瘦了许多么?”

娘用手摩自己的脸时，娘眼中的泪，有两点，沿到鼻沟流到手背了。

癞子见到娘样子，总是不做声。

“你要睡觉么？那就让你睡。你要不要一点水？要毛为你取两个地萝卜好吗?”

“都不要。”

“那就好好睡，不要尽胡思乱想，毛，我们进去吧。”

娘去了，癞子的蓬乱着发的头还在楼口边，娘嘱咐，莫要尽胡思乱想，这时的癞子，谁知道他想的是些什么事？但在癞子心中常常就是像他这时头发那么乱杂无章次，要好好的睡，办得到？然而像一匹各处逃奔长久失眠的狼样的毛弟家癞子大哥，终于不久就为疲倦攻击仍然倒在自己铺上了。

第二天，天还刚亮不久娘就起来跑到楼下去探看癞子，听到上面鼾声还很大，就不惊动他，且不即放埘内的鸡出，怕是鸡在院子中打架，吵了这正做好梦的癞子。

这做娘的老早到各处去做她主妇的事务，一面想着癞子昨夜的脸相，为了一些忧喜情绪牵来扯去做事也不成，到最后，就不得不跑到酒坛子边喝一杯酒了。

六

显然是，癞子比起先前半月以来憔悴许多了。本来就是略带苍白痨病样的癞子的脸，如今毛弟的娘觉来是已更瘦更长了。

毛弟出去放早牛未回。毛弟的娘为把昨夜敬过土地菩萨煮熟的鸡切碎了，蒸在饭上给癞子作早饭菜。

到吃早饭时，娘看癞子不言不语的样子，心总是不安。饭吃了一碗。娘顺手方便，为癞子装第二碗，癞子把娘装就的饭赶了一半到饭箩里去。

娘奇诧了。在往日，这种现象是不会有的。

“怎么？是菜不好还是有病？”

“不。菜好吃。我多吃点菜。”

虽说是多吃一点菜，吃了两个鸡翅膊，同一个鸡肚，仍然不吃了。把箸放下后，癫子皱了眉，把视线聚集到娘所不明白的某一点上面。娘疑惑是癫子多少身上总有一点小毛病，不舒服，才为此异样沉闷。

“多吃一点呀。”娘像逼毛弟吃出汗药一样，又在碗中捡出一片鸡胸脯肉掷到癫子的面前。

劝也不能吃，终于把那鸡肉又掷回。

“你瞧你去了这几天，人是瘦多了。”

听娘说是人瘦许多了，癫子才记起他那衣扣上面悬垂的铜铁，觉悟似的开始摸出那面小圆镜子挟扯嘴边的胡须，且对到镜子作惨笑。

娘见这样子，眼泪含到眶子里去吃那未下咽的半碗饭。娘竟不敢再来详细看癫子一眼，她知道，再看癫子或再说出一句话，自己就会忍不住要大哭了。

饭吃完了时，娘把碗筷收拾到灶房去洗，癫子跟到进灶房，看娘洗碗盏，旋就坐到那张烧火凳上去。

一旁用丝瓜瓤擦碗一旁眼泪汪汪的毛弟的娘，半天还没洗完一个碗。癫子只是对着他那一面小小镜子反复看，从镜子里似乎还能看见一些别的东西的样子。

“癫子，我问你——”娘的眼泪这时已经不能够再忍，终于扯了挽在肘上的宽大袖子在揩了。

癫子先是口中还在嘘嘘打着哨，见娘问他就把嘴闭上，鼓气让嘴成圆球。

“你这几天究竟到些什么地方去？告给你娘吧。”

“我到老虎峒。”

“老虎峒，我知道。难道只在峒内住这几天吗？”

“是的。”

“怎么你就这样瘦了？”

癫子可不再做声。

娘又说：“是不是都不曾睡觉？”

“睡了的。”

睡了的，还这样消瘦，那只有病了。但当娘问他是不是身上有不舒服的地方时，这癫子又总说并不曾生什么病。

毛弟的娘自觉自从毛弟的爹死以后，十年来，顶伤心的要算这个时候了。眼看到这癫子害相思病似的精神颓丧到不成样子，问他却又说不出怎样，最明显的是在这癫子的心中，此时又正汹涌着莫名其妙的波涛，世界上各样的神都无从求助。怎么办？这老娘子心想十年劳苦的担子，压到脊梁上头并不会把脊梁压弯，但关于癫子，最近给她的忧愁，可真有点无从招架了。

一向癫子虽然癫，但在那浑沌心中，包含着的像是只有独得的快活，没有一点人世秋天模样的忧郁，毛弟的娘为这癫子的不幸，也就觉很少。到这时，她不但看出她过去的许多的委屈，而且那未来，可怕的，绝望的，老来的生活，在这妇人脑中不断的开拓延展了。她似乎见到在她死去以后别人对癫子的虐待逼癫子去吃死老鼠的情形。又似乎见癫子为人把他赶出这家中。又似乎见毛弟也因了癫子被人打。又似乎乡约因了知事老爷下乡的原故，到猫猫山宣告，要用力把癫子关到一个地方去，免吓了亲兵。又似乎……

天气略变了，先是动了一阵风，屋前屋后的竹子，被风吹得像是一个人在用力摇。接到不久就落了小雨。冒雨走到门外土坳上去喊了一阵毛弟回家的毛弟的娘，回身到了堂屋中，望着才从癫子身上脱下洗浣过的白小褂，悲戚的摇着头：就是那用花格子布作首巾包着杂白头发的头，叹着从不曾如此深沉叹过的气。

毛毛雨，陪到毛弟的娘而落的，娘是直到烧夜火时见到癫子有了笑容以后泪才止，雨因此也落了大半天。

七个野人与最后一个迎春节

迎春节，凡属于北溪村中的男子，全是为家酿烧酒醉倒了。据说在某城，痛饮是已成为有干禁例的事了，因为那里有官，有了官，凡是近于荒唐的事是全不许可了。有官的地方，是渐渐会兴盛起来，道义与习俗传染了汉人的一切，种族中直率慷慨全会消灭，迎春节的痛饮禁止，倒是小事中的小事，算不得怎样可惜，一切都得不同了！将来的北溪，也许有设官的一天吧？到那时，人人成天纳税，成天缴公债，成天办站，小孩子懂到见了兵就害怕，家犬懂到不敢向穿灰衣人乱吠，地方上每个人皆知道了一些禁律，为了逃避法律人人全学会了欺诈，这一天终究会要来吧。什么时候北溪将变成那类情形，是不可知的，然而这一天是年青人大约可以见到的一天了。地方上，勇敢如狮的人，徒手可以搏野猪，对于地方的进化，他们是无从用力制止的。年高有德的长辈，眼见到好风俗为大都会文明侵入毁灭，也是无可奈何的。凡是有地位一点的人，皆知道新的习惯行将在人心中生长，代替那旧的一切了，在这迎春节，用烧酒醉倒是普遍的事！他们要醉倒，对于事情不再过问，在醉中把恐吓失去，则这佳节所给他们的应有的欢喜，仍然可以在梦中得到了。

仍然是耕田，仍然是砍柴栽菜，地方新的进步只是要他们纳捐，要他们在一切极琐碎极难记忆的规则下走路吃饭，有了内战时，便把他们壮年能作工的男子拉去打仗，这是有政府时对于平民的好处。什么人要这好处没有？族长，乡约或经纪人，卖肉的屠户，卖酒的老板，有了政府他就得到幸福没有？做田的，打鱼的，行巫术的，卖药卖布的，政府能使他们生活得更安稳一点没有？

他们愿意知道的，是牛羊在有了官的地方，会不会发生瘟疫？若牛羊仍然得发瘟，那就证明无须乎官了。不过这时他们还能吃不上税的家酿烧酒，还能在这社节中举行那尚保留下来的风俗，聚合了所有年青男女来唱歌作乐，聚合了所有老年人在大节中讲述各样的光荣历史与渔农知识，男子还不曾出去当兵，女子也尚无做娼妓的女子，老年人则更能尽老年人的责任。未来的事谁知道呢？过去的不能挽回，未来的无从抵当，也是自然的事！“醉了的，你们睡吧，还有那不会醉倒的，你们把葫芦中的酒向肚中灌吧。”这个歌近来唱时是变成凄凉的丧歌，失去当年的意思了。

照到这办法把自己灌醉的是太多了，只有一个地方的一群男子不曾醉倒。他们面前没有酒也没有酒葫芦，只是一堆焚得通红的火。他们人一共是七个，七个之中有六个年纪青青的，只有一个约莫有四十五岁左右。大房子中焚了一堆柴根，七个人围着这一堆火坐下，火中时时爆着小小的声音，那年长的男子便用长铁箸拨动未焚的柴尽它跌到火中心去。

房中无一盏灯，但熊熊的火光已照出这七个朴质的脸孔，且将各个人的身躯向各方画出不规则的暗影了。

那年长的汉子，拨了一阵火，忽然又把那铁箸捏紧向地面用力筑，愤愤的说道：

“一切是完了，这一个迎春节应当是最后一个了。一切是，……喝呀，醉呀，多少人还是这样想！他们愿意醉死，也不问明天的事。他们都不愿意见到穿号衣的人来此！他们都明白此后族中男子将堕落女子也将懒惰了！他们比我们是更能明白许多许多事的。新的制度来代替旧的习惯，到那时，他们地位以及财产全摇动了。……但是这些东西还是喝呀！喝呀！……”

全屋默然无声音，老人的话说完这屋中又只有火星爆裂的微声了。

静寂中，听得出邻居划拳的嚷声，与唱歌声音。许许多人是在一杯两杯情形中伏到桌上打鼾了。许许多人是喝得头脑发眩伏在儿子肩上回家了。许许多人是在醉中痛哭狂歌了。这些人，在平时，却完完全全是有业知分的正派人，一年之中的今日，历来为神核准的放纵，仅有的荒唐，把这些人变成另外一个种族了。

奇怪的是在任何地方情形如彼，而在此屋中的众人却如此。年长人此时不醉倒在地，年青人此时不过相好的女人家唱歌吹笛，只沉闷的在一堆火旁，真是极不合理的一件事!

迎春节到了最后的一个，即或如所说，在他人，也是更非用沉醉狂欢来与这唯一残余的好习惯致别不可的。这里则七个人七颗心只在一堆火上，且随到火星爆裂，终于消失了。

诸人的沉默，在沉默中可以把这屋子为读者一述。屋为土窑屋，高大像衙门，闳敞如公所。屋顶高耸为泄烟窗，屋中火堆的烟即向上窜去。屋之三面为大土砖封合，其一面则用生牛皮作帘，帘外是大坪。屋中除有四铺木床数件粗木家具及一大木柜外，壁上全是军器与兽皮。一新剥虎皮挂在壁当中，虎头已达屋顶尾则拖到地上。尚有野鸡与兔，一大堆，悬在从屋顶垂下的大藤钩上，巍然不动。从一切的陈设上看来，则这人家是猎户无疑了。

这土屋，主人即属于火堆旁年长的一位。他以打猎为业，那壁上的虎皮就是上月他一个人用猎枪打毙的。其余六人则全是这人的徒弟。徒弟从各族有身分的家庭中走来，学习设阱以及一切拳棍医药，这有学问的人则略无厌倦的在作师傅时光中消磨了自己壮年。他每天引这些年青人上山，在家中时则把年青人聚在一处来说一切有益的知识。他凡事以身作则，忍耐劳苦，使年青人也各能将性情训练得极其有用。他不禁止年青人喝酒唱歌，但他在责任上教给了年青人一切向上的努力，酒与妇人是在节制中始能接近的。至于徒弟六人呢？勇敢诚实，原有的天赋，经过师傅德行的琢磨，智慧的陶冶，一个完人应具的一切，在任何一个徒弟中全不缺少。他们把这年长人当作父亲，把同伴当作兄弟，遵守一切的约束，和睦无所猜忌，日在欢喜中过着日子。他们上山打猎，下山与人作公平的交易。他们把山上的鸟兽打来换一切所需要的东西；枪弹，火药，箭头，弦，酒，无一不是用所获得的鸟兽换来。他们运气好时，还可以换取从远方运来的戒子绒帽之类。他们作工吃饭，在世界上自由的生活，全无一切苦楚。他们用枪弹把鸟兽猎来，复用歌声把女人引到山中。

这属于另一世界的人，也因为听到邻近有设了官设了局的事情，想起不久这样情形将影响到北溪，所以几个年青人，本应在迎春节各穿新衣，把所有野鸡、毛兔、山菇、果狸等等礼物送到各人相熟的女人家中去的，也不去了。这师傅本应到庙坛去与年长族人喝酒到烂醉如泥，也不去了。

六个年青人服从了师傅的命令，到晚不出大门，围在火前听师傅谈天，师傅把话说到地方的变更，就所知道的其余地方因有了法律结果的情形说了不少，师傅心中的愤慨，不久即转为几个年青人的愤慨了。年青人各无所言，但各人皆在此时对法律有一种漠然反感。

到此年长的人又说话了，他说：

“我们这里要一个官同一队兵有什么用处？我们要他们保护什么？老虎来时，蝗虫来时，官是管不了的。地方起了火，或涨了水，官是也不能负责的。我们在此没有赖债的人，有官的地方却有赖债的事情发生。我们在此不知道欺骗可以生活，有官地方每一个人可全靠学会骗人方法生活了。我们在此年青男女全得做工，有官地方可完全不同了。我们在此没有乞丐盗贼，有官地方是全然相反，他们就用保护平民把捐税加在我们头上了。”

官是没有用处的一种东西，这意见是大家一致了。

他们结果是约定下来，若果是北溪也有人来设官时，一致否认这种荒唐的改革。他们愿意自己自由平等的生活下来，宁可使主宰的为无识无知的神，也不要官。因为神永远是公正的，官则总不大可靠。而且，他们意思是在地方有官以后，一切事情便麻烦起来了，他们觉得生活并不是为许多麻烦事而生活的，所以这也只有那欢喜麻烦的种族才应当有政府的设立必要，至于北溪的人民，却普遍皆怕麻烦，用不着这东西！

为了终须要来的噩运，大势力的侵入，几个年青人不自量力，把反抗的责任放到肩上了。他们一同当天发誓，必将最后一滴的血流到这反抗上。他们谈论妥帖，已经半夜，各自就睡了。

若果有人能在北溪各处调查，便可以明白这一个迎春节所消耗的酒量真特别多，比过去任何一个迎春节也超过，这里的人原是这样肆无忌惮的行乐了一日，不久过年了。

不久春来了。

当春天，还只是二月，山坡全发了绿，树木茁了芽，鸟雀孵了卵，新雨一过随即是温暖的太阳，晴明了多日，山阿田中全是一旁做事一旁唱歌的人，这样时节从边县里派有人来调查设官的事了。来人是两个，会过了地方当事人，由当事人领导往各处察看，带了小孩子在太阳下取暖的主妇皆聚在一处谈论这事，来人问了无数情形，量丈了社坛的地，录下了井灶，看了两天就走了。

第二次来人是五个，情形稍稍不同：上一次是探视，这一次可正式来布置了。对于妇女特别注意，各家各户去调查女人，人人惊吓不知应如何应付，事情为猎人徒弟之一知道了，就告了师傅。师傅把六个年青人聚在一处，商量第一步反对方法。

年长人说："事情是在我们意料中出现了，我们全村毁灭的日子到了，这责任是我们的责任，应当怎么办，年青人可各供一个意见来作讨论，我们是决不承认要官管理的。"

第一个说："我们赶走了他完事。"

第二个说："我们把这些来的人赶跑。"

第三四五六意见全是这样。既然来了，不要，仿佛是只有赶走一法了。赶不走，倘必须要力，或者血，他们是将不吝惜这些，来为此事牺牲的。单纯的意识，是不拘问什么人，都是不需要官的，既然全不要这东西，这东西还强来，这无理是应当在对方了。

在这些年青简单的头脑中，官的势力这时不过比虎豹之类稍凶一点，只要齐心仍然是可以赶跑的。别的人，则不可知，至于这七人，固无用再有怀疑，心是一致了。

然而设官的事仍然进行着。一切的调查与布置，皆不因有这七人而中止。七个人明示反抗，故意阻碍调查人进行，不许乡中人引路，不许一切人与调查人来往，又分布各处，假扮引导人将调查人诱往深山，结果还是不行。

一切反抗归于无效，在三月底税局与衙门全布置妥了，这七个人一切计划无效，一同搬到山洞中去了。照例住山洞的可以作为野人论，不纳粮税，不派公债，不为地保管辖，他们这样做了。

地方官忙于征税与别的吃喝事上去了，所以这几个野人的行为，也不曾引起这些国家官吏注意。虽也有人知道他们是尚不归化的，但王法是照例不及寺庙与山洞，何况就是住山洞也不故意否认王法，当然尽他们去了。

他们几个人自从搬到山洞以后，生活仍然是打猎。猎得的一切，也不拿到市上去卖，只有那些凡是想要野味的人，就拿了油盐布匹衣服烟草来换。他们很公道的同一切人在洞前做着交易，还用自酿的烧酒款待来此的人。他们把多余的兽皮赠给全乡村顶勇敢美丽的男子，又为全乡村顶美的女子猎取白兔，剥皮给这些女子制手袖笼。

凡是年青的情人，都可以来此地借宿，因为另外还有几个小山洞，经过一番收拾，就是这野人等特为年青情人预备的。洞中并且不单是有干稻草同皮褥，还有新鲜凉水与玫瑰花香的煨芋。到这些洞里过夜的男女，全无人来惊吵的乐了一阵，就抱得很紧舒舒服服睡到天明。因为有别的原故，向主人关照不及时，就道谢也不说一声就走去，也是很平常的事。

他们自己呢，不消说也不是很清闲寂寞，因为住到这山洞的意思，并不是为修行而来的。他们日里或坐在洞中磨刀练习武艺，或在洞旁种菜舀水，或者又出到山坡头湾里坳里去唱歌。他们本分之一，就是用一些精彩嘹亮的歌声，把女人的心揪住，把那些只知唱歌取乐为生活的年青女人引到洞中来，兴趣好则不妨过夜，不然就在太阳下当天做一点快乐爽心的事，到后就陪到女人转去，送女人下山。他们虽然方便却知道节制，伤食害病是不会有的。

在这些年青人身上所穿的衣裤，以及麂皮抱兜，就是这些多情的女人手上针线为做成。他们送女人则不外乎山花山果，与小山狸皮。他们几个人出猎以前，还可以共同预约，得山羊便赠谁个最近相交的一个女人，得野狗又算谁的女人所有。他们的口除了亲嘴就是唱赞美情欲与自然的歌，不像其余的中国人还要拿来说谎的。他们各人尽力作所应作的工，不明白世界上另外那些人懒惰就是享福的理由。他们把每一天看成一个新生的天，所以在每一天中他们除了坐在洞中不出，其余的人是都得在身体与情绪上调节的极好，预备来接受这一天他们所不知道的幸福与灾难的。他们不迷信命运，却能够在失败事情上不固执。譬如一天中间或无法与一小山鸡相遇，他们到时也仍然回洞，不去死守的。又譬如唱歌也有失败时，他们中不拘是谁，知道了这事情无望，却从不想到用武力与财产强迫女子倾心过。

因为一切的平均，一切的公道，他们嫉妒心也很薄弱，差不多看不出了。

那师傅，则教给这几个年青人以武艺与渔猎知识外，还教给这些年青人对于征服妇人的法宝。为了要使情人倾心，且感到接近以后的满意，他告他们在什么情景下唱什么歌，以及调节嗓子的技术。他又告他们如何训练他的情人，方能使女人快乐。他又告他们如何保养自己，才能成为一个忠于爱情的男子。他像教诗的夫子指点他们唱歌，像教体操战术的教官指点他们对付女人，到后还像讲圣谕那么告诫他们不可用不正当方法骗女人的爱情与他人的信任。

师傅各事以身作则，所以每晨起身就独早。打老虎他必当先。擒蛇时他选那大的。泅水他第一个泅过河。爬树他占那极难上的。就是于女人，他也并不因年纪稍长而失去勇敢与热诚！凡是一个女子命令到几个年青人办得下的，与他好的女子要他去做，也总不故意规避的。

人类的首领，像这样真才是值得敬仰的首领！

日子是一天一天过下来了，他们并不觉得是野人就有什么不好处。至于显而易见的好处，则是他们从不要花一个钱到那些安坐享福的人身上去。他们也不撩他，不惹他，仍然尊敬这种成天坐在大瓦屋堂上审案、罚钱、打屁股的上等人。

国家的尊严他们是明白的，但他们在生活上用不着向谁骄傲，用不着审判，用不着要别人坐牢挨打，所以他们不有一个官管理，也自己能照料活一世下来了。

他们是快快乐乐活下来了，至于北溪其余的人呢？

北溪改了司，一切地方是王上的土地，一切人民是王上的子民了，的确很快的便与以前不同了。迎春节醉酒的事真为官方禁止了。别的集社也禁止了。平时信仰天的，如今却勒令一律信仰大王，因为天的报应不可靠，大王却带了无数做官当兵的人，坐在极高大极阔气的皇城里，要谁的心子下酒只轻轻哼一声，就可以把谁立刻破了肚子挖心，所以不信仰大王也不行了。

还有不同的，是这里渐渐同别地方一个样子，不久就有种不必做工也可以吃饭的人了。又有靠说谎话骗人的大绅士了。又有靠狡诈杀人得名得利的伟人了。又有人口的卖买行市，与大规模官立鸦片烟馆了。地方的确兴隆得极快，第二年就几几乎完全不像第一年的北溪了。

第二年迎春节一转眼又到了，荒唐的沉湎野宴，是不许举行的，凡不服从国家法令的则有严罚，决无宽纵。到迎春节那日，凡是对那旧俗怀恋，觉得有设法荒唐一次必要的，人人皆想起了山洞中的野人。归籍了的子民有遵守法令的义务，但若果是到那山洞去，就不至于再有拘束了。于是无数的人全跑到山洞聚会去了，人数将近两百，到了那里以后，作主人的见到来了这样多人，就把所猎得的果狸、山猪、白绵野鸡等等，熏烧炖炒办成了六盆佳肴，要年青人到另一地窖去抬出四五缸陈烧酒，把人分成数堆，各人就用木碗同瓜瓢舀酒喝，用手抓菜吃。客气的就合当挨饿，勇敢的就成为英雄。

众人一旁喝酒一旁唱歌，喝醉了酒的就用木碗覆到头上，说是做皇帝的也不过是一顶帽子搁到头上，帽子是用金打就的罢了，于是赞成这醉话的其余醉人，头上全是木碗瓜瓢以至于一块猪牙帮骨了，手中则拿得是山羊腿骨与野鸡脚及其他，作为做官做皇帝的器具，忘形笑闹跳掷，全不知道明天将有些什么事情发生。

第二天无事。

第三天，北溪的人还在梦中，有七十个持枪带刀的军人，由一个统兵官用指挥刀调度，把野人洞一围。用十个军人伏侍一个野人，于是将七个尸身留在洞中，七颗头颅就被带回北溪，挂到税关门前大树上了。出告示是图谋倾覆政府，有造反心，所以杀了。凡到吃酒的，自首则酌量罚款，自首不速察出者，抄家，本人充军，儿女发官媒卖作奴隶。

这故事北溪人不久就忘了，因为地方进步了。

三月一日于申成

夜

大约是一九一九那年，我那时正在湖南边境一个小市镇上住身。那里去贵州不很远。那地方名字是榆市，通常又多喊作榆树湾。那地方的一切情形，风景同生活，我是在我写的许多小说里都提到过的。就是近来一篇取名叫做“我的教育”那样回想的文字，那背景，也就是与那榆树湾相距约四十里一个比邻的市镇的。我在两个镇上皆住了一些日子，学到许多人事的乖巧。所不同的是我在槐化时节，我的名分是一个正兵，编在补充营，每日的事情提要记录出来，是擦枪，看杀人，炖狗肉吃；这三件事。但住到榆树湾，我高升了。我已经从值六块钱一个月的兵士名位上，被那个就只会拷取口供的军法长，拔擢我到司令部做司书生，薪水加到九块三毛钱一月，名册上写得是上士，名义上我已经是师爷了。感谢这大人，把我从擦枪过闲日子的生活中，换到与副官处几个吃闲饭的副官一处坐到方桌旁边吃饭，又给了我许多机会让我写字作画，且使我养成了呆坐在桌子旁永不厌倦的脾气。若详细的追究我这生活的转变机缘，怎么样我就成为今日的我，那一段作司书生的生活是值得作一度深沉的回想的。就是那个军法长，那个不缺少可爱敬处的无赖，那个只知道用苦刑拷取无罪的平民招供，刽子手的伙伴，对于我的帮助，也是应当永远刻在我的心上的。我会从一个兵士被人青眼擢升为书记，一面自然是我那时太欢喜写字，为他知道了，一面还是另外有一个原因。把这原因提及，使我自己也常常对于那军法长失去了感谢的私心了。

那原因是正当那个时候，我们的军队扎驻到那小乡镇上，大家都把“看杀人”同“杀人”当成生活中的一种至上的怿悦，忽然在××的民政长兼靖国联二军总司令的张某，用二军名义命令我们的队伍，限定日期把枪械表同名册造去，以便在辰州的军事会议时提出，不然将来便不能为政府承认这是正式军队。随了命令来的是许多张用桂花纸画成的极大极复杂的表式，完全是我们清乡署秘书长书记官所不见到过的东西。似乎把所有部中有知识人物聚在一处，对于这上级官署新颁的表式也感到束手了，束手的事情不是部中缺少明白这表用处的人物（虽然是那样稀糟的部队，里面从高级军事学校出身的人物是并不缺少的），为难的只是麻烦。似乎从民五讨袁成军以来，就从没有遇到过那种讲究认真的上司。名册虽是每月皆得造就一份，连同领结赍去，才能把应得的饷项领到，但上面的人数与枪数，照例就是极其敷衍不落实际的。这次可真出奇了，枪支表上的举例，是连式样号码出产地与子弹一切详数皆得登载的。命令到时去下游军事会议的日期只两个月，所以无论如何一切表册皆得在四十天造齐送去，将来才不至于剿匪的军队本身变成土匪。我们部队平时报告上去虽是三团，实际上恐怕人数不会到一千六百，而枪支实数又不会过一千。一千支枪的数目并不多，可是这表册将怎么见人？并且既然一切都那么详细，若不是把部队一一抽调来点验，就是派人到防地周围近百里内检察。调防是做不到的事，到后就决定派人到各防地去填造这表册，困难就发生了。造表的事是属于参谋与司书合作，参谋是很不少的，因为各处得同时派人；书记的人材可不够了。把所有部中书记分派出去后，部中还得要人办事，我忽然被军法长想起，所以我就成为那清乡司令部的师爷了。

我作了司书的第三天，司令官忽然要驻槐化部队同榆市部队换防，清乡公署也移过榆市。这突然的变故是大约与下游派来的点验委员有关系的。榆市的一切完全与槐化同样，所不同的是镇上多了一个邮政代办局同一个小福音堂。我们仍然驻到一个祠堂的戏楼上，把床靠墙接连的铺好，把办公桌皆放到戏楼窗边。

初作司书是不寂寞的。每天坐到白木桌子旁边，用桂花纸印红格的公文纸临灵飞经，有命令时写命令，把事作完，就又拿了司令官画有虎字的原稿上草字临摹一通。不高兴时把笔抛了，我就看上司们下棋。秘书处是同参副各处在一个楼上的，因此我又得了听这些上司说话的方便。他们都不吝惜对我的夸奖，一个成天到传达处烤火的我，得到这些人的奖励，不消说我在职务上，到后就成为一个最能尽职的好司书了。

榆市也有场，逢四九是热闹日子。虽然作了司书，我是仍然在逢场时节，被提拔我那个同乡法官，用一种鼓励，要我拿了钱到场头上去买狗肉回来炖的。当时我没有明白他那鼓励的背面是含有自私的意义，我总是仍然极其高兴的把狗肉买来，拿到大厨房去把狗肉的皮烧焦，再拿到小溪里去刮，又拿到厨房里砍，加作料为那法官炖好，供这个上等人的贪腹。我的趣味在别的习惯上也仍然保留了许多，就是说我的坏处并不因为作了司书就完全去掉。我还是常常到连上去吃饭，间或同兵士到乡下人家喝一杯酒，或者到溪边看女人捶衣。除非正在写一件顶要紧的公文，我总得抽空去看看，看到底有人割心肝没有。割心肝的事我是一共看到过十一次的，还看到一个人把胆取出用细碎的银子从小管子里灌进去，据说银末到胆内以后就化了，这胆比熊胆有用，它的用处是治心气痛一类妇人阔人的怪病。不过，我看割心胆是要看那些火夫把心肝怎么样下锅炒吃的。全只是听到另外人说过一句说，说是心子在锅里还是活的东西，跳得很高很利害，其实看到后才知道这话一点不可靠。这些蠢东西，活到世界上时，如果心子是一种活动东西，就不至于尽人把大刀在颈脖上尽力的砍了，既然全是那样容易死去，从不曾设法去砍别的人，心子不会在锅里跳跃，也是自然的事了。但年纪很小的当时的我，所有幻梦以及研究兴味，是总不能离开我生活的周围另有发展的，我曾听到一个传达先生说他吃过一个妇人炒舌头的故事，他说到这个时完全不是儿戏。他告我一个朋友怎么样同他相好的妇人反了目，这妇人怎么样先同他要好后又同一个锡匠要好，妇人想那锡匠把朋友谋害，锡匠不答应，到后这话从锡匠方面漏出了，朋友就走到妇人处去，如何把妇人的舌头勾出，割下携回来下酒，正当那个时候传达走到了那里，朋友就说：请吃一杯。但这传达不喝酒却吃了一筷子菜。到后来才知道那是一个妇人的舌头，呕了半个月还觉得心里不爽快。吃人并不算是稀奇事，虽然这些事到现在一同到城市中人说及时，总好像很容易生出一种野蛮民族的联想，城市中人就那样容易感动，而且那样可怜的浅陋，以及对中国情形的疏忽。其实那不过是吃的方法不同罢了。我是到了现在，还是不缺少机会看到某一种人被吃的，所以我能够毫无兴奋的神气，来同到一些人说及关于我所见到的一切野蛮荒唐故事。

我的司书作了二十天以后，有一个营里因为所造的表册不对，还得派一个人去那里另外抄写一份。因为那个营部设立在距镇上约有二十五山里远近的一个冷僻岩上，第一次去过的那书记，为那讨厌的山路吓怕了，很聪明的同我打了商量要我替他做这件不讨好事情。他知道那营长是我一个亲戚，我没有不愿意去玩玩的道理，就在参谋长面前举荐了我。他对上司说出我应当去做这件事的好几种理由，且在那理由中说出只有我才能够胜任的荒唐话语。这似乎又像实在的话，因为他说只有我懂枪，才不至于再把那些应有的注解忘掉，此外还有就是我应当在这时候出一两趟差，做点事，才不至于为其他书记处同事看轻。这真又是一个会说话的骗子，他的话中煽起了我许多虚荣和欲望，直到后来我还为这同事用言语相激，做了许多对于目下性格有关系的呆事。

我那时写字是一点不高明的，当然不会比一个做了多年的书记师爷在行，但说到造表册，对于这新的表上填上检验的结果，把种种名称填到表上去，我的确是比那些长了胡子的师爷多懂一些的。当时我还能用我在小学校认到的英文字母以及拼音方法，在表上填明白那些枪的出产地厂名与名称。

既然这件事轮到了我，当天即刻就得动身。我仍然是穿的那件棉布长大军服上路的。我什么也不必携带，实在说我什么也没有可以携带的东西。我只把一条洗脸用的毛巾扎到皮带上。我把那在××营里领来的洋磁碗带走，这碗是每一个兵士皆有一个的，用一根红绳子穿起来挂在腰边，吃饭喝水全就是它。

时间是烧夜火的时候，镇上到别一个地赶场的人都回来了，因为有同伴正要过××去，我不得不即刻同到他们动身。同伴是四个人，四个有枪的兵士。因为这四个人正是今天来到这里领饷回去的兵士，有了四个人上路，使我放心了许多，虽听说去××的路上有一个高山，有豹子常常在山中石洞里发吼，也毫不放在心上了。四个人中有一个是班长，这人是很可佩服的。

天气是一个阴郁沉闷的南方二月天气。我们五个人走出街口时，已经就看到有人吃晚饭了。可是天气坏到出人意料，我们先还以为走十五里才会断黑，就点了火把走黑路，但是还刚走到距离榆市十里的十里桥，天就全黑了。我们到那桥旁一个卖糍粑的人家里烤了一会火，吃了点茶，吃了点东西，把火把同马灯点燃，仍然走路。

在那地方山道中走夜路，手中熊熊的火把毕毕剥剥爆着大的声音，从大而危险的石旁搽身过去，从深涧石梁上过去，从流水潺湲的溪涧里过去，因为人多，一路上我是毫不寂寞的。我把我自己放到这四个年青人中间，前面两个后面也是两个。我感觉到一种美，使我忘了长途的疲倦。这美的感觉是到如今还不完全消失的。那山路是常常变化的，有时爬上了岭脊，两面皆下陷无底，忽然又蜿蜒下降，入一个夹谷，在前面十丈仿佛即已到了尽头。随处是高耸的石壁同大而幽僻的树林。从一些废油坊同废院落外面绕过时，望到这些工程伟大的长围墙，使人想起数年前这主人的光荣，总不能不把火把向那黑暗的冷落的空地照照。一切皆是这样不可形容的怕人的出奇的情景，但在这些情景下，几个在军营中滚着日子的年青人，心粗气壮，平时大量的吃酒吃肉，这时沉默的或大声歌唱的走路，从这些人行为上使我心上的畏惧毫无长成机会，我就反而为那动人的美所醉了。

在××的山路，我不明白是用何种方法计算那长度的。我们这二十五里好像走了一个上半夜还没有得到。我把我们要到的目的地问过了那个什长，他没有说明究竟还有多远，他就只把应走过的地方名字一一数给我听。从他那语气上我才明白我们走了半夜还没有走过三分之二的路程，所以慢慢的也就不免有点疲倦了。

走到一个溪边，溪水涨过了跳石，汹汹的流，加之因为是夜间，不知道这水究竟有多深，为难了。若是在白天，就是再大的水，我们也可以想法渡过这横断的溪河。凡是镇筸人很少不会泅水的兵士。可是现在是有四支枪在身边的，还有四百块洋钱，同各人身上的子弹带，天气又是不适于同水抖气的天气，所以就不得不想另外一种办法了。这地方照例是缺少船只的，另外的办法当然不是从渡船着想。我们经过了一种商议，就沿河走。那熟习道路一点的班长主张向下游，因为从下游可以有机会找到一只小船。有三个兵士皆主张从溪上游走去，以为或者可以发现一个窄一点的地方有一个桥，纵缺少这种好气运，上游一点必定还有那类日夜碾米的水碾子，可以从碾坝上走过去。并且到了实在无办法的情形中时，我们还可以到碾坊里去过一夜，不至于彷徨到这河边让风吹，不消说这意思是就先有了在这乡下住一夜的意思了。说到水碾子，使我想起了八九岁时在碾房过夜的情形，同时我们又正听到一种仿佛距离很近至多不过在半里以内的奇怪声音，这声音是只有水碾子同油坊两种地方才会有的，所以我也倾向了多数，说是大家从上游走去是好办法了。那班长见到坚持自己主张没有效果，所以就用着“尽你们干”那种放弃责任的神气，答应了这提议，大家一起向上游走去了。

我们就沿了溪旁的小路走去。从上游直溯，我们究竟将走到一个什么地方，是谁也不很明白的。我们都不是本地生长的人，其中最熟悉地理的还只有什长一人，但他也是只来回走过十次左右的正路，其他路径全然是茫然的。可是我们全是年青人，全都相信这地方不会有土匪三十五十来抢枪的事，全都不怕鬼怪或猛兽，所以大家一任性，就毫不想到恐怕那类事情了。从溪的上游走去时，我相信是我们曾经有过很多的机会，可以从溪的南端越过到北岸的，倘若我们必须这样作时，至多我们只会把水湿到大腿的。但我们好像觉得越走越与我们所听到的那种声音距离较近，我们已经走了两个钟头或三个钟头不遇到一个活人以及一间有灯光的房子，夜行的空洞寥阔心情，太需要一点温暖以及一个休息的地方，同需要一个生人说两句话了，就都没有下水的意思，那什长也不说一句话，独自在前面把一个火明在黑暗的空间里摇着尽火星爆着，像烟火中的李逵发疯，走了又走，我们的不可免的恐慌忽然为一个同伴发现了，我们所有的火把，所剩的已经不能再走三里路了。我们五个人在这样坏天气下，是决不能靠一盏提灯走路的。我们因为先前太不知道节制照路的火把，到这时候困难可发生了。没有火，在××时，像这样夜里摸十里八里黑路，是寻常的事，可是那道路可不比这地方。这时我们所走的是我生活经验中最坷坎的路，一面是溪流，一面是荒山，路既高低不平，最难防备的还是那路旁的空陷处，多到不可思议。这空陷是陡然而来的，是一不小心就把人吃了的。小的较浅的或者尚无妨碍，有些大而深的里面全是积水，在我前面一个兵士有一次若非得我的援手，跌到那窟窿去是不是还爬得出来我可不知道了。

因为照路的火把所余有限，几个人对于路的恶劣，感到诅咒骂出野话了。几个人皆抱怨自己的主张错误，有点后悔任性的失策了。但在最前面引路的什长，却一句话不说，他只沉默的扬起火把向溪的上流走去，间或前面有了麻烦，才说一声“弟兄小心”。什么事使这什长勇敢向前呢？因为我们要知道的那声音更近了。

随了这有毅力的什长又走了约一里路样子。溪流向左转，使我们更失望的是转出了左边山角，我们明白这声音是一个水车的声音，而声音所在的地方毫无灯光。若果水车处有碾房在，既然水车还在转动，则碾房中决不会全无灯光的。我们既已转了山角，水车声音距离我们已经不到半里路，我们赶到了那水车处一看才看出是一个接水灌山田的庞大竹子水车，完全不是碾房推动石碾的木叶水车。这打击使我们五个人皆骂了一句娘。我们是被这东西所骗了。看情形使我们明白附近不会有一个人家。我们先前能够前进，完全是为得有希望的声音所鼓励，我们各人皆悬揣到在那声音下面的各样趣味。我们的同伴，一个在任何时节总不忘记谈到女人的小黑脸青年，先还做着无涯的好梦，同我们谈及他在某一个碾房里所经过的一种奇遇。但是，到了这里，一切都完了。再想前进谁都缺少这种勇气了。退回原路则又仿佛不是几个年青人想到的事。我是虽想到也不好意思说出的。我们的火把恐怕向后转走到原地方也不能够支持的。我们除了一种神迹发现，简直几个人非在这溪边过夜不行。

这情景，若果先前我所赞美的不是虚词，则在这时节我也应当找到一种最恰当的恶骂机会了。因为我们用尽了方法，想找寻一点可以当作火把照路的都没有得到。那水车，看那样子在平时溪水干涸时节，一定是已经不再转动，悬在空中，那一半竹杆编排成就的身体，是可以拉下来当作最好的引路火把的。只要拉下那东西一根肋条，照三里路也是很平常的事。但这个时候，这东西在溪流中慢慢的转动，全身已为溪水所湿透，发出大而可恶的声音，似乎把我们骗了还在那水中嘲笑我们这一群年青人是呆子。

还是什长可爱（这什长到近来是早已腐烂了的，愿他安静，不要为我这个故事扰乱了他的被世界遗忘的灵魂！），什长见到我们的同伴想用枪托去筑那水车的基础，大声的制止了这愚蠢孩气的行为的继续。他告我们，谁同他爬到山顶上去看看，或者看得出一个村落的方位。他说这是我们唯一的一种希望，若是没有结果，我们就准备在这河边过夜了。什长的话使我们生了新的勇气，五个人皆愿意到山顶上去看。五个年青人，只有我们年青人才做得出这种事情！我们要爬的山是一个红石的荒山，我们既决定了到山顶上去看看，就开始从那水车所灌引的田塍上爬过去。那山田里已灌满水，水且从低处溢出仍流到河中去了，我们明白这水车若不是因为涨水的原故，也不至于使我们受骗的，因为水车接水的枧还没有搁上，水道也没有理好所以水就溢出了。

山顶是好像并不很低的，不过因为我们几个人完全为这唯一的新的希望所支配，也顾不得什么，四个还各背上一支枪，到后仍然爬到顶上了。到了山顶以后各处一望，望了许久，山后的灌木林后面远处，被我看出一点火光了。我们大家注意到这相去一里以外的小小火光。我们看了一会，证明了这决不是磷火一类骗人东西后，取上山时相反的路径，不顾一切向火光处走去。前面一点小小光明使我们忘了一切危险，我们随从什长越过了许多阻碍，越过了许多有水的湿地，又从一些灌木林里奔过去，居然下了那山到一个小坡阜上，把火光认清楚了。这时什长忽然机警起来，恐怕前面等候我们的是一种深不可测的危险，变更了我们前进的计划，他要我们在后面二十密达距离，莫用火把，只把提灯的火捻得很小，能够照路，跟在他的后面，他独自上前去作一个寻路的人。他且把枪支同子弹带给了我，要我背上。又走了一阵，已经走近那火光，看得出是一栋孤孤单单的房子了，我们各把枪实了弹，各取十密达距离蹲伏守在各处，什长拿了火把高高的举着，使火把散开，加强了燃力，一直向那小屋里跑去。

我们在任何情形下本来皆缺少吓怕的情绪，经过了许多的危险，且常常像这样子在深夜包围一个匪巢，这种情形并不是第一次了。但到了这时，各人的心仍然好像是绷紧了，若果我们看到什长的火把一灭，或者听到一声喊，或者一种突起的呼声，最先开枪的必定是我。因为我在那时节忽然想起了施公案一类故事，以为在那里一定是一群强悍凶狠的人物，且想起我们营里不久日子才捉到那匪头被镇上人破腹取心的事，以为这屋里若是一群土匪开会决议报仇方法，我们什长这一去，不到一会就应当破腔取心作醒酒汤了。我这样思想时并不是怎么害怕的，我的同伴当然也不怎么害怕，我们各人有一支单筒盖板枪，有一百六十粒子弹，在任何情形下都很有把握可以凭这点东西换他们二十条性命。不过时间与空间放到那地方那种情形下面，使我们各人皆有理由为这寂静的沉闷攻袭，心上感到冰冷，几几乎要放声长嗥。

我只有到那种情形中才能有异常清醒的头脑。我好像能在那一分一秒上看尽了世界一切。我手捏着冷而潮湿的枪，蹲在一株桐油树的后面，眼睛望着什长的火把。我听到离我很远的几个同伴兵士的出气。

看看待到什长要走近那人家时，同伴之一，低声说，师爷，你预备，不要心慌！我也就说，我是从不心慌的，我有过四次的经验了。

我们看到什长走近那人家了。

我们看到什长在拍门了。

我们听到什长在同人说话以及一只小狗的吠声了。

一切完了，一切预期的危险完全没有，我们反而似乎失望了。因为听到拍门，就明白是可以不必开枪的生意，到后又听到小狗的吠声，更明白是平安无事了。一个匪巢是不会把大门严闭一直让人到他的门外拍打的，一个匪窝更不会喂养一只小小的无用处的狗，这就是我们对于从经验得来的知识。我们用了这知识，证明了先前戒备的多余，各人皆在一种又羞愧又欢喜的情形下把身体站直，同时什长在那里喊我们了。

我们自然再也用不着什么惑疑，就向那灯光处跑去。走近了一点，我们看见什长正同一个老年憔悴的男子站在那大门前，我们欢喜得要骂娘了。

老年人看了我们几个同伴一眼，很忧愁的样子，把我们让进大门，进了大门又走在我们前面引路。那小狗项上挂了一个铃铛，在我们脚边嗅闻一会，好像明白了我们是好人，也跟了它的主人跑着引路去了。我们进了大门又走过一个大而宽的土坪，我心里还有点不甚高兴，因为看那老东西似乎对于我们的来很有不欢喜的神气。我一面仍然不忘记人肉包子迷魂汤一类故事上的危险事情，独自走在最后一点，以为若果是前面的人一落了陷阱，我即刻就向后转。我没有进门以前一切虚实也看过了，在退路上我已经留下一种记号，默数着脚步，自以为谨慎到可夸奖的程度了。但是，进了屋，还有出人意料的事！这目睹的种种使我惭愧，我所担心到的老者家中，原来就只是一栋三开间的房子，正中一间挂字画，点了一盏灯，一个桌子上摆了一本大书，一个茶壶。左边像是卧房了，有一扇门半掩着，右边是灶屋，有一个大水缸，放到门边，正屋的那盏青油灯的暗淡的黄色灯光，照到那厨房水缸上，映出凄凉的微弱的光线。老人家中的简单同干净，忽然又使我疑心我们今晚上所遇到的是神仙了。因为听到窗外遗在地下的火把残余的爆声，我赶忙走出去看，想用脚踹熄，我走出时一个兵士也同我一块出来，我们两个人就走到那好像卧房的一边窗下望了一下，只望见里面像是有一个床铺，又像是有一个人睡在床上，听到什长在那里喊我们，我们才匆忙踹熄了火把的余烬，返到屋里来了。老年人把灯拿到灶屋，引我们到烧火间，告我们可以自己烧火热水。

问到了这里地方，我们才知我们今晚上所走的路已去正路十里，再有两三里且到另外一个名叫金狗寨地方了。他就告我们且住到一夜，到明天再走，因为夜里纵有火把同引路人也是常常容易走到一个岔路上去的。他问我们是什么时候从什么地方吃得晚饭，知道我们这时还需要吃一点东西时，就拿了灯，引我们到灶屋里去，指点我们那个灶屋靠后一点地上，可以烧一点干柴根取暖，且告我们若是要睡觉，就到正屋后面仓上拉下一点稻草来垫到地上。他又回到房里去取了两升米同十几个鸡蛋来，要我们自己办一点饭吃，因为他自己有点不便。又指点了油罐盐罐，且用木叉把挂到堂屋外边廊檐下的两尾干鱼取下来，同一些辣子，要我们自己照到所欢喜的口味做好。因为取干鱼我为他掌灯，回到堂屋时我就把灯放下，察看了一下这人所看的是种什么书，我这行为完全只是出于好奇，不知为什么我当时总觉得在他脸上看出一种非凡的光彩。我明白他的书是一本《庄子》，知道了神仙决不去看《庄子》，但我总仍然以为这个人是一个稀奇古怪的人物。我当时也不把这个话去同他谈及，也不把这心事同我那几个伙伴说明，只是在那老人面前，表示出很懂得他很尊敬他的意思，一句话都不说，以为他一定在这个时候会像黄石公向张良说的“孺子可教”一类话来。我把英雄的梦转到神仙的梦，这梦是始终不曾为四个同伴知道的。

老人虽说一切要我们自己动手，但他仍然是拿这样取那样帮助我们做这一餐夜饭的。我们把饭办好，坐在灶间那火堆边小板凳上吃饭时，老人就坐在火边低头像是想心事。什长问了他许多话，可是老人所答的在我听来，总似乎明白他是另外有一种隐秘。我的观察人的趣味，是从更小一个时节就养成习惯了的，看得出也听得出这人说话时的闪烁恍惚，我猜他不是一个神仙也一定是一个隐者。我因此对他更显得诚实一点，这诚实只是使我不能多向他说一句话，探听他究竟为什么住在这穷乡里。最可气的是什长，在路上一切布置，似乎都是一个有作为的聪明人，到这时，却对于这穷乡中隐士一点不生出一种合理的疑心，一点不想在那老人神情上，以及家中情调上，加以一种无害于事的探究，问明白为什么在此住家的理由。可是我自己为什么又不问问呢？我自己为什么不来同这有年纪的人谈一点学问呢？我为什么不自炫于这伟人怪人前面，让他看出我是一个可救度的孩子呢？我是在那一顿很舒畅的晚饭上，也就在心上起了许多争持的。大概我的性格，对于一个人格的倾心，像恋爱中的情人一样；使我聪明的是心窍的明朗，使我愚蠢的是口齿的胡涂。正因为这性格的生成，我不知吃了多少女人的亏，以及失去多少好朋友。可是，在当时，我是又常常为这性格不惜加以自赞，因为我又觉得我所敬仰的神，是只有用我的愚讷才能与他接近，用我这沉默才能同他握手的。这一个谬误的主张另一时用到恋爱一件事情上时，我就作成了许多做呆子的机会。

不过我还有另外一点顽皮的合乎身分的对于这老人的厌

恶，因为他把我们款待到厨房时，他是俨然对于我们存一种戒心，好好把他自己那个房间扣了一把铜锁的。

当时我们把饭吃过，大约已经是半夜的时候了，因为缺少铺盖，新稻草使人身体发烧，我们即或相信这老年人所说的话语，告我们这地方如何荒僻，决不会发生意外事情，但按照我们规矩，他们四个是不能同时把子弹带解下躺放在席子上睡觉的。什长是一个受过严格练训的军人，就提议说大家应当莫想到做梦一类事情，应当一同围到火堆边过一个夜。我是没有反对理由的，自然答应了。其余三人也答应了。老人见到我们说要在火边过夜了，就又走到他卧房去取了一棕口袋风干栗子同一箩红薯，他像是也愿意同我们坐一会儿的样子并不去睡。什长说，老人家可以睡去，我们不应当吵闹你。老年人就摇头，惨惨的笑，说是你们不来我也不睡的，你们到了这里，我倒很好过，好像不是我陪你们，是你们陪我！这话是什么意思，无一个人懂到的。

六个人围到火边坐下，一面吃栗子一面说话，说了一阵，我忽然想出了一个计策了，我提议每一个人讲一个本身所经过的故事，轮流讲下去，消磨这长夜。我这提议是为老年人而发的，我想这样一来他必定就能明白不是肉眼，我又能明白他是怎么样一种人物了，所以我且声明若果是大家高兴作时，我可以起头说我家中人一个奇异故事当作引子，以后再大家依秩序继续说去。几个兵士当然没有什么不答应，我见到老年人也笑了一下，我就开始说了我祖父年青时杀长毛的一个故事。

我的故事不消说是随随便便说的，是不完全而又不可靠的，我只依稀把父亲在我很小时节学到的故事，无头无尾的说了一阵。因为说到的是我祖父如何同一个高身材长毛杀仗，祖父敌不过，从水里逃了去，那长毛看到祖父踹水脚，水只齐腰深，就扑到水中去擒祖父，但是这长毛一点不明水性，一下水就陷灭到水里去了，祖父看到，回身来把长毛头发揪着不放，将长毛淹到水里十来次，长毛吃水已够，到后就把人拖上岸来，割了头，悬挂在马鞍上，回营报功，因此就得了云南昭通镇。我所说的故事，一面是在几个兵士面前使他们明白我祖父的英雄，一面是注意使这隐者知道我是将门之后，不把我看成像兵士一类的平常人物。小小的虚荣还使我在另外一些事上像一个呆子，是我到如今还免不了的。

我的故事说过了，因为那是引子，不算数，第一个又轮到我，我就又说了一个鬼怪的事情，一个我所见到闹假妖的故事，把它修正成为真的故事那样说了一阵。大家是全不见到过鬼也不怕鬼的一些人，但一听到我说在客店中遇到的僵尸，仍然像是为故事造成幻影在心上扩大，故事一毕大家纵声的笑了。

我注意到在火旁的老人的神气，老年人听到我说这个时，也微微的笑了一下，我以为这是这隐者同我要好的一种证据，又以为是这隐士了解了我的假处，所以使我稍稍感到一点羞愧。我作为全不注意到他的神气，就催促在我下手的一个兵士快说。

我的同伴，就是那个最爱谈到女人的黑小胖子，坐在我的下手，就说了一个关于他自己同一个苗女恋爱的故事。这故事是一个喜剧的起始，而得到一个悲惨的结局的。他说他在沙罗寨曾认识一个黑而美丽的妇人，每夜总邀了一个同伴去那家人的屋后山上树林里相会，妇人有一个丈夫作巫师。这样事自然得瞒到那成天头缠红布手执牛角的丈夫，因为那地方规矩，是作丈夫的若不能用酒肉款待妻子的情人，他就一定预备了一把刀或一根矛子，作为款待他仇人的东西。有一天晚上，又照了约定的时间去会这妇人，因为忽然想起了一件事，事又非办不可，又怕那妇人盼望，就请求那同伴先去告给妇人一下，这一面把事情一作过即刻就跑去，到了那里，凭借月光，看到妇人同朋友在一株大树下搂在一处，像没有知道他会来，心中非常气愤。走拢去一看，才吓慌了，原来两个人皆为一个矛子扎透了胸脯，矛尖深深的固定在树上，两人皆死了。他不由得惊喊了一声。那个凶手，那个头缠红布同鬼魔常在一块的怪物，藏在林里阴惨的笑了。像一个鸱枭，用那诅人的口，向他说："狗，回到你的营里去，告给他们，你那懂风情的伙伴，我给他一矛子永远把他同妇人连在一块了。这是他应当得的一种待遇。"他先是为那奇突的事情所恐怖，到后是为这暗中的嘲弄所愤怒，且明白那伙计是在一种误会中代替了自己遭了这苗人的毒手，他就想跑进深树林去找寻这个东西。但是，进去时，已经不知那鬼在什么地方去了。他走回营去报告时，这人家已起了火，火焰烛天，这火就是那巫师放的，他完全明白！

兵士这故事说得极其动人，其次是轮到一个脸上有一点不雅观记号的兵士说了。这人是大冈寨的人，那里为四川贵州湖北湖南四省交界的地方，高山四合，常常出虎。他就说了一个关于虎的故事。那故事就同他脸上的记号有一点关系。他说他十八岁时一个大冷天，在一家族长处剥桐子，到了半夜要回家睡觉，得走一个长垅过身，垅旁是溪涧。时间是冬天落雪过后，溪中水是早干了。那天有朦胧月亮，所以一个人洒洒脱脱的沿了那小溪涧旁的窄路回家。出门时，因为月亮，景致很美，心中想到的不免是一些年青人快乐的事情，譬如在白天打斑鸠同山鸡一类合乎天气的行为。一面走路一面想到明天的种种，忽然一个花尾在溪涧草里一动，他的心也就一动。溪涧两旁是长满了茅草，草旁又压得有雪，所以本来很窄的溪涧显得更窄了。因为正想到山鸡，就心想莫非当真这山鸡见到月亮，被走路的声音一惊，想逃走么？年青人欢喜生事，对这起花的曳在雪里的尾巴生了大趣味，不知不觉也跳下了溪涧进去了。那尾越走越快，追的也几几乎忘了形跟着上前，但一到前面，溪涧一放宽，看看手可伸及时，忽然听到一声短吼，那东西跃上了坎，一个小牛一样大的老虎呈现在面前。人吓得向后一仰，脸便为一个水杨树枯桩所刮伤了。老虎是很大量的走去了，回到家里一脸的血。问及是什么事，才晓得遇了老虎。

第三，是家在地地村渔船上长的人，他说了一个打鱼的故事。故事是一条大蛇在他网里，这蛇大到吓人。当得到这蛇时是在夜间，所以众人还以为是大鱼。到后见到是蛇，大家皆想弃网，但这时的说故事人就拿了砍鱼刀在那东西头上连砍三下，蛇就死了。

第四是什长了，什长说的故事只是最近遇到的一件事情。他告我们一个荒唐的冒险，因为上两月他被人捉到洞里去，到后仍然想法离开那地方了。他说他所靠的只是一点自信。这人是非常能够自信，又能稳重的处置一切的。

到后来，轮到主人了。我们都愿意主人说一个我们所不知道的好故事。尤其是我，先相信了这老年人心上有一种秘密，先相信他是一个不平凡的人物，我真愿从他口中，探听出一点真相。我只要明白一点点，必定就能从这一点点线索上知道全体。我当时一面是这样见老尊贤，一面又是那么自己相信聪敏识人，全是太年青了。

老年人因为大家的催促，就想了一会，摇摇头，说：故事没有，快天亮了，我们多加一点火，可以放一点到灶肚里去预备热水洗脸。我对于这话是反对的，我特别热心听他的故事，我要他无论如何说一个给我们见识见识。他望了我一会，就要我再说一个。我那时真胡涂可笑极了，我以为这是这神仙奇人的试验的第一次，所以毫不踌躕答应了。我接着就说了一个本地方在大街上拿刀互砍的故事。老年人听到这个时，似乎很有趣味，就笑了一笑，说：故事不坏，再来一个。我不消说就又来了一个。因为越看那人越是有根基的人，所以待到后来，我说的故事也仿佛更精彩了。我还相信他试我的最后，他纵不开口，纵对世界抱一种悲观，而对我总可以独把亲切的友谊建设到一个无言的启示中。

可是，说来说去天已亮了，荒鸡在远处喊了，我把故事说完时，几个听故事的同伴已无心再谈故事，大家皆需要打盹了。我独显得精神十足，极恳切的要求老人家的话语。我要多知道他怎么就成了他的过去。这老年人望了火堆一会，望到四个兵士皆低头无语，就说：“我到我房里去看看，你若一定要故事，你随了我来。”我当真跟到他走去。他开了锁，我欢喜极了。我以为他一定是有许多宝物在房中，并且一定还得传授我什么秘法同到兵书，因为我从他的神气上看得出他那种不高兴人间世的样子，我就觉得这真正隐者的态度可以原谅，恭恭敬敬的跟到他后面，进到那小房里。

可是我失望极了。房中除了一些大小干果坛罐，就只是一铺大床。床上分分明明的是躺着一个死妇人。一个脸黄得像蜡，又瘦又小，干瘪如一个烤白薯在风中吹过一个月的死人。

我说：“这是怎么，你家死了人！”

他一点不失却初见时态度，用他那忧郁的眼色对我望着，口中只轻轻的叹了一口气。

我说：“这究竟是怎么回事？我不明白！”

“这是我的故事，这是我的妻，一个老同伴。我们因为一种心愿一同搬到这孤村中来，住了十六年，如今我这个人，恰恰在昨天将近晚饭的时候死去了。若不是你们来，我就得伴她睡一夜。……我自己也快死了，我故事是没有，我就有这些事情。天亮了，你们自己烧火热水去，我要到后面去挖一个坑，既然是不高兴再到这世界上多吃一粒饭做一件事，我还得挖一个长坑，让她安安静静的睡到地下等我。……”

我惊讶得说话不得，想到老年人昨天的神气，以及把门倒锁的种种类乎悭吝的行为，这时才明白这一家发生了这样大事，老年人却一点不声张的陪我们谈了一夜闲话，为了老年人的冷静我有点害怕了。

当我把水烧热，叫醒那几个倒在火堆边睡觉的同伴洗脸时，我听到一个锄头在屋左边空地掘土的声音，无力的，迟钝的，一下两下的用铁锹咬着湿的地面。

天已经亮了。

黔小景

三月间的贵州深山里，小小雨总是特别多，快出嫁时乡下姑娘们的眼泪一样，用不着什么特殊机会，也常常可以见到。春雨落过后，大小路上烂泥如膏，远山近树皆躲藏在烟里雾里，各处有崩坏的坎，各处有挨饿后全身黑区区的老鸦，天气早晚估计到时常常容易发生错误，许多小屋子里，都有憔悴的妇人，望到屋檐外的景致发愁了。

官路上，这时节正有多少人在泥里雨里奔走。这些人中有作兵士打扮送递文件的公门中人，有向远亲奔事的人，有骑了马回籍的小官，有行法事的男女巫师，别忘记，这种人有时是穿了鲜明红色缎袍，一旁走路一旁吹他手中所持镶银的牛角，招领到一群我们看不见的鬼神走路的。单独的或结伴的走着。最多的是商人，这些活动的份子，似乎为了一种行路的义务，长年从不休息，在这官路上来往的。他们从前一辈父兄传下的习惯，用一百八十的资本，同一具强健结实的身体，如云南小马一样，性格是忍劳耐苦的，耳目是聪明适用的：凭了并不有十分把握的命运，按照那个时节的需要，三五成群的负扛了棉纱、水银、白蜡、棓子、官布、棉纸，以及其他两地所必需交换的出产，长年用这条长长的官路，折磨到那两只脚，消磨到他们的每一个日子中每人的生命。

因为新年的过去，新货物在节候替移中，有了巨量的出纳，各处春货皆快要上市了，加之雪后的春晴，行路方便，这些人，皆在家中先吃得饱饱的，睡得足足的，选了好的日子上路。官路上商人增加了许多，每一个小站上，也就热闹许多了。

但吹花送寒的风，却很容易把春雨带来。春雨一落后，路上难走了。在这官路上作长途跋涉的人，因此就有了一种灾难。落了雨，日子短了许多，许多心急的人，也不得不把每日应走的里数缩短，把到达目的地的日子延长了。

于是许多小站上的小客舍里，天黑以前都有了商人落脚。这些人一到了站上，便像军队从远处归了营，纪律总不大整齐，因此客舍主人便忙碌起来了。他好为他们预备水，预备火，照料到一切，若客人多了一点，估计到坛中余米不大敷用时，还得忙匆匆的到别一家去借些米来。客人好吃喝时，还得为他们备酒杀鸡。主人为客烧汤洗脚，淘米煮饭，忙了一阵，到后在灶边矮脚台凳上，辣子豆腐牛肉干鱼排了一桌子，各人喝着滚热的烧酒，嚼着粗粝的米饭。把饭吃过后，就有了许多为雨水泡得白白的脚，在火堆边烘着，那些善于说话的人，口中不停说着各样在行的言语，谈到各样撒野粗糙故事。火光把这些饶舌的或沉默的人影，各拉得长短不一，映照到墙上去，过一会，说话的沉默了。有人想到明早上路的事，打了哈欠，有人打了盹，低下头时几几乎把身子栽到火中去。火光也渐渐熄灭了，什么人用火铁箸搅和着，便骤然向上卷起通红的火焰。外面雨声或者更大了一点，或者已结束了，于是这些人，觉得应当到了睡的时候了。

到睡时，主人在屋角的柱上，高高的悬着一盏桐油灯，站到一个凳子上，去把灯芯爬亮了一点，这些人，到门外去方便了一下，因为看到外面极黑，便说着什么地方什么时节豹狼吃人的旧话，虽并不畏狼，总问及主人，这地方是不是也有狼咬人颈项的事情。一面说着，各在一个大床铺的草荐上，拣了自己所需要的一部分，拥了发硬微臭的棉絮，就这样倒下去睡了。

半夜后，或者忽然有人为什么声音吼醒了。这声音一定还继续短而宏大的吼着，山谷相应，谁个听来也明白这是老虎的声音。这老虎为什么发吼，占据到什么地方，生谁的气？这人是不会去猜想的。商人中或者有贩卖虎皮狼皮的人，听到这个声音时，他就估计到这东西的价值，每一张虎皮到了省会客商处，能值多少钱。或者所听到的只是远远的火炮同打锣声音，人可想得出，这时节一定有什么人攻打什么村子，各处是明明的火把，各处是锋利的刀，无数用锅烟涂黑的脸，在各处大声喊着。一定有砍杀的事，一定有妇人，哭哭啼啼抱了孩子，忙匆匆的向屋后竹园跑去的事，一定还有其他各样事情，因为人类的仇怨，使人类作愚蠢事情的机会，实在太多了。但这类事同商人又有什么关系？这事是决不会到他们头上来的。一切抢掠焚杀的动机，在夜间发生的，多由于冤仇而来。听一会，锣声止了，他们也仍然又睡着了。

…………

有一天，有那么两个人，落脚到一个孤单的客栈里。一个扛了一担作账簿用的棉纸，一个扛了一担染色用的棓子。他们因为在路上耽误了些时间，掉在大帮商人后面了几里路，不能追赶上去，落雨的天气照例断黑又极早，年纪大一点的那个人，先一日腹中作泻，这时也不愿意再走路了，所以不到黄昏，两人就停顿下来了。

他们照平常规矩，到了站，放下了担子，等候烧好了水，就脱下草鞋，在灶边一个木盆里洗脚。主人是一个老男子，头上发全是白的，走路腰弯弯的如一匹白鹤。今天是他的生日，这老年人白天一个人还念到这生日，想不到晚上就来那么两个客人了。两个客人一面洗脚，一面就问有什么吃的。

这老人站到一旁好笑，说："除了干红豆，什么也没有了。"

年青那个商人说："你们开铺子，用红豆待客吗？"

"平常有谁肯到我们这里住？到我这儿坐坐的，全是接一个火吃一袋烟的过路人。我这红豆本来留到自己吃的，你们是我这店里今年第一个客。对不起你们，马马虎虎吃一顿吧。我们这里买肉，远得很，这里隔寨子，还有二十四里路，要半天工夫。今天本来预备托人买点肉，落了雨，前面村子里就无人上市。"

"除了红豆就没有别的吗？"客人意思是有没有鸡蛋。

老人说："有红薯。"

红薯在贵州乡下人当饭，在别的什么地方，城里人有时却当菜，两个客人都听到人说过，有地方，城里人吃红薯是京派，算阔气的行为，所以现在听到说红薯当菜就都记起“京派”的称呼，以为非常好笑，两人就很放肆的笑了一阵。

因为客人说饿了，这主人就爬到凳子上去，取那些挂在梁上的红薯，又从一个坛子里抓取红豆，坐到大门边，用力在筛心木板上，轧着那些红豆条。

这时门外边雨似乎已止住了，天上有些地方云开了眼，云开处皆成为桃红颜色，远处山上的烟好像极力在凝聚，一切光景在到黄昏里明媚如画，看那样子明天会放晴了。

坐在门边的主人，看到天气放了晴，好像十分快乐，拿了筛子放到灶边去，像小孩子的神气说着：“晴了，晴了；我昨天做梦，也梦到今天会晴。”有许多乡下人，在落春雨时都只梦到天晴，所以这时节，一定也有许多人，在向另一个人说他的梦。

他望到客人把脚洗完了，赶忙走到房里去，取出了两双鞋子来给客人。那个年青一点的客，一面穿鞋一面就说：“怎么你的鞋子这样同我的脚合式！”

年长商人说：“穿别人的新鞋非常合式，主有酒吃。”

年青人就说：“伯伯，那你到了省城一定请我喝。”

年长商人就笑了：“不，我不请你喝。这兆头是中在你讨媳妇的，应当喝你的喜酒。”

“我媳妇还在吃奶咧。”同时他看到了他伯伯穿那双鞋也似乎十分相合，就说，“伯伯，你也有喜酒吃。”

两个人于是大声的笑着。

那老人在旁边听到这两个客人的调笑也笑着，但这两双鞋子却属于他在冬天刚死去的一个儿子所有的。那时正似乎因为两个商人谈到家庭儿女的事情，年青人看到老头子孤孤单单的在此住下，有点怀疑，生了好奇的心思了。

“老板，你一个人在这里吗?”

“我一个人。”说了又自言自语似的，“嗳，是一个人。”

“你儿子呢?”

这老头子这时节，正因为想到死去的儿子，有些地方很同面前的人相像，所以本来要说“儿子死了”，但忽然又说：“儿子做生意去了。”

那年长一点的商人，因为自己儿子在读书，就问老板，在前面过身的小村子里，一个学塾，是“洋学堂”还是“老先生”?

这事老板是不明白的，所以不作答，就走过水缸边去取瓢，因为他看到锅中的米汤涨腾溢出，应当榨取米汁了。

两个商人趿了鞋子，到门边凳子上坐下，望到门外黄昏的景致。望到天，望到山，望到对过路旁一些小小菜圃，（油菜花开得黄澄澄的，好像散碎金子。）望到踏得稀烂的路，（晴过三天恐怕还不会干。）一切调子在这两个人心中，引起的情绪，皆没有同另外任何时节不同，而觉得稍稍惊讶。到后倒是望到路边屋檐下堆积的红薯藤，整整齐齐的堆了许多，才诧异老板的精力，以为在这方面一个生意人比一个农人不如了。他们于是说，一个商人不如一个农人好，一个商人可是比一个农人高。因为一个商人到老来，生活较好时，总是坐在家里喝酒，穿了庞大的狐皮袄子，走路时摇摇摆摆，气派如一个大官。但乡下人就完全不同了。两叔侄因为望到这干藤，到此地一钱不值，还估计这东西到城里能卖多少钱。可是这时节，黄昏景致更美丽了，晚晴正如人病后新愈，柔和而十分脆弱，仿佛在笑着，仿佛有种忧愁，沉默无言。

这时老板在屋里，本来想走出去，望到那两个客人用手指点对面菜畦，以为正指到那个土堆，就不出去了。那土堆下面，就埋得有他的儿子，是在这人死过一天后，老年人背了那个尸身，埋在自己所挖掘成就的阱里，再为他加上土做成小坟的。

慢慢的夜就来了。

屋子里已黑暗得望不分明物件，在门外边的两个商人，回头望到灶边一团火光，老板却在灶边不动。年青人就喊他点灯，这老人才站起来，从灶边取了一根一端已经烧着的枝子，在空中划着，借到这个光去找取屋角的油瓶，因为这人近来一到夜时就睡觉，不用灯火也有好几个月了。找着了贮桐油的小瓶，把油倒在灯盏里去后，他就把这个烧好的灯，放到灶头上预备炒菜。

吃过晚饭后，这老人就在锅里洗碗，两个商人坐在灶口前，用干松枝塞到灶肚里去，望到那些松枝着火时，訇然一轰的情形，以为快乐的事。

到后，洗完了碗，只一会儿，老头子就说，应当去看看睡处，若客人不睡，他想先睡。

把住处看好了，两个商人仍然坐到灶边，称赞这个老年人的干净，以为想不到床铺比别处大店里还好。

老人说是要睡，已走到他自己那个用木头隔开的一间房里睡去了，不过一会儿，这人却又走出来，说是不想就睡，傍到两个商人一同在灶边坐下了。

几个人谈起话来，他们问他有六十几，他说应当再加十岁去猜。他们又问他住到这里有了多久，他说，并不久，只二十多年。他们问他还有多少亲戚，在些什么地方，他就像为骗哄自己原因的样子，把一些已经毫无消息了的亲戚，一一的数着，且告诉他们，这些人在什么地方，做些什么事。他们问他那个在别处做生意的儿子，什么时候来看他一次，他打量了一下，就说："冬天过年来过一次，还送了他多少东西。"

说了许多他自己都不明白的话，自己为什么有那么多话可说，使他自己也觉得今天有点奇怪。平常他就从没有想到那些亲戚熟人，也从不想到同谁去谈这些事，但今天很显然的，是不必谈到的也谈到，而且谎话也说得很多了。到后，商人中那个年长的，提议要睡了，这侄儿却以为时间太早了一点，所以他还不消化，要再缓一点。因此年长商人睡后，年青商人还坐到那条板凳上，又同老头子谈了许久。

到末了，这年青商人也睡去了，老头子一面答应着明天早早的喊叫客人，一面还是坐在灶边，望到灶口，不即起身。

第二天天明以后，他们起来时，屋子还黑黑的，到灶边去找火媒燃灯，希奇得很，怎么老板还坐在那凳上，什么话也不说。开了大门再看看，才知道原来这人死了。

…………

这两个商人自然到后又上路了。他们已经跑到邻近小村子里，把这件事告给了别人，且在住宿应把的数目以外，加了一点钱。那么老了一个人，自然也很应当死掉了，如今恰恰在这一天死去，幸好有个人知道，不然死后到全身爬得是蛆时，还恐怕才会被人发现。乡下人那么打算着，这两个商人，自然就不会再有什么理由被人留难了。在路上，他们又还有路上的其他新事情，使他们很自然的也就忘掉那件事了。

他们在路上，在雨后崩坍的土坎旁，新新的翻起的土上，印有巨大的山猫的脚迹，知道白天这样是人走的路，晚上却是别的东西走的路，望了一会儿，估计了一下那脚迹的大小，过身了。

在什么树林子里，一个希奇的东西，悬到迎面的大树枝丫上，这用绳索兜好的人头，为长久雨水所淋，失去一个人头原来的式样，有时非常像一个女人的头。但任何人看看因为同时想起这人就是先一时在此地抢劫商人的强盗，所以各存戒心默默的又走开了。

路旁有时躺得有死人，商人模样或军人模样，为什么原因，在什么时候死到这里，无人敢去过问，也无人敢去掩埋。

在这官路上，有时还可碰到二十三十的兵士，或者什么县警备队，穿了不很整齐的军服，各把长矛子同快枪扛到肩膊上，押解了一些满脸菜色受伤了的人走着。同时还有一眼看来尚未成年的小孩子，用稻草扎成小兜，担着四个或两个血淋的人头，若商人懂得这规矩，不必去看那人头，也就可以知道那些头颅就是小孩的父兄，或者是这些俘虏的伙伴。有时这些奏凯而还的武士，还牵得有极肥的耕牛，挑得有别的杂用东西。这些兵士从什么地方来，到什么地方去，奉谁的命令，杀了那么多人，从什么聪明人领教，学得把人家父兄的头割下后，却留下一个活的来服务？这是谁也不明白的。

商人在路上所见的虽多，他们却只应当记下一件事，是到地时怎么样多赚点钱，因为这个理由，所以他们同税局的稽查验票人，在某一种利益相通的事情上，好像就有一种希奇的友谊必须成立，如何成立这友谊，一个商人常常在路上也很费思索的。

三个男人和一个女人

中尉连附罗义，略略显得忧郁而又诙谐的说道：

有什么人知道我们的开差，为什么要落雨的理由么?

我们自己是找不出那理由的。或者这理由团部的军需才能够知道，因为没有落雨时候，开差草鞋用得很少，落了雨，草鞋的耗费就多了。但落了雨才开差，对于军需是利益还是损失，我们是又不大能够说得清楚的。照例那些事非常复杂，照例那些事团长也不大知道，因为团长是穿皮靴的。不过每次开拔总同落雨有一种密切关系，这是今年来我们遇到很巧妙事情之一种。

在大雨中作战，还有许多勇敢的人，所以在雨里开差，我们是不应当再有怨言了。雨既然时落时止，我们的油布雨衣，都很完全，我们前面办站的副官，从不因为借故落雨，便不把我们的饮食预备妥当。我们的营长，骑在马上，尽雨淋湿全身，也不害怕发生疟疾。我们在雨中穿过竹林，或在河边等候渡船，因为落雨，一切景致实在也比平常日子美丽许多。

泥浆是落雨才有的，但滑滑的走着长路，并不使人十分难过。我们是因为这样，才把应走的里数缩短的。我们还可以在方便中，借故走到一个有青年妇人的家里去，说几句俏皮话，顺便讨取几张棕衣，包到脚上。我们因为落雨，才可以随便一点，同营长在一个小盆里洗脚。一个兵士还能有机会同营长在一个盆里洗脚，这出乎军纪风纪以上的放肆，在我们那时节，是不什么容易得到的机会！

我们走了四天，到了我们所要到的地点。天气是很有趣味的天气，等到队伍已经到达目的地，忽然放了晴，有了太阳了。一定有许多人是正在嘲骂这太阳的，一定有许多人要笑它，以为太阳是故意同我们作对，好吧，这个我们可管不了许多，我们是移到这里来填防的，原来所驻的军队早已开走了，我们所以到这地方来补缺，别人做什么无聊事我们还是要继续来作。

乘到满天红霞夕阳照人时，我们有一营人留在此地了。另外一营人，今天晚上虽然也留在此地，明天还得开拔到一个五十里外的镇上去。明天还要开拔的，这时全驻扎到各小客栈同民房，我们却各处去找寻应当驻宿的地点。因为各个部队已经分配好了，我们的旗子插到杨家祠堂，我们一连人中谁也不知道这杨家祠堂的方向，只是在街中乱抓别的一连的兵士询问。

原来杨家祠堂有两个，我们找了许久，找到的还是好像不对。因为这祠堂太小，太坏，内中极其荒凉。但连长有点生气了，他那尊贵的脚不高兴再走一步了。他说，这里既然是空的，就歇息一下，再派人去问吧。我们全是走了一整天长路的人，我们还看到有许多兵士，在民房里休息，用大木盆洗脚，提干鱼匆匆忙忙的向厨房走去。别人倦了饿了，都得到了解决，只有我们都在这市镇街上各处走动，像一队无家可归的游民。现在既然有歇脚地方，并且这时又已经快夜了，我们所以谁也不以为意，都在祠堂外廊下架了枪，许多人都坐在那石狮子下，松解身上的一切东西。

一个年青号兵不知从什么地方得来了一个葫芦，满葫芦烧酒，一个人很贪婪的躲到墙边喝它。有些兵士见到了这件事都去抢这葫芦，到后葫芦就打碎了，所有的酒也泼在还不十分干燥的石地上了，号兵大声的辱骂，而且追打抢劫他的同伴。

连长听到这个吵闹，想起号兵的用处了，就要号兵吹号探问团部。号兵爬到石狮子上去，一手扳到那为夕阳所照及的石狮，一手拿着那紫铜短小喇叭，吹了一通问答的曲子，声音飘荡到这晚风中，极其抑扬动人。

这时满天是霞，各处人家皆起了白白的炊烟，在屋顶浮动。许多年青妇人带着惊讶好奇的神气，穿的是新浆洗过的月蓝布衣裳，挂着扣花的围裙，抱了小孩子，远远的站在人家屋檐下看热闹。

那号兵，把喇叭吹过后，不久就得到了驻在山头庙里团部的回音。连长又要号兵，问询是不是就在这祠堂歇脚。那边的答复还是不能使我们的连长满意，于是那号兵，第三次又鼓着那嘴唇，吹他那紫铜喇叭。

在街的南端，来了两只狗，有壮伟的身材，整齐的白毛，聪明的眼睛，如两个双生小孩子一样，站在一些人的面前，这东西显然是也知道了祠堂门前发生了什么事情，特意走来看看的。

我们都对这狗起了一种野心，我们是走到任何地方看到了一只肥狗，心上就即刻有一个杀机兴起，极难遏止的。可是另外还有使人注意的，是听到有一个女子的声音喊“阿白”，清朗而又脆弱，喊了两声，那两只狗对我们望望，仿佛极其懂事，知道这里不能久玩，返身就跑去了。

天气快晚了。

在我们之间发生了一个意外的变故。那号兵，走了一整天的路，到了地，大家皆坐下休息了，这年青人还爬到石狮上去吹了好几次号。到后脚腿一发麻，想跳下石狮，谁知两脚已毫无支持他那身体的能力，跳到地下就跌倒不能爬起，因此双脚皆扭伤了筋，再也不能照平常人的方便走路了。

这号兵是我的一个同乡，我们在一个堡寨里长大，一条河里泅水过着夏天，一个树林子里拾菌消磨长日，如今便应当轮到我来照料了。

一个二十岁的人，遇到这样不幸，那有什么办法可言?因为连长也是同乡，号兵的职务虽不革去，但这个人却因为这不幸的事情，把事业永远陷到号兵的位置上了。他不能如另外号兵，在机会中改进干部学校再图上进了，他不能再有资格参加作战剿匪的种种事情了，他不能再像其他青年兵士，在半夜里爬过墙去与本地女子相会了。总而言之，是这个人做人的权利，因为这无意中一摔，一切皆消灭无余，无从补救了。

我因为同乡原故，总是特别照料到这个人。我那时是一个什长，只能在一班兵士中有点职权，我就把他放在我那一棚里。这年青人仍然每早得在天刚发白时候爬起，穿上军衣，弄得一切整齐，走到祠堂外边石阶上去，吹天明起床号一通。过十分钟，又吹点名号一通。到八点又吹下操号一通。到十点又吹收操号一通。……此外还有许多次数，都不能疏忽。军队到了这里，半月来是完全不下操的，但照规矩那号兵总得尽号兵的职。他每次走到外边去吹他的喇叭时，都得我照扶他。我或者没有空闲，这差事就轮到班上的火夫了。

我们都希望他慢慢的会好的，营部的外科军医，还把十分可信的保证送给我们同这个不幸的人。这年青人两只腿皆被用杉木板子夹好，皆被军医放过血，揉搓过许久，且用药烧灼过无数次。日子一天一天的过去，还是得不到少许效验，我们都有点失望了，他自己却不失望。

他说他会好的，他只要过两个月就可以把杉木夹板取去，可以到田里去追野兔了。听到这个话军医也笑了，因为军医早知道这件事，是这个人永远无可希望的事情，不过他遵守着他做医生的规则，且法律又正许可这类人说谎，所以他约许的种种利益，有时比追兔子还夸张得不合事实。

过了两个月，这年青人还是完全不济事。伤处的肿是已经消了，血毒症的危险不会有了，伤部也不至于化脓溃烂了，但这个号兵，却已完全是一个瘸脚人了。他已经不要人照料，就可以在职务上尽力了。他仍然住在我的棚里，因为这样，我们两人之间，成立了一种最好的友谊。

我们所驻在的市镇，并不十分热闹，但比起湘边各小城市，却另有一种风味。这里只四条大街，中央一个鼓楼操纵到全城。这里如其他地方一样，有药铺同烟馆，有赌博地方同喝酒地方。我每天差不多都同这个有残疾的号兵在一处过活，出去时总在一块，喝酒是两人帮忙，赌博两人拉伴平分。

若是不开拔，这年青人是仍然有一切当兵人的幸福的。凡是一个兵士能做到的事，他仍然可以有分。他要到那些有妇人的住处去，同妇人调笑，妇人们却不敢得罪他。他坐上桌子赌五十文一注的二十一点扑克，别人也不好意思行使欺骗。他要吹号，凡是在过去没有赶得过他的，如今还是不会超过他。大家知道这个号兵的不幸，还不约而同的帮助这个人。

但他的性情，在我看来，有些地方却变了。他是一个号兵，照例一个号兵，对于他的喇叭应当有一种特殊嗜好，无事时到各处走去，喇叭总不能离身。他一定还是一个动作敏捷活泼喜事的人。他可以在晨光微曦中，爬到后山头或城堡上去试音，到了夜里，还要在月光下奏他的曲子，同远远的另一连互相唱和，别的连上的号手，在逢场时节，还各人穿了整齐的制服，排队到场上游行，成列的对本城人有所炫耀，说不定其中就有意外的幸运发生，给那些藏在腰门后面，露出一个白白的额同黑亮的眼睛的妇女们注了意。还有，他若是行动自由而且方便，拿喇叭到山上去吹，会有多少小孩子，带着微微的害怕，围拢来欣赏这大人物的艺术，他就可以同那些小孩子成立了一种友谊。慢慢地，他就得到许多小朋友了。

属于号兵分外的好处，一切都完了，他仅有的只是一点分内的职务。平时好动喜事的他，有点儿阴郁，有点儿可怜，他的脚已经瘸了，连长当到人面前就大声的喊瘸子。一切人不好意思当面叫这名称，背地里就免不了要喊他为“瘸脚号兵”。为了一种方便，为了在辨别上容易认出，自从这号兵一瘸，大家都在他的号兵名字上加了“瘸子”两字，本连火夫也有了一种权利，对这个人存轻视心，轻轻的互相批评这不幸的人，且背地里学这人的行动，作为娱乐了。

在先，对于号兵的职务，他仍然如一个好人一样，按时站到祠堂门外，或内面殿堂前石阶上，非常兴奋的奏他的喇叭。后来因为本连补下一个小副手，等到小号兵已经能够较正确的吹完各样曲子时，他就不常按时服务了。

他同我每天都到南街一个卖豆腐的人家去，坐在那大木长凳上，看铺子里年青老板推浆打豆腐。这铺子对面是一个邮政代办所，一家比本城各样铺子还阔气的房子，从对街望去，看得见铺子里许多字画，许多贴金洒金的对联。最初来的那一天，我们所见到的那两只白色大狗，就是这家所豢养的东西。这狗每天蹲在门前，遇到熟人就站起身来玩一阵，到后就是听到有人的叫唤，两只狗皆显得匆匆忙忙，走到有金鱼缸的门里的天井去了。

我们难道是靠着白吃一碗豆浆，就成天来赖到这铺子里面么？我们难道当真想要同这年青老板结拜兄弟，所以来同这人要好么？

我们来到这里是有别的原因！但是，两个兵士，一个是废人，一个虽然被人家派为什长，站班时能够走出队伍来喊报名，在弟兄中有一种权利，在官长方面也有一种权利，俨然是一个预备军官，更方便处是可以随意用各样希奇古怪的名称，辱骂本班的火夫，作为脾气不好时节的泄气东西，可是一到外面，还有什么威武可说？一个班长，一连有十个或十二个，一营就有三十六个，一团就有一百以上。什长的肩章领章，在我们这类人身上，只是多加一层责任罢了。一个兵士的许多利益，因为是班长，却无从得到了。一个兵士有许多放肆处，一个班长也不许可了。让我说，班长也是一个废物，是一个不幸的职位吧，因为若有人知道作战时班长同排长的责任，谁也将承认班长的可怜悯了。我到这儿是不以班长自居的，我擅用了一个兵士的权利，来到这豆腐铺了。虽然我们每天总不拒绝由那个单身的强健的年青人手里，接过一碗豆浆来喝，我们可不是为吃豆浆而上门的。我们原来是看中了那两只狗，同那狗的女主人了。

真是一个标致的女人！在我生来还不曾见到有第二个这样的女子。我看到许多师长的姨太太，看到许多学生。第一种人总是娼妓出身，或者做了太太，变成娼妓。第二种人壮大得使我们害怕，她们跑路，打球，或者做一些别的为我所料不到的事情，都成了水牛。她们都不文雅，不窈窕。至于这个人呢？我说不出那完全合意的是些什么地方，可是我从不说谎，我总觉得这是一朵好花，一个仙人。

我们一面也服从营规，一面服从自己的欲望，在这城里我们是不敢撒野的，因为这样我们就每天到这豆腐铺子里来坐下了。我们一面同年青老板谈天，或者帮助他推磨，上浆，包豆腐，一面就盼望到那女人出来。我们常常在那二门天井大鱼缸边，望到白衣的一角，心就大跳，血就在全身管子里乱窜。我们每天又想方设法花了钱买了些东西，送给那两只狗吃，同这个畜生要好。在先，这畜生竟像知道我们存心不良，送它的东西嗅了一会就走开了。但到后来这东西由豆腐铺老板丢过去时，这畜生很聪明的望了一下老板，好像看得出这并不是毒药，所以吃下了。

这一定有人要问，为什么我们要在这无希望的努力上用心？因为按照我们的身分，我们即或能够同这个人家的两只狗要好，也仍然无从与那狗主人接近的。这人家是本地邮政代办所的主人，也就是这小城市唯一的绅士，他是商会的会长，铺子又是本军的兑换机关。时常见到这人家请客，到此赴席的全是体面有身分的人物，团长同营长，团副官，军法军需，无不在场。平常时节也常常见到营部军需同书记官，到这铺子里来玩，同到那主人吃酒打牌。

因为我们问到豆腐铺的老板，才知道那女人是会长最小的姑娘，年纪还只十五岁。我们知道一切无望了，还是每天来坐到豆腐铺里，找寻方便，等候这娇生惯养的小姑娘出外来，只要看看那明艳照人的女人，我们就觉得快乐了。或者一天没有机会见到，就是单听到那脆薄声音，喊叫她家中所豢养狗的名字，叫着大白二白，我们仿佛也得到了一种安慰。我们总是痴痴的注意到那鱼缸，因为从那里常常见到白的衣角，就知道那小姑娘是在家中天井里玩的。

那两只狗到后同我们做朋友了，带着一点谨慎小心的样子，走过豆腐铺来同我们玩。我们又恨这畜生又爱这畜生，因为即或玩得很好，只要听到那边喊叫，就离开我们走去了。可是这畜生是那么驯善，那么懂事！不拘什么狗是都永远不会同兵士要好的，任何种狗都与兵士作仇敌，不是乘隙攻击，就是一见飞跑：只有这两只狗竟做了我们的朋友。我们还因为它们是每天同女人接近的，所以更对这个畜生增加了不少爱慕。

我曾说过了这个豆腐铺老板是一个年青人，这人强健坚实，沉默少言，每天愉快的作工，同一切人做生意，晚上就上了店门睡觉。好像他是除了守在铺子面前，什么事情也不理，除了做生意，什么地方也不去。我初初看来竟不知道这人什么时候吃饭，什么时候去买办他制豆腐的黄豆。他虽不大说话，可是一个主顾上门时节，他总不至于疏忽一切的对答，我们问他一切不知道的事情时，他答应得也非常满意。

我们曾邀约他喝过酒，等到会钞时，我走到柜上去算账，却听说豆腐老板已先付了账。第二次我们又请他去，他就毫不客气的让我们出钱了。

我们只知道他是从乡下搬来的，间或也有乡下亲戚来到他的铺子里，看那情形，这人家中一定不很穷。他生意做得不坏，他告诉我说，他把积下的钱都寄回乡下去，问他是不是预备讨一个太太，他就笑了。他还会唱一点歌，唱得很好，声音调门都比我们营里人为高明，这是我们有一次下午邀约到河边玩时，才知道的。他又会玩一盘棋，这人并不识字，“车”“马”“象”“士”却分得很清楚。他做生意从未用过账簿，但赊欠来往数目，他都能用记忆或别的方法记着，不至于使它错误。他把我们当成朋友看待，不防备我们，也不谄谀我们。我们来到他的铺子里，虽然是好像单为了看望那商会会长的小姑娘，但若是没有这样一个同我们合得上的人，也不会每天不问晴雨到这铺子里混了！

我同到我那同伴瘸脚号兵，在他豆腐铺里谈到对面人家那姑娘，有时免不了要说出一些粗话蠢话，或者对于那两只畜生常常又要做出一点可笑的行为，这个年青老板，总是微微的发笑，在他那微笑中我们却看不出什么恶意，我总就要说：

“你笑什么？你不承认她是美人么？你不承认这两只狗比我们幸福么？”照例这句话是不会得到回答的。即或回答了，也仍然只是忠厚诚实而几几乎还像是有女性害臊神气的微笑。这照例是使我不平的，我将说：

“为什么还是笑？你们乡下人，完全不懂到美！你们一定欢喜大奶大臀的妇人，欢喜母猪，欢喜水牛，因为肥大合用。但是这因为你不知道美人，不知道好看的东西。”

有时那跛子号兵，也要说“我只愿意变一只小狗”，且故意窘那豆腐铺老板，问他愿不愿意，也变成一只狗，好得到一种每天与那小姑娘亲近的机会。

照例到这些时节，这年青人一面便特别勤快的推磨，一面还是微笑。

谁知道这是什么意思？谁又一定要追寻这意思？

我们的日子可以说是过得很快乐的。因为我们除了到这里来同豆腐老板玩，喝豆浆看美丽女人以外，还常常去到场坪看杀人。我们的团部，每五天逢场，总得将由各处乡村押解来到的匪犯，选择几个有做坏事凭据的，牵到场头大路上去砍头示众。从前驻扎在××，杀人时，若是分派到本连护围，派一排兵押犯人，号兵还得在队伍前面，在大街上吹号。到场时，队伍取跑步向前，还得吹冲锋号，使情形转为严重。杀过人以后，收队回营，从大街上慢慢通过，也仍然得奏着得胜曲子。如今这事情瘸子号兵已无分了。如今护围的完全归卫队，就是平常时节团长下乡剿匪时保护团长平安的亲兵，属于杀人的权利也只有这些人占有了。我们只能看看那悲壮的行列，与流血的喜剧了。我也不能再用班长资格，带队押解犯人游街了。可是这并不是我的损失！我们既然不在场护卫，就随时可以走到那里去看那些杀过后的人头，我们可以停顿在那地方很久，不须即时走开。

有一次，我们把豆腐老板拉去了，因为这个人平素是没有胆量看这件事的。到那血迹殷然的地方，四具死尸躺在坪里，上衣全剥去了，如四只死猪。许多小兵正穿着不相称的军服，脸上显着极其顽皮的神气，拿了小小竹杆，刺拨死尸的喉管。一些狗远远的蹲在一旁，望到这边的一切新奇事情，非常出神。

号兵就问豆腐老板，对于这个害不害怕，这年青乡下人的回答，却仍然是那永远神秘永远无恶意的微笑。看到这年青人的微笑，我们为我们的友谊感到喜悦，正如听到那女子的声音，感到生命的完全一个样子。

因为非常快乐，我们的日子也极其容易过去了。

一转眼，我们守在这豆腐铺子看望女人的事情就有了半年。

我们同豆腐老板更熟了，同那两只狗也完全认识了。我们有机会可以把那白狗带到营里去玩，带到江边去玩，也居然能够得到那狗主人的同意了。

因为知道了女人毫无希望（这是同豆腐老板太熟习了，

才从他口中探听到不少事情的），我们都不再说蠢话，也不再做愚蠢的企图了。仍然每天到豆腐铺来玩，帮助到这个朋友，做一切事情，我们完全学会制造豆腐的方法，我们能辨别豆浆的火候，认识黄豆的好坏了。我们还另外同许多本地主顾也认识了，他们都愿意同我们谈话，做我们的朋友。遇到主顾是兵士时，我们的老板，总要我多多的给他们豆腐，且有时不接受主顾的钱。我们一面把生活同豆腐生意打成一片，一面便同那两只白狗成了朋友，非常亲昵，非常要好。那小姑娘的声音，虽仍然能够把狗从我们身边喊叫回去，可是有时候我们吹着哨子，也依然可以嗾使狗飞奔的从家中跑出来。

我们常常见到有年青的军官，穿着极其体面的毛呢军服，白白的脸庞，带着一点害羞的红色，走路时胸部向前直挺，用那有刺马轮的长统黑皮靴子，磕着街石，堂堂的走进那人家二门里去，就以为这其中一定有一些故事发生。我到底是懂事一点的人，受了这个打击还知道用别的方法安慰到自己，可是我的同伴瘸脚号兵，却因此更忧郁了。

我常常见到他对那些年青官佐，在那些人背后，捏起拳头来作打下的姿式。又常常见到他同豆腐老板谈一些我不注意到的事情。

我说过这样的话，在有一次到一个小馆子里，各人皆喝多了一点酒的时候，我向那跛脚的残废人说：

“你是废人，我的朋友；我的庚兄；你是废人！一个小姐是只合嫁给我们的年青营长的。我们试去水边照照看，就知道这件事我们是无分了。我们是什么东西？七块钱一月，开差时就在泥浆里走路，驻扎下来就点名下操，夜间睡到稻草席垫上，口是吃牛肉同酸菜的口，手只合捏那冰冷的枪筒。……我们年青，可是万万不及从学校出身的营长美貌多才。我们只是一些排成队伍的猪狗罢了，为什么对于这姑娘有一种野心？为什么这样不自量？……”

我那次是的确有点醉了，我不知道我应当节制的语言，只是糊糊涂涂，教训这个平时非常听好话的朋友。我似乎还用了许多比喻，提到他那一只脚。那时只是我们两个人在一处，到后，不知为什么理由，这朋友忽然改变了平常的脾气，完全像一只发疯了的兽物，扑到我的身上来了。我们于是就揪打到一堆，各人扭着对方的耳朵，各人毫不虚伪的打了一顿。我实在是醉了，他也是有点醉了。我们都无意思的骂着闹着，到后有兵士从门外过身，听到里面的吵闹，像是自己的人，才走进来劝解。费了许多方法我们才分开了，两人皆由另外兵士照扶回到连上去。

回到连上，各人呕了许多，半夜里，我们酒醒了，各人皆因为口渴，爬起来到水缸边拿水喝。我们喝了好些冷水，皆恍恍惚惚记起上半夜的事情，两人都哭了。为什么要这样斗殴？什么事使我们这样切齿？什么事必须要这样作？我们又哭又笑，披了新近领下的棉军服，一同走到天井去，看快要下落的月亮，如一个死人的脸庞。天空各处有流星下落，作美丽耀目的明光。各处有鸡在叫。我们来到这里驻防，我这个朋友跌坏了腿的那时，还是四月，如今已经是十月了。

第二天，两人各望着对方的浮肿的脸，皆非常不好意思，连上有人知道了我们的殴打，一定还有人担心到我们第二次的争斗，可料不到昨夜醉里的事，我们两人早已忘记了。我们虽然并不忘却那件事，但我们正因为这样，把友谊更坚固的成立了。

两人到后仍然到了豆腐铺，使豆腐老板初初见到，非常惊讶，以为我们之间发生重大的事故。因为我们两人的脸有些地方抓破了，有些地方还是浮肿，我们自己互相望到也要发笑。

到后还是我来为我们的朋友把事情说明，豆腐老板才清楚这原委。我告诉他说，我恍惚记忆得到我说了许多实话，我还骂他是一只瘸脚公狗，到后，不知为什么两人就揉在一处了。幸好是两人皆醉了，两个醉人手脚都无气力，毫不落实，虽然行动激烈，却不至于打破头部。

这时那个姑娘正走出门来，站在她的门前，两只白狗非常谄媚的在女人身边跳跃，绕着女人打圈，又伸出红红的舌头舐女人的手。

我们暂时都不说话了，三个人皆望到对面，到后那女人似乎也注意到我们两个人的脸上，有些蹊跷，完全不同往日了，她望到我们微笑；她似乎毫不害怕我们，也毫不疑心到我们对她有所不利。可是，那微笑，竟又俨然像知道我们昨晚上的胡闹，是为了一些什么理由！

我那时简直非常忧郁，因为这个小姑娘竟全不以我们为意，在那小小的心里，说不定还以为我们是为了赚一点钱，同这豆腐老板合股做生意，所以每天才来到这里的！我望了一下那号兵，他的样子也似乎极其忧郁，因为他那只瘸腿是早已为人家所知道了的，他的样子比我又坏了一点，所以我断定他这时心上是很难受的。

至于豆腐老板呢，我不知道他是有意还是无意，他这时正露着强健如铁的一双臂膊，扳着那石磨，检察石磨的中轴，有无损坏。这事情似乎还是第三次了，另一回，也是在这类机会发现时，这年青诚实单纯的男子，也如今天一样检察他的石磨！

我想问他却没有开口的机会。

不到一会儿，人已经消失到那两扇绿色贴金的二门里不见了。如一颗星，如一道虹，一瞬之间即消逝了，留在各人心灵上的是一个光明的符号。我刚要对着我的瘸腿朋友作一个会心的微笑，我那朋友忽然说：

“义哥，哥哥，你昨晚上骂得我很对，骂得我很对！我们是猪狗！我们是阴沟里的蛤蟆！……”

因为这号兵那惨沮样子，我反而觉得要找寻一些话语，安慰这个不幸的废人了。我说：

“不要这样说吧，这不是男子应说的话。我们有我们的志气，凭这志气凡事都无有不可以做到。我们要做总统，做将军，一个女人，算不了什么希奇！”

号兵说：“我不打量做总统，因为那个事情太难办到。我只要做一个人，……”

“谁不许你做人？你的脚将来会想法子弄好的，你还可以望连长保荐到干部学校去念书。你可以同他们许多学生一样，凭本领挣到你的位置。”

“我是比狗都不如的东西。我这时想，如果我的脚好了，我要去要求连长，为我补正兵的名额。我要成天去操坪锻炼……”

“慢慢的自然可以做到，”我转头向豆腐老板望着，因为这年青人已经把石磨安置妥当，又在摇动着长木的推手了。“我们活下来同推磨一样，你的意思以为怎么样?”

这汉子，对于我说的话好像以为同我的身分不大相称，也不大同他的生活相合，还是完全同别一时节别一事情那样向我微笑。

我明白了，我们三个人皆同样的爱上了这个女子。

十月十四，我被派到七十里外总部去送一件公文，另外还有些别的工作，在××候信住了一天，路上来回消磨了两天。

回到本城，把回文送到团部，销了差，正因为这一次出差，得了六块钱奖赏，非常快乐，预备回连上去打听是不是有人返乡，好把钱寄四块回去办冬天的腊肉。到了连上见到瘸子，我还不能开口说出我的欢喜，那号兵就说：

“那个女人死了!”

这是什么话?难道我的耳朵，是准备受人来这样戏弄取乐的么?这些不合人情的谰言，这些无道理的谎话，我还应当有一种义务去相信么?

可是，我一面从容的俯下去脱换我的草鞋，瘸子站在我面前，又说了一些话，使我不得不认真了。我听清楚这话的意义了，我忽然立起，简直可说是非常粗暴的揪着了这人的领部，大声的问这事真伪。到后他要我用耳朵听听，因为这时远处正有一个人家，办丧事敲锣打鼓，一个唢呐非常凄凉的颤动着吹着那高音。我一只脚光了脚板，一只还笼在湿草鞋里，就拖了瘸子出门。我们几乎是用救火的速度向豆腐铺跑去，也不管号兵的跛脚，也不管路人的注意。但没有走到，我已知道那唢呐锣鼓声音，便是由那豆腐铺对门人家传出。我全身皆在发寒，我的头脑好像被谁重重的打击了一下，耳朵发哄哄的声音，眼睛起了无数金光，……

到后我能静静的坐在那豆腐铺的长凳上了。我能接过了朋友给我的一碗热豆浆吃下了。我望到对面，这个人家大门前，凭空多了许多人，门前挂了丧事中的白布，许多小孩子头上缠了白包头，在门外购买东西吃。我还看到那大鱼缸边，有人躬身用长铗焚着银锭，火光熊熊向上冒，纸灰飞得很高，才为二门上的白布帘所遮掩，无从见到了。

我知道这些事情都是真实，就全身拘挛，然而笑了。

我望到那豆腐老板，这个人这时却不如往天那样乐观，显然也受了一种打击，有点支持不住了。他作为没有见到我的样子，回过脸去。我又望号兵，号兵却做出一种讨人厌烦的样子。我不知道为什么我这时有点厌烦这跛脚的人，我心中想打他一拳，可是我到底没有做过这种蠢事。

到后我问，才知道昨天这女子吞金死了。为什么吞金，同些什么事情有关系，我们当时一点也不明白，直到如今也仍然无法明白。许多人是这样死去，活着的人毫不觉得奇怪的。女人一死，我们各人皆觉得损失了一种东西，但先前不会说到，却到这时才敢把这东西的名字提出。我们先是很忧郁的说及，说到后来大家都笑了，到分手，我们简直互相要欢喜到相打了。

为什么使我们这样快乐也是说不分明的。似乎各人皆知道女人正像一个花盆，不是自己分内的东西，这花盆一碎，先是免不了有小小惆怅，然而当大家讨论到许多花盆被一些混账东西所占据，凡是花盆终不免为权势所独占，这花盆却碎到地下，我们自然而然又似乎得到一点放心了。

可是，回到营里，我们是很难受的。从此我们生活破坏无余了。从此再也不会为一些事心跳，在一些梦上发痴了。我们的生活，将永远有一个缺口，一处补丁，再也不是完全的生活了。

其实这样女人活在世界上同死去，对于我们有什么关系？假使人还是好好的活下，开差移防的命令一到，我们还有什么希望可言？我们即或驻扎到这里再久，一个跛脚的号兵，一个什长，这样两个宝贝，还有什么机会，能够使我们同那两只狗认识以外，有何种伟大企图？

第二天，两人很早的起来了，互相坐在铺上对望，沉默不能言语。各人皆似乎在努力想把自己安置到空阔处去，不再为过去的记忆围困。各人皆要生气，却不知道为什么忽然脾气就坏到这样子。

“为什么眼睛有点发肿？你这个傻瓜！”

号兵因为我嘲笑他，却不取反攻姿式，只非常可怜的望到我。

我说：“难道人家死了，你还要去做孝子么？”

他还是那样，似乎想用沉默作一种良心的雄辩，使我对于他的行为注意。

我了解这点，但我却不放弃我嘲骂他的权利。

末了他只轻轻的问我：“是不是死了的人还会复活？”因这一句痴话我又说了他一顿。

两人到豆腐铺时，却见到对面铺门极其冷清，我们的朋友，那个年青老板，坐到长凳上用手扶了头，人家来买豆腐时，就请主顾自己用钢刀铲取板上的豆腐。见到我们来了，他有了一点生气，好像是遮掩到自己的伤痕，仍然对我笑着。他的笑，还是说明他的健康与善良的人格。

"为什么?"

"埋了,埋了,一早就埋了!"

"早上就埋了么?"

"天还不大亮就出门了的。"

"你有了些什么事情,这样不快乐?"

"我什么也不。"

他说了后,忙着为我们去取碗盏,预备盛豆浆给我们吃。

坐到那豆腐铺子里,望到对面的铺子,心中总像十分凄凉,我同号兵坐了一会儿,就离开这个豆腐铺子,走到一个本地妇人处去打牌。我们从那里探听得到这女人所埋葬的地点,在离城两里的鲢鱼庄上。

不知为什么我望到那号兵忧郁样子,就使我生气要打他骂他。好像这个人的不欢样子,侮辱到我对那小姑娘的倾心一样。好像他这样子,简直是在侮辱我。我实在不愿意再同他坐在一个桌上打牌了,我自走回连上,躺到草垫上睡了。

这夜里朋友竟没有回到连上来,他曾告我不想回连上去睡,我知道他一定在那妇人处过夜了,也不觉得稀奇。第二天,我还是不愿意出门,仍然静静的躺在床上。到下午来我的头有点发烧,全身也像害了病,心中又不甚想进饮食。我在连上吃过一点草药。因为必须蒙头取汗，到全身为汗水湿透人醒来时，天气已经夜了。

我爬身到大殿后面园里去小便，正是雨后放晴，夕阳挂到屋角，留下一片黄色，天空一角白云，为落日烘成五彩，望到这暮景，望到那个在人家屋上淡淡的炊烟，听到鸡声同狗声，听到军营中喇叭声音，我想起了我们初来到此地的那一天发生的事情。我想起我这个朋友的命运，以及我们生活的种种，很有点怅惘。我有一个疑问的弧号隐藏在心上，对于人生，我的思想自然还可以说是单纯而不复杂。

我到后仍然回去睡了，不想吃饭，不想说话，不想思索。我仍然睡下去不知道有多少久时间，只是把棉被蒙了头颅，隐隐约约听到在楼上兵士打牌吵闹的声音，迷迷糊糊见到许多人，又像是我们已经开了差，已经上了路，已经到了地。过去的事重复侵入我的记忆，使我重新看到号兵跌倒时的神气。醒回时好像有人坐在我的身边，把被丢去，才知道灯已经熄了，只靠着正殿上的大油灯余光，照得出有一个人影，坐在我身边不动。

“瘸子，是你吗?”

“是我。”

“为什么这时才回来?”

他把脸藏在黑暗里，没有做声。我因为睡了多久，这时候究竟已经是什么时候，也依然不很分明，就问他有了几点钟。他还是好像不曾听到我的话样子，毫无动静。

过了一会，他才说："义哥，放哨的差一点把我打死了。"

"你不知道口令么？"

"我那里会知道口令？"

"难道已经是十二点过了么？"

"我不知道。"

"你今天到些什么地方去，这时才回来？"

他又不做声了。我见到放在米桶上兵士们为我预备的一个美孚灯，把灯头弄得很小，还可以使它光亮，就要他捻一下灯。他先是并不动手，我第二次又请他做这件事。

灯光大了一点，我才望到这号兵，全身是黄泥，极其狼狈，脸上正如刚才不久同人殴打过样子，许多部分都牵制着显著受伤的痕迹。我奇异而又惊讶，望到这朋友，不知道如何问他这一天来究竟到过些什么地方，做了些什么事情。我的头脑这时也实在还是有点糊涂，因为先一时在迷糊中我还梦到他从石狮上滚到地下的情形，所以这时还仿佛只是一个梦。

他轻轻的轻轻的说:“义哥,哥哥,坟不知道被谁挖掘了。”

“谁的坟呢?”

“好像是才挖掘不久的,我看得很清楚。”他的话,带着顽固神气,使我疑心他已经发了狂。

我说:“你讲什么人的坟?在什么地方,为什么你又知道?”

“为什么我又不知道吗?我听人说埋在那里,我要去看看。我昨天到过一次,还是很好的。我今天晚上又去,我很分明记到那一条路,那座坟,不知道已经被谁挖了。”

如不是我有点发狂,一定就是我这个朋友发了狂,我忽然明白他所指的坟是谁埋葬在那里了,我像一个疯人,就跳了起来:“你到过她的坟上么,你到过她的坟上么?”

这朋友,却毫不惊讶,静静的幽悄的说:“是的,我到过她的坟上,昨天到过今天又到过。我不是想做坏事的人!我可以赌咒,天王在上,我并不带了什么家伙去。我昨晚上还看到那个土堆,今天晚上变了。我可以赌咒,看到的是昨晚那座坟,却完全不是原有样子。不知是谁做了这样事情,不知是谁把她从棺木里掏出,背走了。”

我听到这个吓人的报告,却忽然想起一个人来了。但我并不说出口，因为这个人还只在我的心上一闪，就又即刻消失了。我起了一个疑问，以为是这个女子复活，因为重新生回，所以从棺木中挣扎奔出，这时或者已经跑到家中同她的爹爹妈妈说话了。我疑心她是假死，所以草草的埋葬，到后另外一个人就又把她掘出，把她救走了。我疑心这个事一定在我这个朋友有了错误，因为神经的错乱，忘记了方向和地位，第一次同第二次并不是在一个地方，所以才会发生这误会。我用许多估计去解释，以为这件事并不完全真实。

到后我问他为什么要到坟边去，他很虚怯，以为我是疑心这事他一定已经知道，或者至少事后知道这主谋人是谁，他一连发了七种誓言，要求各样天神作证，分辩他并无劫取女尸的意思。他只是解释他并不预先拿有何种铁器作掘墓的人犯。他极力分辩他的行为，他把话说完了，望见我非常阴沉，眼睛里含有一种疑惧神色，如果我当时还不能表示对他的信托，他一定可以发狂把我扼死。

我的病已完全吓走了，我计算应当如何安置到这个行将疯狂的朋友。我用许多别的话解释，且找出许多荒唐故事安慰到这个破碎的心灵。说到后来这人忽然哭了。他的血慢慢的冷静，一切兴奋过去后，非常悲哀的哭了。他担心惊吵了外面铺上的别人，只是抽咽。他告给我他实在也有过这种设想，因为听到人说吞金死去了的人，如是不过七天，只要得到男子的偎抱，便可以重新复活。他告我第一天，他还只是想象他到了坟边，听得到有呼救声音，便来作一次侠义事，从坟墓中把人救出。第二天，他因为听到这个话，才到那里去，预备不必有呼救声音，也把女人掘出。可是到了那里坟头已经完全变了样子，棺木的盖掀到一旁，一个空棺张着大口等候吃人。他曾跳到棺里去看过一下，除了几件衣服以外什么也不见到。一定是有人在稍前一些时候做了这事情，一定把坟掘开，这人便把女子的尸身背走了。

他已经不再请天神作他的伪证了。他诚实而又巨细无遗的同我说到过去一切，我听到了他这些话，找不出任何话来安慰他了。我对于这件事还是不甚相信，我还是在心中打量，以为这事情一定是各人皆身在梦中。我以为即或不是完全的梦，到了明天早上，这号兵也一定要追悔今晚所说的话语，因为这种欲望谁也无从禁止，行诸事实总仍然不近人情。

他因为追悔他的行为，把我杀死灭口也做得出。我这样想着不免有所预防，可是，这个人现在软弱得如一个妇人，他除了忏悔什么也不能做了。我们有一个问题梗到心上来了，就是我们此后对于这件事如何处置，是不是要去禀告一声，还尽那个哑谜延长？两人商量了一会，靠着简单的理智，认为这发现我们无权利去过问，且等到天明到豆腐铺看看。走了许多夜路的号兵，一只瘸腿已经十分疲倦了，回来又哭了许久，所以到后就睡了。我是白天睡了一整天的人，这时无论如何也不能再睡了，望到这个残废苦闷的脸，肮脏的身，我把灯熄了，坐到这朋友身边，等候天明。

到豆腐铺时间已经不早了，却不见到那年青老板开门。昨晚上我所想到的那件事，又重新在我心上一闪。门是向外反锁，分明不是晏起，或在家中发生何等事故了，我的想象或将成为事实，我有点害怕，拉了号兵跑回连上，把这估计告给了那起过非凡野心的他。他不甚相信事情一定就是这样子，一个人又跑出了许久，回来时，脸色哑白，说他已经探听了别一个人家，知道那老板的确是昨天晚上就离开了他的铺子的。

我们有三天不敢出去，到后听到有人在营里传说一件新闻，这新闻生着无形的翅翼，即刻就全营皆知了。“商会会长女儿的新坟被人刨掘，尸骸为人盗去。”另一个新闻，是“这少女尸骸有人在去坟墓半里的石峒里发现，赤身的安全的卧到洞中的石床上，地下身上各处撒满了蓝色野菊。”

这个消息加上人类无知的枝节，便离去了猥亵转成神奇。

我们为这消息愣住了。

从此我们再不能到那豆腐铺里去，坐到长凳上，喝那年青朋友做成的豆浆，也再不曾见到这个年青诚实的朋友。至于我那个瘸子同乡，他现在还是第四十七连的号兵，他还是跛脚，但他从不同人说到过这件事情。他是不曾犯罪的，但别一个人的行为，使他一生悒郁寡欢。至于我，还有什么意见没有？我现在已经有了三个儿子，连长缺出，便应轮到我了。我实在有点忧郁，有点不能同年青合伴的脾气，因为我常常要记起那些过去事情。

十九年八月廿四日

阿金

黄牛寨十五赶场，鸦拉营的地保，在场头一个狗肉铺子里，向一个预备与寡妇结婚的阿金进言。这地保说话的本领原同他吃狗肉的本领一样好，成天不会厌足。

“阿金管事，我直得同一根葱一样把话全说尽了，听不听全在你。我告你的事清清楚楚。事情摆在你面前，要是不要，你自己决定。你已经不是小孩子了。你懂得别人不懂的许多事，——譬如划算盘，就使人佩服。你头脑明白，不是醉酒。你要讨老婆，这是你的事，不用别人出主意。不过我说，女人脾气不容易摸捉。我们看过许多会管账的人管不了一个女人。我们又得承认许多人管兵时有作为，有独断，一到女人面前就糟糕，为什么巡防军的游击大人被官太罚跪的笑话会遐迩皆知？为什么有人说知县怕老婆还拿来搬戏？为什么在鸦拉营地方为人正直的阿金也……”

地保一番好心告给阿金，说有些人不宜讨媳妇的。所谓阿金者，这时似乎有点听厌烦了，站起身来，正想走去。

地保隔桌子一手把阿金拉着，不即放手。走是不行的了。地保力气大，能敌两个阿金。

“别着急！你得听完我的话，再走不迟！我不怕人说我有私心，愿意在鸦拉营正派人阿金作地保的侄婿。我不图财，不图名，劝你多想一天两天。为什么这样忙？我的话你不能听完，将来你能同那女人相处长久?”

“我的哥，你放我，我听你说!”

地保笑了，他望阿金笑，笑阿金为女人着迷，到这样子，全无考虑，就只想把女人接进门。又笑自己做老朋友的，也不很明白为什么今天特别有兴致，非把话说完不可。见阿金样子像求情告饶，倒觉得好笑起来了。不拘是这时，是先前，地保对阿金原完完全全是一番好意的。

除了口多，爱说点闲话，这地保在鸦拉营原被所有人称为好人的。就是口多，爱说说这样那样，在许多人面前，也仍然不算坏人啊！爱说话，在他自己无好无坏。一个地保，他若不爱说话，成天到各处去吃酒坐席，仿佛一个哑子地保的身分，还在什么地方可以找寻呢？一个知县的本分，照本地人说来，只是拿来坐轿子下乡，把个结结实实的身体，给那些轿夫压一身臭汗。一个地保不长于语言可真不成其为地保!

地保见阿金重复又坐下了，他把拉阿金那一只右手，拿起桌上的刀来就割，割了就往口里送。(割的是狗肉!)他嚼着那肥肥的狗肉，从口中发出咀嚼的声音，把眼睛略闭了一会又复睁开，话又说到了阿金的婚事。

“……”

总而言之他要阿金多想一天。就只一天，老朋友的建议总不能不稍加考虑!因为不能说不赞成这事，这地保到后来方提出那么一个办法，等明天才说。仿佛这一天有极大关系存在，一到明天就“革命”似的使世界一切发生了变化。这婚事，阿金原是预备今晚上就定规的，抱兜里的钱票一束，就为的是预备下定钱用的东西。这乡下人手摸钞票洋钱摸厌了，一双数惯钱钞的手，如今存心想摸摸妇人身上的一切，算不得是怎样不合理的欲望!但是经不着地保用他的老友资格一再劝告，且听说的只是一天的事，想一天，想不想还是由乎自己，不让步真像对不起这好人，他到后只好答应下来了。

为了使地保相信，——也似乎为了使地保相信方能脱身的原因，阿金管事举起酒杯，喝了一杯白酒，当天赌了咒，说今天不上媒人家走动，绝对要回家考虑，绝对要想想利害。赌过咒，地保方面得到保障，到后便满意的微笑着，近于开释的把阿金管事放走了。

阿金在场上，各处走动了一阵，苗族女人格外多。各处是年青的风仪，年青的声音，年青的气味，因此阿金更不能忘情那一身白肉寡妇。乌婆族的女人是妖是神，比酒还使人沉醉，那不承认是不行的。这管事，打量讨进门的女人，就正是乌婆族中身体顶壮肌肤顶白的一个女子！

在别的许多地方，一个人有了点积蓄时，照例可以作许多事情，或者花五百银子，买一匹名为拿破仑的狼狗，或者花一千银子，买一部宋版书。阿金是苗人，生长在苗地，他不明白这些事情。他只按照一个平常人的希望，要得到一种机会，将自己的精力，用在一个妇人身上去。精致的物品只合那有钱的人享用，这句话凡是世界上用货币的地方都通行，这妇人的身体值五头黄牛，凡出得起这个价钱的人都有作她丈夫的资格。阿金管事既不缺少这份金钱，自然就想娶这个精致体面妇人作老婆。

妇人新寡，在本地出名的美丽。大致因为美，引起了许多人的不平。许多无从与这个妇人亲近的汉子中，就传述了一种只有男子们才会有的谣言，地保既是阿金的老友，因此一来自然就觉到一分责任了。地保劝阿金，不是为自己有侄女看上了阿金，也不是自己看上了那妇人，这意思是得到了阿金管事谅解的。既然谅解了老友，阿金当真觉得不大方便在今天上媒人家了。

知道了阿金不久将为那美妇人的新夫的大有其人。这些人，今天同样的来到了黄牛寨场上会集，见了阿金就问："阿金管事什么时候可吃酒?"这正直乡下人，在心上好笑，说是"快了吧，在一个月以内吧"。答着这样话时的阿金管事，是显得非常快乐的。因为照本地规矩一面说吃酒，一面就有送礼物道贺意思。如今刚好进十月，十月正是各处吹唢呐接亲的一个好节季。

说起这妇人，阿金管事就仿佛捏到了妇人腿上的白肉，或拧着了妇人的脸，有说不出的兴奋。他的身子虽在场坪里打转，他的心是在媒人那一边的。

虽然赌了小咒，说决定想一天再看，然而终归办不到。不由自主又向做媒那家走去了。走到了街的一端狗肉摊前时遇见了地保，地保把手一摊拦住了去路。

"阿金管事，这是你的事，我本来不必管。不过你答应了我想一天!"

原来地保等候在那里。他知道阿金会翻悔的。阿金一望到那个大酒糟鼻子，连话也不多听就回头走了。

地保一心为好候在那去媒人家的街口，预备拦阻阿金，这关切真来得深。阿金明白这种关切意思，只有回头一个办法。

他回头时就绕了这场坪，走过卖牛羊处去，看别人做牛羊买卖。认得到阿金管事的，都来问他要不要牛羊。他只要人。他预备的是用值得六只牯牛的钱换一个身体肥胖白蒙蒙的妇人的。望到别人牛羊全成了交易，心中有点难过，不知不觉又往媒人家路上走去。老远就听得那地保与他人说话的声音，知道那好管闲事的人还守在那里，像狗守门，所以第二次又回了头。

第三次已走过了地保身边，却被另一人拉着讲话，所以又被地保见到，又不能进媒人家里。

第四次他还只起了心，就有另一个熟人来，说是地保还坐在那狗肉摊边不动，与人谈天。谈到阿金的事，阿金便不好意思敢再过去冒险了。

地保的好心肠的的确确全为的是替阿金打算。他并不想从中叨光，也不想拆散鸳鸯。究竟为什么不让阿金抱兜中钱，送上媒人的门，是一件很不容易明白的事。但他总有他的道理的，好管闲事的脾气，这地保平素虽有一点也不很多，恰恰今天他却特别关心到阿金的婚事。为什么缘故？因为妇人太美，相书上写明“克夫”。老朋友意思，不大愿意阿金勤苦多年积下的一注财产一分事业为一个妇人毁去。

为了避开这麻烦，决计让地保到夜炊时回家，再上媒人家去下定钱，阿金管事无意中走到赌场里面去。一个心里有事的人，赌博自然不大留心，阿金一进了赌场，也同别的许多下人一样，很豪兴的玩了一阵出来时天当真已入夜了。这时节看来无论如何那个地保应当回家吃红炖猪脚去了。但阿金抱兜已空，所有钱财业已输光，好像已无须乎再上媒人家商量迎娶了。

过了几天，鸦拉营为人正直的地保，在路上遇到那为阿金做媒的人，问起阿金管事的婚事究竟如何，媒人说阿金管事出不起钱，妇人已归一个远方绸商带走了。亲眼见到阿金抱兜里一大束钞票的地保，还以为必是阿金已觉得美妇人不能做妻，因此将亲事辞了。地保自以为自己做了一件很对得起朋友的事情，即刻就带了一大葫芦烧酒，走到黄牛寨去看阿金管事，为老朋友的有决断致贺。

十七年十二月写成

道师与道场

鸦拉营的消灾道场是完了。锣鼓打了三天，檀香烧了四五斤，素面吃了十来顿，街头街尾竖桅子的地方散了钱，水陆施了食，一切行礼如仪，三天过了。道场做完，师傅还留在小客店里不走，是因为还有一些不打锣不吹角属于个人消灾纳福的事情还未了销的原故。道场属于个人，两人中，年长一点的师兄，自然是无分了。

这师兄，在一面极其不高兴收拾法宝一面为连日疲倦所困打哈欠的情形中，等候了同伴一天。到了第二天清早，睡足了，一个人老早爬起，走到街头去，认识得到这位师兄，见过这人曾穿过红衣在火堆边跳舞娱神的本地人，就问干吗两位师傅还留到这里不走。这问话是没有别的用意的，不过是稍稍奇怪罢了。因为人人都知道新寨后天的道场也是这两人的。他不好怎样答应别人，其他人就想起这必定还有道场要做了。有道场则人人又可以借水陆施食时抢给鬼的粑粑，所以无人不欢喜。师兄看得出本地人意思，心上好笑。“另外还有道场”，他就那么含含胡胡的告给本地方人，但他不说这属于个人的道场是如何做法，却说“有施食”，“有热闹看”。若果听这话的人明白这师兄话中的恶意，这两人以后不会再有机会来到这里了。他们也很有理由用石头同棍子把这两个做道场的有法力的人赶走，或者用绳子把人在桅上高吊起来——就是那悬幡的高桅——把荆条竹扫帚相款待。但是，除了王贵为做道场那个人，其余却没有一个本地人能知道这第二次道场是如何起头煞尾。

那第二种道场上没分的师兄，在街上打了一个转，看到大街上数日来燃放的爆竹红纸壳铺满地上，看到每家大门上高贴的黄纸朱书符咒，又看到街头街尾那还不曾裁去的高桅，就满肚子懊恼。他心想，道场是完全白做了，一镇上人的十天吃斋与檀香蜡烛黄花耳子也完全白费了，就又觉得行香那几日来，小乡绅身穿崭新的青羽绫马褂，蓝宁绸袍子，跟到身后磕头为可笑的事情。

但是这个话，他能不能向谁去说明白？这罪过，或者说，这使人消灾纳福的道场，所得的在神一方面的结果，还是不可知，但在人一方面，实在的保佑的程度，他能不能向同伴去追问？凡是本地人，既然不能明白这一次道场究竟用了多少粒胡椒，自然谁也不明白这时这师傅的心上涌着的东西是些什么了。

在路上，他见到一些老妇人向他道谢，就生怒，几几乎真要大声的向这些人说，这道场是完全糟塌精力同金钱的事了，他又想把每家门上那些纸符扯去免得因这一次道场在这地方留下一点可笑的东西。他又想打碎了那些响器，仿佛锣，角，饶钹，都因为另一时那么大声的不顾忌的在人神前响过，这时却对于同伴的事沉默，也有理由被摔的样子。

使这人生气的原由也不尽是因为另外的事与自己无分，就迁怒及一切事物，多耽搁一天，他可以多吃多喝，不必走路也不必做事。这多吃多喝不走不做于一个以做道场为生活的人，是应当说再舒服也没有的事了。忙着走，忙着离开这里到另一地方去，也不过就是“念经”“上表”“吃饭”“睡觉”几种事消磨这日子罢了，他何尝是呆子呢？然而见到这地方的每一个人对神的虔诚，见到这地方人对道师的尊敬，见到符，见到……他不由不生气了。

他知道所谓报应是怎样辽远的不准数的一种空话。他又明白在什么情形下做的事比念经上表为有意义。然而不离这地方，他是不能忍受的。他不觉得同伴这时当真是在造什么孽。只是说不分明总以为走了就好。他也许作兴同到这同伴上了路以后，还会把这自己无分的道场来讨论，引为长途消遣的方法，可是他如今留到这里，决不能忍受的就正是这一件事情。事情是对谁也没有损失，于本人则不消说简直是一件功果，这个人，似乎是良心为这地方的素筵蔬席款待，比平常特别变好，如今就正是在那里执行良心分派下来的义务了。

心中有懊恼，他就满街走。

时候不早了。凡是走长路的人，赶场的人，下河挑水的人，全已上道多久了。这个有良心的人，他在街前走了一会，下了决心，向神发誓，无论如何不再在这地方吃一顿早饭了，就赶回到那小客栈去。同伴在楼上店主的房中，还同主人的女儿在一个床上，似乎还有许多还未了结的事情要做。这师兄，就在楼梯边用粗大的喉咙发喊。

上面没有声息。

他想楼上人总不至于无一个，也总不至于死，就爬上楼梯。然而一到楼口又旋即倒退了下来了，不知看到了什么，只摇头。

楼上有人说话了。楼上师弟王贵的声音说道：

“师兄，天气还早咧，你为什么不多睡一会?”

“我为什么不多睡，你为什么不少睡呢?”

楼上王贵就笑。过一会，又说道：

“师兄，哥，昨天我答应请你吃那个酒，我并不忘记。”

“我并不要你请。”

“不要我请，可是答应了人的事我总不会忘记了。”

“但是，你把我们应当在初十到新寨的事情全忘了。”

“谁说我记不到。今天才六号。让我算，有四天呀！有人过新寨赶场，托带一个口信，说这里你我有一件功果没完了，慢点也行。哥，我说你性子是太急了。这极不合卫生。哥，你应当保养，我看你近来越加消瘦了。”

听到说是越加消瘦，仿佛显着非常关心的调子，楼下的师兄的心有点扰乱了。他右手还扶着梯子的边沿，就用这手抚到自己的瘦颊，且轻轻扯着颊上凌乱无章的长毛。颊边是太疏于整理了，同伴的话就像一面镜，照得他局促不安。

他想着，手上的感觉影响到心上，他记起街南一个小理发馆了。那里刚才转身，就接着有好些人坐在那里，披了白布，一头的白沫，待诏师傅手上的刀沙沙的在这些圆头上作响，于是疤子出现了，发就跌到小四方盘子中：盘是描金画有寿星图的盘，又有木盘，上面是很龌龊腻垢。他还记得一个头上有十多个大疱子的人，一旁被剃一旁打盹的神气。这里看得出人的呆处。

本来是不打量剃发的，因为肚中闷气无处可泄，就借理发，他不再与楼上的人说话，匆匆的到街南去了。到了理发馆门前时节，他是还用着因生气而转移成为热与力的莽撞声势，走到这一家铺子里面，毅然坐到那小横凳上去的。

不到一会，于是他也就变成那种呆子了。听到刀在头顶上各处走动。这人气已经稍平了，且很愿意躺在什么凉爽干净地方睡一觉。睡是做不到的，但也像旁人一样，有点打盹的式样了。可是事有凑巧，理发人是施食那时从大花道服前认得到这位主顾是道师的，就按照各处地方理发师的本分与本能，来同他谈话。剃头匠不管主顾这时所想到的是些什么事，就开口问道：

“师傅，这七月是你们忙的七月呀。”

“我倒不很忙！”他意思是作师兄的不一定忙，忙是看人来的。

那剃头匠见话不起劲，就专心一致用刀刮了他一只耳朵，又把刀向系在柱头上一个油光的布条上荡了一阵，换方向说道：

“师傅，燃天蜡真是一个大举呀。”

“比这个更费事累人的也还有。”他意思是——

剃头匠先是刮左耳，这时右耳又被他捉着了，听到比燃天蜡还有更累人的法事，就不放手，不下刀，脸上做出相信不过的神气，要把这个意思弄明白，仿佛才愿意再刮那一只耳朵。

本来是要说，“你去问王贵师傅就可明白”，可是这时耳朵被拉得很痛，他就说：“朋友，你剃发和我被剃，好像都比燃天蜡做道场还费事。”说这个时耳朵还是被拉的，听到这话的剃头匠，才憬然觉悟自己谈话的趣味已超过了工作的趣味，应当思量所以“补过”的办法了，就大声的笑，把刀拈在手上，全不节制自己的气力，做着他那应做的事。

这一来，他无福分打盹了。他一面担心耳朵会被割破，一面就想到一个人在卤莽的剃头匠处治下应有的小小灾难或者是命运中注定的事，因为他三个月前已经就碰到类乎今天的一个剃头匠了。

耳朵刮过了，便刮脸。人躺到剃头匠的大腿上，依稀可以嗅到一种不好闻的气味，尤其是那剃头匠把嘴接近脸旁时，气味就更浓。他只把眼闭着，一切不看，正如投降了佛以后的悟空，听凭处治。他虽闭着两眼，却仿佛仍然看得出面前的人说话比作事还有兴味的神情，就只希望赶紧完事。

理发馆门前，写得有口号两句，是“清水洗头”“向阳取耳”。头是先就洗了的。等把脸一刮，果然就要向阳取耳了，他告了饶。他说：

“我这耳朵不要看。”

“师傅，这是有趣味的事。”

“有趣味下次来吧，我要有事，算了。”

说是算了下次来吧，也仍然不能开释，还有捶背。一切的近于麻烦的手续，都仿佛是还特意为这有身分的道师而举行的，他要走也不行。在捶打中他就想，若是凭空把一个人也仍然这样好意的来打他一顿，可不知这好意得来的结果是些什么。他又想剃头倒不是很寂寞的事，一面用刀那么随意的刮；或捏拳随意的打，一面还可以随意谈话学故事，在剃头匠生活中，每一个人都像是在一种很从容的情形下把日子打发走了。他又想，……想到这些的他，是完全把还在客栈中的王贵忘记了的。

被打够他才回到店中。

“哥，你喝这一杯。”王贵把师兄的酒杯又筛满了，近于赎罪，只劝请。被劝请得不大好意思，喝了有好几杯了。

但酒量不高的师兄，有了三杯到肚就显露矜持了，劝也不能再喝，劝者仍然劝，还是口上敷蜜甜甜的说：“哥，你喝一杯。”

被劝了，喝既不能，说话又像近于白费，师兄就摇头。这就是上半日在南街上被人用刀刮过，左边脑顶有小疤两处的那颗头。因为摇头，见出师兄凛然不可干犯的神气了，王贵向站在身旁的女人说话。这师弟，近于打趣的说道：

“瞧，我师兄今天看了日子，把头脸修整了。”

女人轻轻的笑。望到这新用刀刮过的白色起黑芝麻点的光头，很有趣味的注意。

于是师弟王贵又说道：

“我师兄许多人都说他年纪比我还轻，完全不像是四十岁的人。”

师兄不说话，看了王贵一眼，喝了一口酒。把酒喝了，又看了女人一眼。望到女人时女人又笑。

女人把壶拿起，想加酒到师兄的杯里去。王贵抢杯子，要女人酌酒，自己献上，表示这恭敬一切事有恳求师兄包容的必需。

师兄说话了。他有气。他不忘记离开这里是必须办到的一件事。

“酒是喝了，什么时候动身呢？”

“哥，你欢喜什么时候就什么时候，我是听你调度的。”

“你听我调度，这话是从前的话。”

“如今仍然一个样子。你是师兄，我一切照你的吩咐。”

“我们晚上走，赶二十里路歇廖家桥。”

“那不如明天多走二十里。”

“……”话不说出，拍的把杯子放到桌上了。

“哥，你怎么了？不要生气，话可以说明白的。”

“我不生气。我们是做道场的人，我们有……”

“哥，留到这里也是做道场，并不是儿戏！”

女人听到这里，轻轻打了王贵一掌，就借故走出房去，房中只剩下两人了。

“好道场！他们知道了真感谢你这个人！”

“哥，并不是要他们感谢我来做这事。为什么神许可苗人杀猪杀牛祀天作流血的行为，却不许可我念经读表以外使一个女人快乐？”

“经上并不说到这些。”

“经上却说过女人是脏东西，不可接近。但是，哥，你看，她是脏是干净？”

“女人的脏是看得出吗？”

“不是看就是吃，我也不承认。”说到吃，王贵记起了喝酒，就干了一杯。再筛酒，壶空了。喊：“来，来，翠翠，吃的！”

女人又进到房中了。抢了酒壶，将往外窜，被王贵拉着了手往怀里带。

“哥，你瞧。什么地方是不干净？我不明白经上的话的意思。我要你相信我的话，真愿意哥你也得这样一个人，在一种方便中好好的来看一看，吃一吃，把经上的谎话证明。”

师兄无话可说，就只摇头。然而他并无怒意。因为看到女人红红白白的脸，看到在女人胸前坟起的东西，似乎不相信经上的话也不相信王贵的话。

“哥，你年青得很！要翠翠为你找一个，明天再住一天，看看我说的话对不对。雷公不打吃饭人，我们做的事同吃饭一样，正正经经，神是不见责的。”

还是摇头。他本应当在心上承认这提议了。因为心忽然又转了方向，他记得经太多了。

“经上不是说……？”也知道师兄是多念了廿年经的人，就引经上的话。

“经上只说佛如何被魔试炼，佛如何打了胜仗了。”

“那你为什么不敢试来被炼一次？”

“话该入拔舌地狱。”

“不会有的，舌子不会在亲嘴另外一事上有被拔去危险。”

“……”这师兄，不说话，却喝酒。

酒喝急了，呛了喉，连声的咳，王贵就用眼示意，要女人为其捶背。

女人走到这道师身边去捏拳打，一旁嗤嗤的笑，被打的师兄还是无所动心，因为被打同时记起的是刚才到理发铺被打的情形。同是被打同是使他一无所得，他太缺少世界上男子对女人抽象的性的发泄的智慧了。

说是目不旁视的君子吧，他也不到这样道学的。不过无论何时这师兄他总觉得他自己是自己，女人是女人，完全为两样东西，所以这时虽然女人在身边，还做着近于所谓放肆的事情，他也不怎样难过。

顽固的心是只有一件事可以战胜的，除了用事实征服无办法。王贵就采用这方法了。他把女人抱起，用口哺女人的酒。他咬女人的耳朵，鼻子，头发，复用手作成一根带子，围在女人的身上。他当到这顽固的师兄作着师兄所不熟习的事情，不像步斗踏星，不像念咒咬诀，开着怕人的玩笑，应知道的是师兄已经有了一些酒到肚中，这个人渐渐的觉得自己心是年青人的心了。

他不知不觉感到要多喝几杯了。

在另一方面的人，却不理会师兄，仿佛除在两人外没有旁人在身边的样子，他们笑着吃酒，交换着拿杯子，交换着，做着顶顽皮顶孩子气的各样行为。

他们还互相谈着有一半是很暧昧字言的话语，使他只能从这些因言语而来的笑声中领悟到一小部分所谈是什么事。然又正因所能领悟的一小部分可以把他苦恼，他就不顾一切的喝酒。一壶酒是翠翠新由外面柜上取来，这师兄，全不客气的喝，行为真到另一时自己想起也非吃惊不可的放荡行为了。他把头低下。不望别人的行为，耳朵却听到如下面的话。

听到王贵说："翠翠，你为什么不像我说那个办？……你量小，又饿。吃够了即刻又放手。……你不那样怎么行？"

听到女人笑了又笑，才在笑声中说："我以为你只会念经。"

师弟又说："师兄吗？别看他那样子。……"

女人又说："你总说你师兄是英雄。"

师弟又说："你看他那鼻子。"

女人又说："我拧你鼻子。"

师弟似乎被拧了，噫噫作声。这师兄，实在已九分醉了，抬起头来，却不曾见师弟脸边有一只手。他神色惨沮的笑着，全身不自然的动着，想站起身到客房去睡觉。

那师弟，面前无一物，却还是继续噫噫作声。"鼻子"有灾难，这师兄，忽然悟出这意义了，把头缓缓的左右摇摆，哑声的说道：

“明天也不走了。后天也不走了。我永远也不走了。”

“哥，你醉了。”

“我醉了，我才不！你们对不起我。……你们是饱了。我要问你们，什么是够！……你们吃够了……你们快活！……吃你，咬你，你这个小嘴巴的女人！”

说着，他隔桌就伸了一只手，想拉着女人的膀子。手拉了空，他站起身，扑过来了。女人还坐在师弟身上，就跳下躲到门背后去。

这师兄，跌到地板上了，卸下如一堆泥，一到地下就振作不起了，师弟蹲身下去想把他扶起，颈项就被两条粗粗的手臂箍着。

“哥，不要这样，这是我！”

“是你，我也要咬你的鼻子下来。我讨厌你这鼻子。”

他把一切事已经完全忘记了。在梦里，这师兄梦到同人上山赶野猪，深黄色长獠牙的老野猪向大道上冲去，迅速像一支飞空的箭，自己却持定手板宽刃口的短矛，站立在路旁，飞矛把它掷到野猪身上去，看到带了矛的野猪向茶林里跑去。他又梦到在大滩上泅水，滩水如打雷，浪如大公牛起伏来去，自己狎浪下滩，脚下还能踹鱼类。他又梦到做水陆大道场，有一百零八和尚，有三十六道士，有一次焚五斤檀香的大香炉，有二十丈高的殿柱，有真狮真豹在坛边护法，有中国各处神仙的惠临，各处神仙皆坐白鹤同汽车等等东西代步，神仙中也有穿极时髦服装的女子，一共是四五个。

他望到女神仙之一发愣，且仿佛明白这是做梦，不妨稍稍撒野，到不得已时，就逃回真实。他于是向女神仙扯谎，请她到后坛去看一种法宝，自然女神仙是不拒绝请求，他就引她到了后坛。谁知一到后坛，却完全是荒坟，他明白是神仙生了气，两脚一抖，他醒了。

他醒后觉得口渴，还不明白是睡到什么地方，就随意的喊茶。一个人，于是把茶壶的嘴逗到人的嘴边了，嗗嗗的吸了半壶苦茶，他没有疑惑自己环境的必要，不一会又入另一梦境了。

他又梦到……

比念经还须耐心，比跳舞还费气力，到后是他流了汗。

人是完完全全醒了。天还不发白，各处人家的长鸣鸡正互相传递的报晓，借了房中捻得细小的油灯，他望到床边坐得一个人，用背身对了醉人。他还不甚相信。就用手去拉，拉着了衣角，人便回头了。

“你干吗来的?”

“没有干吗！你醉了，翠翠要我来照扶，怕你半夜呕。”

“我不是已经呕过了吗？”

“说什么？”

“刚才那种呕。”

“呕吗？赫，癫子。”

这师兄，明白先一次类乎吐呕的事不与这时女子相干了，才觉悟梦中的不规矩还不曾为女人看破，私心引为幸事。但是，稍过一会，女人又把茶壶拿来了，他坐起，用手抱壶，觉得壶很冷，一些不经意的智识却俨然有用处了，他不喝冷茶。冷的不吃，热的则纵不是茶也仿佛不能拒绝，他要女人把灯捻明，好详详细细欣赏床头人的脸。

他要她坐拢来，问她年岁，姓名，末了也不问女人愿不愿意听，就告她先一时所做的梦是些什么事。

女人说：“我以为你们道师做梦也只是梦到放焰口施食！”

他就不分辩，说：“是呀，一个样子，时间并不短。”

第二天早上约十点钟光景。师弟王贵在房外说话，他说：

“师兄，怎么样？”

里面没有回声。他醒了，有意不答，口无闲空。王贵又把声音放大，像昨天被师兄喊时，说：

“哥，上路！”

本来是清醒也仍半迷糊着，听到“上路”，人便返元归真了。坐起了身，他就问：

“王贵，是你吗？”

“唉，是我。昨夜觉得怎么样？”

“你这人是该入泥犁狱的。”

“就是推磨狱也行吧。我问你，今早上不上路？”

“……”

“到底上不上路？”

里面的师兄，像是同谁在商量这事情，过了一会才说：“今天七号。”

王贵笑了，笑的声音说：“是七号，师兄。我们十号到新寨的法事我们应不忘记。还有天早应当多赶二十里路，那是你昨天说的。”

师兄在里面笑了。

他笑了一会。这人想走是不走了，看如何答话。

稍过，他以为王贵会转身到别处去，不再在房外了，就与身边人作着经上所谓吻与吻接的鸟兽之战，小小的声音已为外面的人所闻。

“师兄，天气不早了，漱口念经，青天白日不是适宜放肆的时间，我们上路吧。”

那师兄又不作声了。

王贵撞进了房，师兄用被蒙了头，似乎这样一来，作师弟不必说话就应肩扛法宝先自上路了。然而王贵却问巧巧：“怎么样？”巧巧不说话，含羞的装睡不醒，但即刻咕的笑了。

师弟走出房去，带上了门，大声的对用被蒙头的人说道：

“哥，我搭信到新寨去，告他们首事人说这里还有事情，你我都忙，所以不能分身，新寨的道场索性不做了。”

师兄哑口不答。在这个人心中，是正想引经上的话骂王贵侮慢佛祖应入火狱的，可是他这时，自己把被蒙头蒙半天，身上发烧，一个人发烧，时作胡涂梦，又在他心上煽动起一种胡涂欲望了。

鸦拉营消灾道场全街竖了两支桅，若照到这师兄昨天见解，这桅杆用处还可把法师高吊起来示众，今天是两支桅也有了用处了。但这个时候桅杆下正有小乡绅，身穿蓝布长袍子站在旁边督率工人倒桅，工人则全露着有毛的手肘，一面唱着杭育努力振动，没有人想到这桅若果留下来也还有别的用处。

牛

有这样事情发生，就是桑溪荡里住，绰号大牛伯的那个人，前一天居然在荞麦田里，同他的耕牛为一点小事生气，用木榔槌打了那耕牛后脚一下。这耕牛在平时是仿佛他那儿子一样，纵是骂，也如骂亲生儿女，在骂中还不少爱抚的。但是脾气一来不能节制自己，随意敲了一下，不平常的事因此就发生了。当时这主人还不觉得，第二天，再想放牛去耕那块工作未完事的荞麦田，牛不能像平时很大方的那么走出栏外了。牛后脚有了毛病，就因为昨天大牛伯主人那么不知轻重在气头下一榔槌的结果。

大牛伯见牛不济事，有点手脚不灵便了，牵了牛系在大坪里木桩上，蹲到牛身下去，扳了那牛脚看。他这样很温和的检察那小牛，那牛仿佛也明白了大牛伯心中已认了错，记起过去两人的感情了，就回头望到主人，眼中凝了泪，非常可怜的似乎想同大牛伯说一句有主奴体裁的话，这话意思是，“老爷，我不冤你，平素你待我很好，你打了我把我脚打坏，是昨天的事，如今我们讲和了。”

可是到这意思为大牛伯看出时，他很狡猾的用着习惯的表情，闭了一下左眼。他不再摩抚那只牛脚了。他站起来在牛的后臀上打了一拳，拍拍手说：

“坏东西，我明白你。你会撒娇，好聪明！从什么地方学来的，打一下就装走不动路？你必定是听过什么故事，以为这样当家人就可怜你了，好聪明！我看你眼睛，就知道你越长心越坏了。平时做事就不肯好好的做事，吃东西也仿佛不肯随便，这脾气是我都没有的脾气！”

说过很多聪明主人的话语了，他就走到牛头前去，当面对牛，用手指那牛头：

“你不好好的听我管教，我还要打你这里一下，在右边。这里，左边也得打一下。小孩不上学，老师有这规矩打了手心，还要向孔夫子拜，向老师拜，不许哭。你要哭吗？坏东西呀！你不知道这几天天气正好吗？你不明白五天前天上落的雨是为天上可怜我们，知道我们应当种荞麦了，为我们润湿土地好省你的气力吗？……”

大牛伯，一面教训他的牛，一面看天气。天气太好了，就仍然扛了翻犁，牵了那被教训过一顿据说是撒娇偷懒的牛，到田中去做事。牛虽然是有意同他主人讲和，当家也似乎看清楚了这一点，但实在是因为天气太好，不做事可不行，所以到后那牛就仍然瘸着在平田中拖犁，翻着那为雨润湿的土地了。大牛伯虽然是像管教小学生那么管束到他那小牛，仍然在它背上加了犁的轭，但是人在后面，看到牛一瘸一拐的一句话不说的向前奔时，心中到底不能节制自己的悲悯，觉得自己做事有点任性，不该那么一下了。他也像做父亲的所有心情，做错了事表面不服输，但心中就竟过意不去，于是比平时更多用了一些力，与牛合作，让大的汗水从太阳角流到脸上，也比平时少骂那牛许多——在平时，这牛是常常因为觑望了别处风景或过路人，转身稍迟，大牛伯就创作出无数希奇古怪的名词辱骂过它的。照例天下事是这样，要求人了解，再没有比“沉默”这一件事为合式了。有些人总以为天生了人的口，就是为说话用，有心事，说话给人听，人就了解了。其实如果口是为说话才用得着一种东西，那么大牛小鸟全有口，大的口已经有那么大，说“大话”也够了，为什么又不能数一二三四呢？并且说“小话”，小鸟也赶不上人，这些事在牛伯的见解下是不会错的。

我说的在沉默中他们才能互相了解，这是一定的，如今的大牛伯同他的小牛，友谊就成立在这无言中。这时那牛一句话不说，也不呻唤，也不嚷痛，也不说“请老爷赏一点药或补几个药钱”（如果是人他必定有这样正当的于自己有利益的要求的）。这牛并且还不说到“我要报仇，非报仇不可”那样恐吓主人的话语，就是态度也缺少这切齿的不平。它只是仍然照老规矩做事，用力拖犁，使土块翻起。它嗅着新土的清香气息。它的努力在另一些方法上使主人感到了，它因为努力喘着气，因为脚跟痛苦走时没有平时灵便。但它一个字不说，它“喘气”却不“叹气”。到后大牛伯的心完全软了。他懂得它一切，了解它，不必靠那只供聪明人装饰自己的言语。

不过大牛伯心一软，话也说不出了。他如说，“朋友，是我错，”也许那牛还疑心这是谎话，这谎话一则是想用言语把过错除去，一则是谎它再发狠做事。人与人是常常有这样事情的，并不止牛可以这样多疑。他若说，“已经打过了，也无办法，我是主人，虽然是我的任性，也多半是你的服从职务不十分尽力，我们如今两抵，以后好好生活吧，”这样说，牛若听得懂他的话，牛是也不甘心的。因为它是常常自信已尽过了所能尽的力，一点不敢怠惰，至于报酬，又并不争论，主人假若是有人心，是就不至于挨一榔槌的。并且用家伙殴打，用言语抚慰，这样事别的不能证明，只恰恰证明了人类做老爷主子的不老实罢了。他们会说话。他们先是用说话把工作骗到别个身上了，到后又因为会说话，才在开口以先随意虐待了为他们作工的东西，最后的防线是说话，用言语装饰自己的道德仁慈，又用言语作惠，虽惠不费。如今的牛是正因为主人一句话不说，不引咎自责，不辩解，也不假托这事是吃醉了酒以后发生的不幸，明白了主人心情的。有些人是常常用“醉酒”这样字言作过一切岂有此理坏事的。他只是一句话不说，仍然同牛在田中来回的走，仍然嘘嘘的督促到它转弯，仍然用鞭打背。但他昨天所作的事使他羞惭，特别的用力推了犁，又特别表示在他那照例的鞭子上。他不说这罪过是谁想明白这责任，他只是处处看出了它的痛苦，而同时又看到天气。“我本来愿意让你休息，全是因为下半年的生活才不能不做事，”这种情形是他不说话中被他的牛看出了的，若是要他来说，它就反而很有理由生一种疑心，疑惑这话不甚忠实了。这大约因为太多人的说话照例是不能忠实，所以听话的人才能作这样想法的。

他同它仍然做了半天事，他没有提到过如它所意思想说“讲和”的话，但他们到后真是讲和了。

犁了一块田，他同那牛停顿在一个地方，释了牛背上的轭，他才说话。

他说：“我这人老了，人老了就要做蠢事。我想你玩半天，养息一会，就能好。”

他就让牛在有水草的沟边去玩，吃草饮水，自己坐到犁上想事情。他的的确确是打量他的牛明天就会全好了的。他还没有把荞麦下田，就计算到新荞麦上市的价钱。他又计算到别的一些事情，这些事情说起来全都近于很平常的。他打火镰吸烟，吸烟看天，天蓝得怕人，高深无底，白云散布四方，大日炙人背上如春天。这时是九月，去真的春天还远。

那只牛，在水边，立了一会，水很清冷，草是枯草，它脚有苦痛，工作疲倦了。这忠厚动物，它到后躺在斜坡下坪中睡了。它被太阳晒着，非常舒服的做了梦。梦到主人穿新衣，它自己则角上缠红布，两个大步的从迎春的寨里走出，预备回家。这是一只牛所能做的最光荣的好梦，因为这梦，不消说它就把一切过去的事全忘了，把脚上的痛处也忘了。

正午，山上寨子有鸡叫了，大牛伯牵他的牛回家。

回家时，它看到他主人似乎很忧愁，明白是它走路的跛足所致。它曾小心的守着老规矩好好走路，它希望它的脚快好，就是让凶恶不讲道理的兽医揉搓一阵也很愿意。

他呢，的确是有点忧愁了，就因为那牛休息时，侧身睡到草坪里，他看到它那一只被木榔槌所敲打过的腿时时缩着，似乎不是一天两日自然会好的事，又看到犁同那牛与合作所犁过的田，新翻起的土壤如开花，于是为一种不敢十分去猜想的未来事吓呆了，“万一……？”那么，荞麦价不与自己相干了，一切皆将不与自己相干了。

他在回家到路上，看到小牛的步法，想到的事完全是麦价以外的事。究竟这事是些什么？他是不能肯定的。总而言之，万一就这样了，那么，他同他的事业就全完了。这就像赌输了钱一样，同天打赌，好的命运属于天，人无分，输了，一切也应当完了。假若这样说吧，就是这牛因为这脚无意中被一榔槌，从此跛了，医不好了，除了做菜或作牛肉干，切成三斤五斤一块，用棕绳挂到灶头去熏，要用时再从灶头取下切细加辣子炒吃，没有别的意义，那末，大牛伯也死得了。

把牛系到院中木桩旁，到箩筐里去取红薯拌饭煮时的大牛伯，心上的阴影还是先前一样。

到后，抓了残食洒在院中喂鸡，望到那牛又睡下去把那后脚缩短，大牛伯心上阴影更厚了。

吃过了早饭，他就到两里外场集上去找甲长，甲长是本地方小官，也是本地方牛医。甲长如许多有名医生一样，显出非常忙迫而实在又无什么事的样子。他们是老早很熟了的。

他先说话，他说："甲长，我牛脚出了毛病。"

甲长说："这是脚癀，拿点药去一擦就好。"

他说："不是的。"

"你怎么知道不是，近来患脚癀的极多，今天有两个桑溪人的牛都有脚癀。"

"不是癀，是伤了的。"

"我有伤药。"这甲长意思是大凡是脚只有一种伤，就是碰了石，他的伤药也就是为这一种伤所配合的。

大牛伯到后才说这是他用木榔槌打了一下的结果。

他这样接着说：

"……我恐怕那么一下太重了，今天早上这东西就对我哭，好像要我让它放工一天。你说怎样办得到？天雨是为方便我们落的。天上出日头，也是方便我们，不在这几天耕完，我们还有什么时候？我仍然扯了它去。一个上半天我用的力气还比它多，可是它不行了，睡到草坪内，样子就很苦。它像怕我要丢了它，看到我不作声，神气忧愁，我明白这大眼睛所想说的话，以及所有的心事。"

甲长答应同他到村里去看看那牛，到将要出门，别处送命令来了，说县里有军队过境，召集甲长会议，即刻就到会。

这甲长一面用一个乡绅的派头骂娘，一面换青泰西缎马褂，喊人备马，喊人为衙门人办点心，忙得不亦乐乎，大牛伯叹了一口气，一人回家了。

回到家来他望到那牛，那牛也望到他，两个真正讲了和，两个似乎都知道这脚不是一天可好的事了，在自己认错，大牛伯又小心的扳了一回牛脚，看那伤处，用了一些在五月初五挖来的平时给人揉跌打损伤的草药，敷在牛脚上去，用布片包好，牛像很懂事，规规矩矩尽主人处理，又规规矩矩回牛棚栏里去睡。

晚上听到牛龁草声音，大牛伯拿了灯到照过好几次，这牛明白主人是因为它的原故晚睡的，每遇到大牛伯把一个圆大的头同一盏桐油灯从棚栏边伸进时，总睁大了眼睛望它主人。

他从不问它“好了吗?”或“吃亏么?”那一类话，它也不告他“这不要紧”或“我请你放心”那类话，他们的互相了解不在言语，而他们却是真真很了解的。

这夜里牛也有很多心事，它是明白他们的关系的。他用它帮助，所以同它生活，但一到了他看出不能用到它的时候，它就将让另外一种人牵去了。它还不很清楚牵去了以后将做什么用途，不过间或听到主人的愤怒中说“发瘟的，”“作牺牲的，”“到屠户手上去，”这一类很奇怪的名字时，总隐隐约约看得出只要一与主人离开，所得的痛苦就不止是诅骂同鞭打了。为了这不可知的未来，它如许多蠢人一样，对这问题也很想了一些时间，譬若逃走离开那屠户，或用角触那凶人同他拼命，又或者……它只不会许愿，因为许愿是人才懂这个事，并且凡是许愿求天保佑，多说在灾难过去幸福临门时，杀一只牛或杀猪杀羊，至少必须一只鸡，假如人没有东西可许（如这一只牛，却什么也没有是它自己的，只除了不值价的从身上取出的精力），那么天也不会保佑这类人的。

这牛迷迷胡胡时就又做梦，梦到它能拖了三具犁飞跑，犁所到处土皆翻起如波浪，主人则站在耕过的田里，膝以下皆为松土所掩，张口大笑。当到这可怜的牛做着这样的好梦时，那大牛伯是也在做着同样的梦的。他只梦到用四床大晒谷簟铺在坪里，晒簟上新荞堆高如小山，抓了一把褐色荞子向太阳下照，荞子在手上皆放乌金光泽。那荞就是今年的收成，放在坪里过斛上仓，竹筹码还是从甲长处借来的，一大捆丢到地下，哗的响了一声。而那参预这收成的功臣，——

那只小牛，就披了红站在身边，他于是向它说话，他说话的神气如对多年老友。他就说："朋友，今年我们好了。我们可以把这围墙打一新的了；我们可以换一换那腰门了；我们可以把坪坝栽一点葡萄了；我们……"他全是用"我们"的字言，是仿佛这一家的兴起，那牛也有分，或者是光荣，或者是实用。他于是俨然望到那牛仍然如平时样子，水汪汪的眼睛中写得有字，说是"完全同意"。

好梦是生活的仇敌，是神给人的一种嘲弄，所以到大牛伯醒来，他比起没有做梦的平时更多不平。他第一先明白了荞麦还不上仓，其次就记起那用眼睛说"完全同意"的牛是还在栏中受苦了，天还不曾亮，就又点了灯到栏中去探望那"伙计"。他如做梦一样，喊那牛做伙计，问它上了药是不是好了一点。牛不做声，因为它不能说它正做了什么梦。它很悲惨的看到主人，且记起了平常日子的规矩，想站起身来，跟到主人出栏。

它站起走了两步，他看它还是那样瘸跛，呐的把灯吹熄，叹了一口气，走向房里躺在床上了。

他们都在各自流泪。他们都看出梦中的情形是无希望的神迹了，对于生存，有一种悲痛在心。

到了平时下田的早上，大牛伯却在官路上走，因为打听得十里远近的得虎营有师傅会治牛病，特意换了一件衣，用红纸封了两百钱，预备走到那营寨去请牛医为家中伙计看病。到了那里被狗吓了一阵，师傅又不凑巧，出去了，问明白了不久会回来，他想这没有办法，就坐到那寨子外面大青树下等。在那大青树下就望到别人翻过的田，八十亩，一百亩，全在眼前炫耀，等了半天，师傅才回家，会了面，问到情形，这师傅也一口咬定是牛癀。

大牛伯说："不是，我是明白我那一下分量稍重了点，或打断了筋。"

"那是伤转癀，拿这药去就行。"

大牛伯心想，癀药我家还少？要走十里路来讨这东西！把嘴一瘪，做了一个可笑的表情。

说也奇怪，先是说得十分认真了，决不能因这点点事走十里路。到后大牛伯忽然想透了，明白是包封太轻了，答应了包好另酬制钱一串，这医生心活动，就不久同大牛伯在官路上奔走，取道回桑溪了。

这名医与大城中名医并不两样，到了家，先喝酒取暖，吃点心饭，饭用过以后，剔完牙齿，又吃一会烟，才要主人把牛牵到坪中来，把衣袖卷到肘上，拿了针，由帮手把牛脚扳举，才略微用手按了按伤处，看看牛的舌头同耳朵。因为要说话，他就照例对于主人的冒失，加以一种责难。说是这东西打狠了是不行的。又对主人随便把治人伤药敷用到牛脚上认为是一种将来不可大意的事情。到后是在牛脚上扎了两针把一些药用口嚼烂敷到针所扎处。包了杉木皮，说是过三天包好的话，嘱帮手拿了预许的一串白铜制钱扛到肩上，游方僧那么摇摇摆摆走了。

把师傅送走，站到门外边，一个卖片糖的本乡人从那门前大路下过身，看到了大牛伯在坎上门前站，就关照说：

“大牛伯，大牛伯，今天场上有好牛肉，知道了没有?”

“见鬼!”他这样轻轻的答应了那关照他的卖糖人，走进大门訇的把门关了。

他愿意信仰那师傅，所以想起师傅索取那制钱时一点不勉强的就把钱给了那人。但望到从官路上匆匆走去的那师傅背影尤其是那在帮手肩上的制钱一串，他有点对于这师傅惑疑，且像自己是又做错了事，不下于打那小牛一榔槌了，就懊悔起来。他以为就是这么一针也值一串二百钱，一顿点心，这显然是一种欺骗，为天所不许的欺骗，自己是上当了。那时就正有点生气，到后又为卖糖人喊到“牛肉”更不高兴了，走进门见到那牛睡在坪里，就大声辱骂，“明天杀了你吃，看你脚会好不好！”

那牛正因为被师傅扎了几针，敷了药，那只脚疼痛不过，见寒见热，听到主人这样气愤愤的骂它，睁了眼见到主人样子，心里很难过，又想哭。大牛伯见到这牛，才觉得自己仍然做错了事，不该说这话了，就坐到院坪中石碌碡上，一句话不说，以背对太阳，尽太阳炙背。天气正是适宜于耕田的天气，他想同谁去借牛把其余的几亩土地翻松一下，好落种，想不出当这样时节谁家有可借的牛。

过了一会他不能节制自己，又骂出怪话来了，他向那牛说：

“就是三只脚，你也要做事！”

它有什么可说呢？它并不是故意。它从不知道牛有理由可以在当忙的日子中休息，而这休息还是借故。天气这样好，它何尝不欢喜到田里去玩。它何尝不想为主人多尽一点力，直到了那粮食满屋满仓“完全同意”的日子。就是如今脚不行了，它何尝又说过“我不做”“我要休息”一类话。主人的生气它也能原谅，因为这生气，不比其他人的无理由胡闹。可是它有什么可说呢？它能说“我明天就好”一类话吗？它能说“我们这时就去”一类话吗？它既没有说过“我要休息”，当然也不必来说“我可以不休息”了。

它一切尽主人，这是它始终一贯的性格。这时节主人如果是把犁扛出，它仍然会跟了主人下田，开始做工，无一点不快的神气，无一点不耐烦。

可是说过好歹要工作的主人，到后又来摩它的耳朵，摩它的眼，摩它的脸颊了，主人并不是成心想诅咒它入地狱，他正因为不愿意它同他分手，把它交给一个屠户，才有这样生气发怒的时候！它的所以始终不说一句话，也就是它能理解它的主人，它明白主人在它身上所做的梦。它明白它的责任。它还料得到，再过三天脚还不能复元，主人脾气忽然转成暴躁非凡，也是应当的事。

当大牛伯走到屋里去找取镰刀削犁把上小栓时，它曾悄悄的独自在院里绕了圈走动，试试可不可以如平常样子。可怜的东西，它原是同世界上有些人类一样，不惯于在好天气下休息赋闲的。只是这一点，大牛伯却缺少理解这伙计的心，他并没有想到它还为这息工事情难过，因为做主人的照例不能体会到做工的人畜。

大牛伯削了一些木栓，在大坪中生气似的敲打了一阵犁头，想了想纵然伙计三天会好也不能尽这三天空闲，因为好的天气是不比印子钱，可以用息金借来的，并且许愿也不容易得到好天气，所以心上活动了一阵，就走到别处去借牛。

他估定了有三处可以说话，有一处最为可靠，有了牛他在夜间也得把那田马上耕好。

他就到了第一个有牛的熟人处去，向主人开口。

“老八，把你牛借我两三天，我送你两斗麦子。”

主人说：“伯伯，你帮我想法借借牛吧，我正要找你去，我愿意出四斗麦子。”

“怎么货？你牛不是好好的么？”

“有癀，……”

“有癀？”

“请牛医看过了。”

主人知道牛伯的牛很健壮，平素又料理得极好，就反问他为什么事缺少牛用。没有把牛借到的牛伯，自然仍得一五一十的把伙计如何被自己一榔槌的故事学学，他在叙述这故事中不缺少自怨自艾的神气，可是用“追悔”是补不来“过失”的，他到没有话可说，就转到第二家去。

见到主人，主人先开口问他是不是把田已经耕完。他告主人牛生了病，不能做事。主人说：

“老汉子，你谎我。耕完了就借我用用，你那小黄是用木榔槌在背脊骨上打一百下也不会害病的。”

“打一百下？是呀，若是我在它背脊骨上打一百下，它仍然会为我好好做事。”

“打一千下？是呀也挨得下，我算定你是槌不坏牛的。”

“打一千下？是呀，……”

“打两千下也不至于。”

“打两千下，是呀，……”

说到这里两人都笑了，因为他们在这闲话上随意能够提出一种大数目，且在这数目上得到一点仿佛是近于“银钱”“大麦的斛数”那种意味。他到后，就告给了主人，还只打“一下”，牛就不能行动自然了。主人还不相信，他才再来解释打的地方不是背脊，却是后脚湾。本意是来借牛，结果还是说一阵空话了事。主人的牛虽不病可是无空闲，也正在各处设法借牛乘天气好赶天气。

迨到第三处熟人家就是牛伯以为最可靠的一家去时，天色已夜了，主人不在家，下了田还没回来，问那家的女人，才明白主人花了一斛麦子借了一只牛，连同家中一只牛在田中翻土，到晚还不能即回。

转到家中，牛伯把伙计的脚检察，又想解开药包看看，若不是因为小牛有主张，表示不要看的意思，日来的药金又恐怕等于白费了。

各处皆无牛可借，自己的牛又实在不能作事，这汉子无法了，到夜里还走到附近庄子里去请帮工，用人力拖犁，说了很长的时候，才把人工约定。工人答应了明天天一亮就下田，一共雇妥两个人，加上自己，三个人的气力虽仍然不及一只牛；但总可以乘天气把土翻好了。牛伯高高兴兴的回了家，喝了一小葫芦水酒，规规矩矩用着一个虽吃酒却不闹事的醉人体裁横睡到床上，根据了田已可以下种一个理由，就胡胡涂涂做了一晚发财的梦。半夜那伙计睡不着，以为主人必定还是会忽然把一个大头同灯盏从栅栏外伸进来，谁知到天亮了以后有人喊主人名字了主人还不曾醒。

三个人用两个人在前一个人在后耕了半天田，小牛却站在田塍上吃草眺望好景致。它那情形正像小孩子因牙痛不上学的情形，望到其他学生背书，费大力气，自己才明白做学生真不容易。不过往日轮到它头上作的事，只要伤处一复元，也仍然是免不了的一件事。

在几个人合作耕田时，牛伯在后面推犁，见到伙计站在太阳下的寂寞，是曾说过“朋友你也来一角吧”那样话语的，若果这不是笑话，它绝不会推辞这个提议，但主人因为想起昨天放在医生的手背上那一串放光的制钱，所以不能不尽小牛玩了。

不过单是一事不作，任意的玩，吃草，喝水，睡卧，毫无拘束在日光下享福，这小牛还是心里很难受的。因为两个工人在拉犁时，就一面谈到杀牛卖肉的事情，他们竟完全不为站在面前的小牛设想。他们说跛脚牛如何只适宜于吃肉的理由，又说牛皮制靴做皮箱的话。这些坏人且口口声声说只有小牛肚可以下酒，小牛肉风干以后容易煨烂，小牛皮做的抱兜佩带舒服。这些人口中说的话，是无心还是有意，在小牛听来是分不清楚的。它有点讨厌他们，尤其是其中一个年青一点的人，竟说"它的病莫非是假装"那些坏话，有破坏主人对牛友谊的阴谋，虽然主人不会为这话所动，可是这人坏处是无疑了。

到了晚上，大家回家了，当主人用灯照到它时，这牛就仍然在它那水汪汪的大眼睛上，解释了自己的意思，它像是在诉说，"老爷，我明天好了，把那花钱雇来的两个工人打发去了吧。我听不惯他们的讥诮和侮辱。我愿意多花点气力把田地赶出，你放心，我一定不让好天气带来的好运气分给了一切人，你却独独无分。"

主人是懂这样意思的，因为他不久就对牛说话了，他说：

"朋友，是的，你会很快的就好了的，医生说你至多三天就好。下田还是我们两个作配手好，我们赶快把那点地皮翻好，就下种。因为你的脚不方便，我请他们来帮忙，你瞧，我花了钱还只耕得一点点。他们那里有你的气力？他们做工的人，近来脾气全为一些人放纵坏了，一点旧道德也不用了，他们人做的事情当不到你牛一半，却问我要钱用，要酒喝，且有理由到别处去说，‘我今天为桑溪大牛伯把我当牛耕了一天田，因为吃饭的原故我不得不做事，可是现在腰也发疼了，只差比牛少挨一鞭子。’这话是免不了要说的，我是没有办法才要他们来帮忙的。”

它想说：“我愿意我明天就会好，因为我不欢喜那向你要钱要酒饭的汉子。他们的心术似乎都不很好。”主人不等它说先就很懂了，主人离开栅栏时就肯定而又大声说道：“我恨他们，一天花了我许多钱，还说小牛皮做抱兜相宜，真是土匪强盗！”

小牛居然很自然的同主人在一块未完事的田中翻土了，是四天以后的事，好天气还像是单因为牛伯一个人幸福的原故而保留到桑溪。他们大约再有两天就可以完事了。牛伯因为体恤到伙计的病脚不敢悭吝自己气力，小牛也因为顾虑到主人的原故，特别用力气只向前奔，他们一天所耕的田比用工人两倍还多。

于是乎，回到了家中，两位又有理由做那快乐幸福的梦了，牛伯为自己的梦也惊讶了，因为他梦到牛栏里有四只牛，有两只是花牛，生长得似乎比伙计更其体面，第二天一早起来他就走到栏边去看，且大声的告给“伙计”，说：

“朋友，你应当有伴才是事，我们到十二月再看。”

伙计想十二月还有些日子就点点头：“好，十二月吧。”

到了十二月，荡里所有的牛全被衙门征发到一个不可知的地方去了，大牛伯只有成天到保正家去探信一件事可做。顺眼无意中望到弃在自己屋角的木榔槌，就后悔为什么不重重的一下把那畜生的脚打断。

旅店

只有醒的人，去看睡着了的另一种人，才会觉到有意思的。他们是从很远一个地方走来，八十里，或一百里的长途，疲劳了他们的筋骨，因此为熟睡所攫，张了口，像死尸，躺在那用干稻草铺好的硬炕上打鼾。他们在那里做梦，不外乎梦到打架、口渴、烧山、赌钱等等事。他们在日里时节，生活在一种已成习惯了的简单形式中，吃、喝、走路、骂娘，一切一切觉得已够，到可以睡时就把脚一伸，躺下一分钟后就已睡好了。

这样的人在各处全不缺少。生在都会中人是即或有天才也想不到这些人生在同一世界的。博士是懂得事情极多的一种上等人，他也不会知道这种人的存在的。俄国的高尔基，英国的萧伯讷，中国的一切大文学家，以及诗人，一切教授，出国的长虹，讲民生主义的党国要人，极熟习文学界情形的赵景深，在女作家专号一书中客串的男作家，他们也无一个人能知道。革命文学家，似乎应知道了，但大部分的他们，去发现组织在革命情绪里的爱去了，也仿佛极其茫然。

中国的大部分的人，是不单生活在被一般人忘记的情形下，同时是也生活在文学家的想象以外的。地方太宽，打仗还不容易，其余无从来发现，这大概也是当然的道理了。这里一件事，就是把中国的中心南京作起点，向南走五千里，或者再多，因此到了一个异族聚居名为苗窠的内地去，这里是说那里某一天的情形的。

天已快亮。

在主人名字名为黑猫的小店中，有四个走长路的人，还睡在一个长大木床上做梦。他们从镇远以上，一个产纸的地方，各人肩上扛了一担纸下来，预备到屈原溯江时所停船的辰阳地方去。路走了将近一半。再有十一天他们就可以把纸卖给铺子回头了。做着这样仿佛行脚僧事业的人是为了生儿育女的原故，长年得奔走的。每一次可以休息十天，通计一年之中有四分之三在各地小旅店中过夜。习惯把这些人变成比他一种商人更能耐劳，旅店与家也近乎是同样的一种地方了。

这旅店开设在山脚，过湖南界下辰州的是应翻山过去的，走了长路的因此多数在此住宿，预备在一夜中把疲倦了的身体恢复过来，蓄了力上这高山。主人是二十七岁的妇人，属于花脚苗。这妇人为什么被人取名为黑猫，是很难于追溯的事。大概是肌肤微黑，又逗人欢喜的原故，所以称为黑猫。这名字好像又是这妇人丈夫所取的，为自己妇人取下了这样好名字的丈夫，料不到很早的就死去，却把名字留给一切过往客人呼唤了。把名字留给过往客人的呼唤，原是不什么要紧，黑猫的身体，自从丈夫死了以后，倒并不如名字那样被一般人所有！

欢喜白肉，苗族中并不如汉人嗜好之深。对于黑的认识，在白耳族中男子是比任何中国人还有知识的。然而黑猫自从丈夫死了以后，继续了店中营业，卖饭、卖酒且款待来往远方的客人住宿，却从不闻谁个人对黑猫能有皮肤以内的认识。凡是出门经商作事的人全不是无眼睛的人，眼睛大部分全能注意到生意以外的妇女们脸孔，但对于黑猫，总像她真是个猫，与男女事无关，与爱情无分。事情也并不怎样奇怪，她不是平常的花脚族妇女。乌婆族妇女的风流娇俏，在这妇人身上并不缺少，花脚族妇女的热情，她也秉赋很多，同时她有那猓猓族妇女的自尊与精明，死去了的丈夫让他死去，她在一种选择中做着寡妇活下来了。

她在寡妇的生活中过了三年，没有见到一个动心的男子。白耳族男子的相貌在她身边失了诱人的功效，巴义族男子的歌声也没有攻克得这妇人心上的城堡。土司的富贵并不是她所要的东西，烟土客的挥霍她只觉得好笑。为了店中的杂事，且为了保镖须人，她用钱雇了一个有了四十多岁的驼背人助理一切。来到这里的即或心怀不端，也不能多有所得，相约不来则又是办不到的事。这黑猫的本身就是一件招徕生意的东西，至于自黑猫手中做出的菜，吃来更觉得味道真好，也实有其人。

因为这样，黑猫在众人所不能忘的情形下生活，自然幸福与忧患是同时都有得到的方便，她应得到的全来了。在营业上心怀上占了优势的黑猫，在身体上灾难上不可免的也来了。用歌声，与风仪与富贵，完全克服不了黑猫的心，因此有人想起用力来作最后一举的事了。亏了黑猫的机警，仍然不至于被人遂心，其中故事不少。……故事数毕到了最近的今天。

照例天一发白，黑猫是就应当同那驼子起身，为客人热水洗脸，或烫一壶酒，让客人在灶边火光中把草鞋套上，就来开门送客的。把客送走，天若早，又为冬天，还可以再把身子卷到棉絮中睡一觉。若系三月到九月中任何一日，则大清早各处全是雾，也将走到大路旁井边去担水，把水缸中贮满清水为止。担水的事是黑猫自作的。

黑猫今天特别醒得早，醒时把麻布蚊帐一挂，把床边小小窗子推开，见得是满天星子，满院子虫声，冷冷的风吹来使人明白今天的天气晴朗是一定。虫声像为露水所湿，星光也像湿的，天气是太美丽了。这时节，不知正有多少女人轻轻的唱着歌送她的情人出门越过竹林！不知有多少男子这时听到鸡叫，把那与他玩嬉过一夜的女人从山峒中送转家去！又不知道有多少人在那分别时流泪赌咒！黑猫想起了这些，倒似乎奇怪自己起来了。别人作过的事她不是无分！别一个作店主妇人的都有权利在这时听一点负心男子在床边发的假誓，她却不能做。别的妇人都有权利在这时从一个山峒中走出，让男子脱下蓑衣代为披上送转家中，她也不能做。

一个二十多岁的妇人，结实光滑的身体，长长的臂，健全多感的心，不完全是特意为男子夜来用的么？可是一个有权享受她的男子，却安安静静睡到土里四年，放弃这权利了。其余呢，又都不济。

今天的黑猫真有点不同往常，在星光下想起的却是平时不曾想到的男女事情。她本应在算账这些纠葛上感觉到客人好坏的，这时却从另一些说不分明的印象上记起住宿的客人来了。四个客，每年来去约在十五六次左右，来去全在此住宿也已经有数年了。因为熟，她把每一个人的家事全知道得清清楚楚，这些人全有家室是她早知道了的。只要中了意，把家中撇开，来做一点只有夫妻可以有的亲密，不拘形迹的事体，那原无妨于事的。山高水长两人分手又是一个月，正因为难于在一处或者也就更有意思。这些事，在另一时本来她就想到了，不行的仍然是男子中还无一个她所要的男子在。此时的四个纸客，就无一个像与她可以来流泪赌咒的。她即或愿意在这四碗菜中好歹选取一碗，这男子因为太与主人相熟，也就很难自信在这个有名规矩的妇人身上，把野心提起！

但奇怪的是今天这黑猫性情，无端的变了。

一种突起的不端方的欲望，在心上长大，黑猫开始来在这四个客人上面思索那可以光身的人了。她要得是一种力，一种圆满健全的、而带有顽固的攻击，一种蠢的变动，一种暴风暴雨后的休息。过去的那个已经安睡在地下的男子，所给她的好经验，使她回忆到自己失去的权利，生出一种对平时矜持的反抗。她觉得应当抓定其中一个，不拘是谁，来完成自己的愿心，在她身边作一阵那顶撒野的行为。她思索这样事情在这当儿似乎听得有人上山的声音了。

她又从窗口去望天上的星，大小的星群无从数清，极大的星子放出的光作白色，山头上照得出庙宇的轮廓，无论如何天是快明了。

听到鸡叫的声音，听到远处水磨的呜咽声音，且听到狗的声音。狗叫是显然已有人乘早凉上路了。在另一时，她这时自然应当下床了，如今却想到狗的叫声也有是为追逐那无情客人而怀了愤恨的情形的，她懒懒的又把窗关上了。

那驼子原是一个极准确的钟，人上了年纪，一到天亮他非起床不行，这时已在那厨灶边打火镰燃灯，声音为黑猫所听到了。

黑猫在床上，像是生了气，说："驼子，你这样早是做些什么事？"

"不早了，我知道。今天天气又好，今年的八月真是菩萨保佑！"

驼子照例把灯一燃，就拿灯到客人房中去，于是客人也醒了。

一个客人问驼子："天气怎么样？"

"好天气！这种天气是引姑娘上山睡觉，比走长路还合式的天气！"

驼子的话把四个客人中有三个引笑了，一个则是正在打哈欠。这打哈欠的人只顾到打哈欠，所以听不真。驼子像有意说话给这四个客人以外另一个人听，接口说：

“如今是变了，一切不及以前好。近来的人成天早早起来做事，从前二十年，年青人的事是不少，起来的也更早，但这件事情却是从他相好的被里爬出回家，或是送女人回家。他们分了手，各在山坡上站立，雾大对面不见人，还可以用口打哨唱歌。如今是完了，女人也很少情浓心干净的女人了。”

主人黑猫在后房听到驼子的话，大声喊他，说：“驼子，你把水烧好，少在那里说呆话!”

“噢，噢，”这驼子答应了，还向这四个客人做一个烂脸神气，表示他所说的话不是无根，主人就是一个不知情趣的女人。他一旁走一旁自言自语，说的是“世界变了，女人不好好的在年青时唱歌喝酒，倒来作饭店主人。作了饭店主人，又不……”他不把话说完，因为已到了灶边，有灶王菩萨在。大约是天气作的怪，这个人，今天也分外感到主人安分守寡为不应当了。

听到驼子发了感慨的黑猫，她这时已起了床，趿了鞋过客人这边房来，衣服还未扣好，一头的发随意盘在头上蓬起像鹰窠，使人想象到在山峒狼皮褥上仰卧的媚金，等候情人不来自杀以前的样子。客人中之一，适听到驼子的不平言语，见到黑猫的苗条身段，见到黑猫的一对胀起的奶，起了点无害于事的想头，他说：

“老板娘，你晚来睡得好！”

她说：“好呀！我是无晚上不好！”

“你若是有老板在一处，那就更好。”

黑猫在平时，听到这种话，颜色是立刻就会变成严肃的。如今却斜睨这说笑话的客人笑。她估量这客人的那一对强健臂膊，她估他的肩、腰以及大腿，最后又望到这客人的那个鼻子，这鼻子又长又大。

客人是已起床了，各人在那里穿衣，系带，收拾好的全到房外灶边去套草鞋。说笑话的那个客人独在最后。在三个伙伴出去以后，黑猫望到这大鼻子客人，真有一口咬下这大鼻头的潜意识在，所以自己用手揣到自己的奶，把身子摇摆，想同客人说两句话。

这客人虽曾与黑猫说了一句笑话，是想不到黑猫此时欲望的。伙伴去后见到黑猫在身边，倒无一句可说的话了。他慢慢把裹腿绑好，就走出房了，黑猫本应在这时来整理棉被，但她只伏到床上去嗅，像一个装醉的人作的事。

另一个客人，因为找那扎在床头的草烟叶，从外面走来，黑猫赶即起来为客人拿灯照烛，客人把烟叶找到，也像不注意到这妇人的大与往日不同处，又走出去了。

黑猫拿了灯跟出房来，把灯放在灶上，去瞧水缸。水所剩不多了，她得去担水，就拿了扁担在手，又从方桌下拖水桶。

把店门开了，外面的街有两三只狗走过身，她又忙把门关上。“驼子，近来怎么野狗又多起来了！”

“每年一到秋天就来了，我说了多久，要装一个药弩，总不得空。我听人说野狗皮在辰州可卖三四两银子一个，若是打到一对狐种狗，我就可以发财了。”

那大鼻子客人说：“岂止三四两银子？我是亲眼见到有人花十块钱买一个花尾獾子的。”

“这话信不得。”另一个客人则有疑惑，因为若果这话可靠，那这纸生意可以改为猎狐生意了。

“谁说谎？他们卖獭是二十两银子，我亲眼见的，可以赌咒。”

“你亲眼见些什么呢？许多事你就不会亲眼见到。若是你有眼睛，早是——”这话是黑猫说的。说了她就笑。

他们都不知道她所说意义何所在，也不明白为什么而笑。但这个大鼻子客人，则仿佛有所会心了，他在一种方便中，为众人所忽略时，摸了一下黑猫的腰，黑猫不作声，只用目瞅着这人的鼻子，好像这鼻子是能作怪的一种东西。

虽然有野狗，野狗不是能吃大人的兽物，本用不着害怕的，所以不久黑猫又开门出去担水去了。大鼻客人也含了烟杆跟了出去，预备打狗或者解溲，总有事。这一担水像是在一里路以外挑回的，回来时黑猫一句话不说，坐在灶边烤火，驼子见大鼻客人转来更慢，却说以为客人被狗吃了。或者狗，或者猫，某一个地方总也真有那种能吃人的猫狗吧。被狗吓的是有人，至于猫，那是并不像可怕的东西了，有人问到时大鼻客人是说得出的。

洗完脸，主人不知何故又特意来为客人煮了一碗鸡蛋，把蜂糖放在鸡蛋里吃完后，送了钱，天已大亮，四个客人把扁担扛上了肩，翻山去了，黑猫主人痴立在门边半天，又坐到灶边去半天，无一句话同驼子可说。

过了一个月左右，旅店中又有人住宿，卖纸人四个中不见了那位大鼻子，问起原故才知道人是在路上发急症死了。过了十个月，这旅店中多了一个小黑猫，一些人都说这是驼子的儿子，驼子因为这暧昧流言，所以在小黑猫出世以后，做了黑猫的丈夫。

黑猫是到后真应了那不幸的大鼻客人的话，有老板人更好了。那三个纸客，还是仍然来往住宿到这旅店中，一到了这店里，见到驼子的样子，总奇怪这个人能使黑猫欢喜的理由不知在什么地方。这些事谁能明白？譬如说，以前是同伴四个，到后又成为三个，这件事就谁也不知道清楚。

一月十日作（病中）

山道中

他们是三个同乡人，从云南军队中辞了差，预备回家。

走到第八天的路，三个人的脚走成半跛了。天气很热，走了不远，一到树荫下就得坐在路旁石头上歇气，或者买甜酒米豆腐吃，喝一瓢卖点心人从远方用木桶担来的凉水，止了渴又即刻上路。不上路，担心“落伍”。在边省走路，是不适宜于休息的。走的全是山路！再过五天应当到贵阳了。各人巴望到贵阳。到了这地方，算是近家了。实则家去贵阳还有十三站路。总之若到了贵阳，便算得是家边了。十三站！他们已经走过八天，到贵阳还要五天，也正是十三站。

他们从云南省动身到××走了六天，其中一个伴，给烧热病攻倒，爬不起身了，于是乎三人一同在一家小旅馆中呆下来。请医生。买药。煎药。找生姜灯草作药引子。发烧的人成天胡言谵语，把药吃下去以后就呼呼的睡去，全身出汗。住了十天，感谢天，这小地方医生居然会把病人治好了。他们第二次又上了路。所谓走了八天，就是从××算起，每天一亮走起，到日头寂寞的落下山后为止，除了饮食，除了树荫下小坐，全是不能停顿的。每天走一大站，路为六十里，里是等于平常里数的三倍，名为“蛮路”的。每到天将断黑，一落店，洗脚，吃饭，倒在铺有厚草荐与硬棉絮床上去，睡眠便把人征服了。第二天，鸡叫第二声，便爬起身来，在灯下算账，套上草鞋，太阳还未露头又上了路。

他们在行路时，是沉默的。从洞边过，从溪边过，从茅屋边过，路上所见全是一种寂寞荒凉情形。茨堆上忽然一朵红花。草地里忽然满是山莓。一条行路的蛇。一只伏在路旁见人来始惊讶飞去的山鸡。一间被兵匪焚去的屋。一堆残败的泥墙。一个死尸。一群乌鸦。所见所闻使人耳目一新的很多，使人心上不安的也不少。在一条长长的寂寞的路上行走的人，原是不能有所恐怖的。执刀械拦路的贼，有毒的蛇，乘人不备从路旁扑出袭人的恶犬，盘据在山洞中的山豹，全不缺少。这些东西似乎无时不与过路人为难，然而他们全曾遇到，也全曾平安过去。

天保他们，让他们在一切灾难中得到安全。

他们沿着大道走去。在这里，所谓大道，就是每天有远行人，小商贩，牛客，纸客，送灵榇的小小队伍，联络不绝的各在路上来去的道路。在路上，能遇到灾难以外还可以遇到此辈的道路。全是在深山中，人家很少，坡是荒废的。间或有密密的树林，无人管理的菜园，破败坍毁的水磨。路上所见的本地人，几乎全是褴褛不成人形，脸上又不缺少一种阴暗如鬼的颜色。小站小村虽然沿路都有，但到行旅十人以上时，若想在小站上住下，米同盐与住处全将发生问题。

这时节他们正过一条小溪，两岸极高。溪上一条旧木桥，行人走过时便轧轧作声，傍溪山腰老树上有猴子叫喊。水流汩汩。远处的山雀飞起时朋朋振翅声音也仿佛可以听到。溪边有座灵官庙，石屋上尚悬有几条红布，庙前石条上过路人可以休息。

“我要歇歇，慢走一点。”一个走在第一年龄独小的青年说。他先过了桥，便把背上包袱卸下，坐在石条上不走了。

第二个正在过桥，“不要懒，这里不行！”然而过得桥来，仍然也停着了。

第三个像大哥，没有过桥，就留在溪南边。昂头望，望到山崖藤葛间一群的猴子了。猴子正如有所警戒呼唤着，又像在哭啼。“看，巴屁股老三！”其余两人也就昂头看那猴子。猴子是那么一群，于是他们数点那数目。七个，八个，十一个，搜索着，数点着。

“什长，过来坐坐，这里很凉快！”

“不能久坐！”

“天气早，不怕的。”

什长过桥了。背上是一个巴斗大包袱。过了桥便把包袱掷到灵官菩萨座前，且注意那神前褪了红色的小木匾。他认识字，于是念道：

“保佑行旅。宣统三年庚申吉日立。三湘长沙府郑多福率子小福盥手敬献。——呀，是个乡亲！”

听到什长的说话，坐在石条上的青年也站起了。他也念，且想爬上神龛验看那菩萨的额角间的一只竖眼，是否能移动。

“老弟，莫上去，坐一坐，我们走路。”

“三湘长沙府——这是沙头。有十五年了。他说盥手，（他认盥做盆字）什长，我们也洗一个手吧，溪里水好得很，不用盆，可以洗脸。”

第二个过桥的人，正坐在石条上整理草鞋，自言自语说：“这地方风景真好。”这时，听到年幼的同伴读“盆手”，就笑了，开口说，“庆庆，是洋磁盆是木盆？”

“不是盆字是什么？”

他站起来了，望望匾上的字，哈哈大笑。

什长说："读'款'。这字同浣差不多。庆弟，你的书读到九霄云去了。"

"千字文上并不有这个字。"

"有。你记不来罢了。"

"你念我听。"

"我也记不来了。"

三人就哈哈笑着。字的出处三个退伍兵士都找不出，却找到这字的意义，"盥是洗浣"，他们将下溪洗手洗脸。庆弟先下去，绕了路，从一个坎旁到了溪中，一面用手试水，一面喊。

"什长，什长，水冷得很，可以做凉粉！"

"快洗吧，要走路！"

"我想洗洗脚。"

"莫洗脚，山水洗不得脚，会生病的！"

"还有小鱼！多得很；一只，二只，七只，……"

"快一点！我们要走路，太晚了不行！"

"有鱼咧。有小螃蟹。真多。莫非是灵官的水兵？看它们成队玩！"

"上来吧，水舀一碗上来。把帕子打湿。我们不下溪了。"

“下来看看吧，好玩的。”

“庆庆你不上来，我们就先走了。”

“那我就不上来了，坐到水里等你们回来。这里好玩。多凉。有花石子！”

“你不上来当真我们走了的，你太不行了，这不是玩的地方。”什长的话有点威风，就因为他是一个什长。

年青人，天真烂漫的，一手拿着那个洋磁碗，一手折得一枝开成一串的紫色山花，上到路边了。把水给年长的什长喝，又把湿面巾送给另一同伴。他自己就把花插在包袱上面，样子很快乐，似乎舍不得那水中的小鱼小蟹，还走到桥边向下望。

“什长，下面水是镜子。有人刻得有字在石头上。瞧，是篆字！”

话说得很多，什长不理，另一伙计心被说动了，也赶过桥边来俯瞰。

天正当午。然而在两山夹壁中，且有大的树，清风从谷中来，全不像是六月天气。若不必赶路，在石条上睡睡，真是做神仙人所享的清福了。风太凉爽，地方适宜午睡，年青的庆庆想到了的。他听远处有砍木头声音。有点疲倦，身上发松，他说：“这里好睡觉。”什长只擦脸，不做声。那一同伴又说："什长，这里像我们乡下。"

"这里还离湖南境十七天。"

"我们到底还要走多远?"

"二十四天，二十二天，……我们已经走过小半了。"

"今天到落店时应当喝一杯。几天不喝酒，走路也无脚劲。"

"到贵州省我们可以上馆子，我的钱还够请你们吃那里的烧鸡!"

"到贵阳要几天?"

"八天就够了。今天歇老坡寨，明天枫林场，后天……"

在他们原来的路上，四个卖棉纸的人，肩上是长大扁担，两头是成捆的薄纸，来到对溪。他们因为见到庙前有人休息，所以过了桥，把肩上的东西用竖架撑起，各人也休息下来。各人用围在腰边的布片抹脸上身上的汗，各用头上的细篾遮阳扇凉。他们不互相交言，沉默的望了望几个原来休息的也是走远路的人，便放下担子不顾，各走到溪中洗脸吃水去了。

庆弟同什长说话："什长，这些人也是到贵阳吗?"

"全是同路。"

"他们为什么那么远去卖纸，这纸值什么钱。"

"他们不一定靠卖纸。他们褡裢里有银子。顺便挑一担纸压压肩，预备下去办货，回头就赚钱了。"

"不怕抢?"

"他们褡裢里有银子，身边有刀子，性命是同银子在一块儿的!"

"今天来往人多，你瞧，又来两个了。"

那两个人也过桥了。同他们一样，一种老营伍中人的精神，遮阳草鞋皆极其精致整洁，背上的白色包袱虽小却很沉重，腰下挂刀，像赶差事。匆匆的过了桥，来到庙前，其中一个白脸的，见歇憩人多，就口上打唿哨，主张歇歇。另一个黑脸的，虽然停着，却露出迟疑不定的神气。

"让我吸一口烟，讨个火，大哥。"

那黑脸大哥不作声，走过灵官神座前，看那木匾。即刻且坐到那高神座上休息了。白脸人就很和气的走过来，问什长讨自来火。

"哥，能不能借一个火?"

"对不起。我们全不吃烟。"

"对不起。……是到贵阳么?"

"还远的，贵阳是一半路。从昆明来。"

"啊呀呀！小朋友也走这样的长路?"

那下溪洗脚的生意人，有一个从溪边爬上坎了，口中正含着一枝旱烟管，人口中冒烟，烟斗口中也冒烟。白色的烟被风所刮，奔飞的散去，白脸汉子又到那人身边去，“朋友，把你火镰借用一下。”那生意人取下火镰同竹管中纸媒，白脸汉子便以身背风取火，把卷烟吸燃，且递给黑脸汉子。

黑脸汉子也望到山上的猴子了，作声吓猴子，长长的声音，在谷中回应多久，猴子援枝向背僻处隐了。那大汉子似乎因为那空谷回声感生了趣味，又发着长啸，到吸烟时为止。

他们自己在说话。

黑脸说：“今天是什么时候了？”

白脸说：“刚才不久听到有鸡叫。日头当天，影子已圆，午时了。”

黑脸又说：“近来路上清吉，来往人多，比去年强得远。”

白脸又说：“我四年前八月间从此过身，跟随团长，有八个兵士。那时八个兵士有枪，还胆怯！”

……“近来不怕了。”

……“三月间剿过一次，杀了四百多人，洗了三个村子。”

……“什么人带的兵?”

……“听说是王营长，游击队的，一共带四连人，打了个五六天，毁了三个堡子，他妈连鸡犬也不留他一个。”

“地方太苦了。剿一次，地方也更荒凉了。”

…………

几个做生意人全从溪下爬上来，各人扭着那湿布巾且向空气中抖着，慢慢的系它在腰边，又慢慢的从腰边取下火镰，旱烟具，预备吃烟。

庆庆坐在石条上打哈欠，只想睡觉。

什长看看这不成。把包袱背好。“走，不许停!”

“我想睡。”庆庆真想用包袱作枕头倒下去，躺个四平八稳。

“不行，庆弟，你不走我们就走了。”

“我们同纸客一路走，好歹是一路落站。”

什长不再说话，先走了。继着把包袱背好，也动身了的是另一同伴。余下年青人同那包袱，他无办法，一面叫“等到等到”，一面也站起身来，匆匆把包袱背好，赶上前去了。

他们上了道。几个纸客就坐在那石条上吸烟。军官模样之一的白脸汉子，也下到溪边洗面巾了。追上前去的年青人，略显得踉跄，一面同前途的旅伴说话一面赶路。

“什长，等等，天气早哩。”

“早到一点就可以得到好住处。”

“你说我们应当换草鞋不应当？我们草鞋全坏了。那苗婆娘骗人，我们上了当。草鞋咬我的脚跟，不换换我走不动了。我们应当多出点钱，买好货物。伙计，你为什么这样忙？你跌了。掉到溪中可不是玩。水极冷，很深，你不能泅。有蛇，你瞧，一条花蛇在水面溜哩。多快呀。什长哥，当真的事，蛇在水上！”

说着。走着。什长把脚步放慢，让年青人追及了。他退开一点，让年青人先走，自己跟在后面上路。什长略略生气的说道：

“庆弟，应当勇敢点。道路还远。今天应当早早赶到站口。你不要丢高坳地方人的大丑。吃得，饿得，走得，干得，挨冷挨热得，这是高坳人口号。”

年青人回了头：“什长，那两个黑白脸男子，是跑江湖的，是不是？”

“你走路吧。”

“我听他们说话，这路上倒像极其熟习。”路是走的，话也仍然要说。“他们说什么地方剿过，杀了四百人，恐怕就是先前走过的那村子。那样大村落，不见一个人，不见狗，不见鸡，真是怪事。为什么杀那样多人？是四百，要许多时间才杀得完。还有小孩子，娘子，老太婆。老太婆也杀。他们说……”说着，忘了看面前的路，脚趾踢在石尖上，一个踉跄差点作了狗抢屎。

就蹲到地上揉脚。脚已出了血，扯路旁的青草嚼烂了傅上，便笑了，又傅上路旁的干土。什长迈步向前了。

“什长，慢一点。还是我打先走吧。遵照大路打先锋，不会错。”

什长有点不忍，就停着。“不许说话。好好上路！”

“嗻。”

“不许——”

“嗻。”

三人笑着，前进了。另一伙伴为年青人背了包袱，受伤的走空路。走空路，肩上轻松，在太阳下微跛的脚步，仍然走得捷速而有力。

出了山壁。回头一望已不见来处。

“什长，人多走路热闹一点。可以不疲倦。”

“你走路吧。”

“我说走路的事！一个人我是不敢走这长路的。我猜你也未必一定敢走。不怕匪，不怕老虎，来一个鬼，穿白衣白裤，有一丈高，天又快夜，这怎么办？我们过路那些破庙地方都有棺材，这些东西一到夜，不会起来找人吃吗？便说有刀，哗的把刀抽出，訇的跳过来，就吵的砍去，但是鬼对你迷迷笑，这怎么办？你喊，谁答应你？你哭，鬼也不怕。你除非会念咒，或是剑仙。什长，你说到底有剑仙没有？花蝴蝶采花，能够一纵身跳上屋顶，不闻声音。我听说北京城房子瓦上跑马也行，那是什么房子。北京有宫殿，有太监是割了……”

一面说，一面又走错了路，应当沿山下去，却走到山上小路去了。在后面的什长不做声，尽年青人走，却在指路碑上等着。

“什长，我家里有一把关刀。一百六十斤重，是铁打的。周仓扛过，那黑大哥真有劲（他因为不曾听到后面的脚步声音，回了头）。什长，怎么？走不动了！赶路！”

“赶路吧，你自己赶上去。我们要下山了。”两个人笑着先走了。

“嗨，走错了吗？（他一口气冲到岔路上，见到了路碑。）什长，大哥，等等。我错了。妖精迷了我的路，好家伙。三步，两步，一，二，三，四，（追及了。）我在中间走。不说话。可以赌咒。”

暂时，这小子当真就是不说了。

过了一会。经过了一处烧坏了的大房子，在一堵还未完全倒坍的高墙下边，有一个干瘪瘪的老年妇人搭了个小小草棚，在草棚前卖绿荫荫的酸李子。

“买。”年青人停了，想从板带里掏钱。

“不能，吃生李子肚子会痛。你吃水太多了。”

“……”

“走！”

走了。回头还望望那老妇人舍不得那李子。又说话了。

“这叫什么村？”

什长不答理，人在前面，吹着哨子，模仿喇叭的行军曲。

“……”庆庆不作声了，默默的如在操场时被领头带着散步走进的情形，且默默的数“一二”“一二”。

行过十里中不曾遇到一个人。

行过廿里中无一个村落。行过廿五里太阳快要向一个荒凉小山后下沉时候，三人进了一个小小的青石堆砌的寨堡。看见一匹马，马上还有鞍辔。到站了。应当休息了。庆庆欢喜了。

“什长，到了，找好地方喔。有臭虫是不行的。太脏是不行的。你瞧这里不错。是县分咧。有知事告示。不知道衙门在那里？什长，这里来吧，倒好，挂得有牌。进去吧。（他自己也进那屋子了。）老板，有住处没有？三个人。一个大木床行了。要干净一点。”

出来的是一个中年人。蓝竹布长衫，旧得很，仿佛像卖卦人身分，和气的声音说：“是乡亲！就住到这里！请坐！”

坐下了。什长一条，庆庆同那伴当一条，是大白木板凳，很新很粗的还有松香气味。主人进去取烟取茶。烟来时，客不吸烟，就自己用着。

“尊姓是?”什长问主人。

“张。字问渔。湖南省桃源县人。”

“喔，真是乡亲！我们通是湖南人。好极了。今天真好。”

“真不容易。三生有幸。几位是从云南来了。”

“是的。是走十来天了。”

“请教是……”

“贱姓侯……”

“好极了，今天。”主人搓着两只瘦手，口上的咬着的烟管冒着烟子，又出去找人去了。

不到一刻三人在洗脚了。一个脚盆里，五只泥腿在滚热水中烫着。庆庆另一只脚不敢落水，主人见到了，忙问。知道受了伤，就即刻取伤药来。异乡的骨肉，原应关心到如自己的亲人。

从谈话中才知道主人是县公署科长，县长也就是住在这小店中。每天到一个旧庙中审点案，判断一些小生意人的争持，晚上就回到小店中住处来吃饭睡觉，上床以前读读《庄子》，无事时则过各处小乡绅家中去喝点酒，作县长的五日一场才有新鲜猪肉吃。县长无处可去无事可作时，就下点棋或种种瓜菜。本县城内共计一百卅二户，大小人口三百四十四人，还将县长本身算在这一个数目里面。

“有军队没有?”问主人有不有军队，因为自己是兵的原故。

“有警备队。一共二十个。有十枝枪。”主人说时也笑了。

“地方清静不清静?”

“这里倒好。太荒凉，容不下大股匪。土匪是不能挨饿的，养得起兵的地方也停得住匪。不过有时也有人在路上被抢。最近不久还听说——”

县长回来了，一个穷秀才样子，穿了件旧的浅蓝竹布长衫，罩上半新的黑色羽纱之类小袖马褂，鼻小眼明，样子和蔼，与来客拱手作礼，古意盎然。

科长作东，县长作陪，三个在异乡异县跋涉远道的人，吃了一顿意想不到的晚饭，夜间，上了床，另一室中县长《秋水篇》的朗吟，把庆庆等三人送到梦境里去了。

庆庆梦中下了溪里洗澡，泅水的有县长同几个纸客在内。此外还有猴子，小鱼，也能泅水打汆子。

第二天一亮，几个人起身整备行李时，他们从主人处知道一件严重的事情。昨天较晚南来的行路人，投县报告了一个消息：有几个纸客被抢了。还死了两个人。死了的是个军官，因为有钱，有刀，不服抄掠，便被杀死了。地点是瓮谷的灵官庙前桥头上，出山猴子地方。县长准备去验尸，各处找轿夫找警备队。

三个人皆呆了。

当天仍然上了路，他们的家乡离那里还有二十天！